Ein ungeschriebenes Gesetz im Wien der Jahrhundertwende: »Die Liebe und die Ehe sind zwei ganz verschiedene Dinge.« Die Grenzen wollen gewahrt sein: Eine Geliebte heiratet man im allgemeinen nicht, weil man sie gesellschaftlich für tief gesunken betrachten muß; man heiratet im allgemeinen nur ein Mädchen aus guter Gesellschaft, und man hofft, sie werde eine brave Frau sein. Allzu leichtfertiger Umgang mit Liebe und Ehe, alles Ausscheren führt zu ernsten Verwicklungen und zu tragischem Ende. Arthur Schnitzler zeigt in seinen Schauspielen ›Familie‹ und ›Liebelei‹ aus den neunziger Jahren des vorigen Jahrhunderts den einen wie den anderen Verstoß gegen das ungeschriebene Gesetz: hier den Wunsch, die Geliebte zu heiraten, dort den Ehebruch; in zwei Einaktern aus der gleichen Zeit weist er auf Arroganz und Biederkeit der Liebhaber, und im Schauspiel ›Freiwild‹ legt er das allzu Starre eines Ehrenkodex bloß, der alles Lebensglück zerstört.

Der Autor Arthur Schnitzler wurde am 15. Mai 1862 in Wien geboren. Noch bevor er auf das Akademische Gymnasium kam, als Neunjähriger, versuchte er, seine ersten Dramen zu schreiben. Nach dem Abitur studierte er Medizin, wurde 1885 Aspirant und Sekundararzt; 1888 bis 1893 war er Assistent seines Vaters in der Allgemeinen Poliklinik in Wien; nach dessen Tod eröffnete er eine Privatpraxis. 1886 die ersten Veröffentlichungen in Zeitschriften. 1888 das erste Bühnenmanuskript, 1893 die erste Uraufführung, 1895 das erste Buch, die Erzählung ›Sterben‹ bei S. Fischer in Berlin. Beginn lebenslanger Freundschaften mit Hugo von Hofmannsthal, Felix Salten, Richard Beer-Hofmann und Hermann Bahr. Das dramatische und das erzählerische Werk entstehen parallel. Stets bildet der einzelne Mensch, die individuelle Gestalt »in ihrem Egoismus oder ihrer Hingabe, ihrer Bindungslosigkeit oder Opferbereitschaft, in ihrer Wahrhaftigkeit oder Verlogenheit« (Reinhard Urbach), den Mittelpunkt seiner durchweg im Wien der Jahrhundertwende angesiedelten Stoffe. Arthur Schnitzler hat, von Reisen abgesehen, seine Geburtsstadt nie verlassen; am 21. Oktober 1931 ist er dort gestorben.

Arthur Schnitzler
Das dramatische Werk

In chronologischer Ordnung

1
Anatol

2
Freiwild

3
Das Vermächtnis

4
Der Schleier der Beatrice

5
Lebendige Stunden

6
Zwischenspiel

7
Der junge Medardus

8
Das weite Land

9
Komödie der Worte

10
Die Schwestern oder Casanova in Spa

11
Das Wort

12
Im Spiel der Sommerlüfte

Arthur Schnitzler

Freiwild

Dramen 1892–1896

Fischer
Taschenbuch
Verlag

Ungekürzte, nach den ersten Buchausgaben durchgesehene Ausgabe
Veröffentlicht im Fischer Taschenbuch Verlag GmbH,
Frankfurt am Main, Januar 1994

Lizenzausgabe mit freundlicher Genehmigung
des S. Fischer Verlags GmbH, Frankfurt am Main

Umschlagentwurf: Buchholz / Hinsch / Hensinger
Gesamtherstellung: Clausen & Bosse, Leck
Printed in Germany
ISBN 3-596-11502-7

Gedruckt auf chlor- und säurefreiem Papier

Inhalt

Familie

Schauspiel in drei Akten

Personen

Herr Moser
Frau Moser
Ernst } *ihre Kinder*
Helene }
Herr Helder
Frau Helder
Minna, *deren Tochter*
Dr. Fabler
Richard Allmann
Viktor von Mertens
Winter
* Frau Berglein
* Margarethe } *deren Töchter*
Anna }
* Karl Zermann
* Frau Belazzi
* Katharina, *deren Tochter*
Dienerschaft

Wien, Gegenwart [um 1892]

* *Personen der Erstfassung des II. Aktes*

I. Akt

Behaglicher Salon bei Mosers. Traditionelle Einrichtung, die der Regie überlassen bleibt. Türen rechts, links und im Hintergrund.

1. Auftritt

RICHARD *tritt ein. Zum Diener, der ihm die Tür öffnet* Danke, nicht melden; es ist nicht notwendig. Ich warte [gern].
Geht hin und her.

VIKTOR *kommt und will in die Türe rechts* Oh, Herr Allmann, Sie warten auf Ernst?

RICHARD Ja.

VIKTOR Na, so kommen Sie doch mit mir hinein.

RICHARD Nein. Man ist eben beim schwarzen Kaffee, sagte mir der Diener.

VIKTOR Zum schwarzen Kaffee bin ich gerade geladen.

RICHARD Aber ich nicht.

VIKTOR Das tut ja nichts.

ERNST *von rechts* Guten Abend. Warum kommt ihr denn nicht hinein?

VIKTOR *emphatisch* Ernst! Ernst! Na laß dich einmal ansehen! *Zu Richard* Ihr habt euch schon gesehen?

RICHARD Ja. Gestern abend.

VIKTOR Ach so! – Du schaust famos aus – aber wirklich famos!

ERNST Du warst ja auch weg, wie ich höre?

VIKTOR Ach, nur ein paar Wochen.

ERNST Wo denn?

VIKTOR Hochzeitsreise.

ERNST Ach, nicht möglich!

VIKTOR Weißt schon: Hochzeitsreise... ich nenne das Hochzeitsreise.

ERNST *lachend* Ach so!

VIKTOR Du aber warst ja mindestens zwei Jahre weg.

ERNST Nicht ganz.

VIKTOR Man hat ja so manches über dich gehört.

ERNST Was denn?

VIKTOR *scherzhaft* Du... du... machst auch Hochzeitsreisen!

RICHARD Ich bin gar nicht in Besuchstoilette, wie du siehst. Ich wollte nur zu dir.

ERNST Aber das sind ja Lächerlichkeiten; es ist ja nur der Doktor bei uns.

VIKTOR Na?

ERNST Wir kommen schon nach.

VIKTOR *ab.*

2. Auftritt

Richard, Ernst.

RICHARD Ich wollte ja wirklich nur zu dir. Aber stör' ich dich nicht?

ERNST Mach' doch keine Geschichten. Wir stehn sowieso bald vom Tisch auf. Setz' dich doch!

RICHARD Danke.

ERNST *offerierend* Zigarre?

RICHARD Leicht?

ERNST Ich denke ja; sind noch von draußen. Also garantieren kann ich nicht. Was man auf Reisen überhaupt zusammenrauchen muß –!

RICHARD Also erzähle.

ERNST In Italien sind die Zigarren schlecht.

RICHARD *den Scherz abwehrend* Na erzähle.

ERNST Ach was denn! glaubst du, das geht so? Ab Wien 10. Oktober 1887, Ankunft in Rom 12., dort Aufenthalt von drei Monaten, im Jänner oder Feber nach Neapel, dort... »Hier stock' ich schon« ––

RICHARD Das will ich ja gar nicht wissen. Wie es dir gegangen ist, was du so im großen und ganzen erlebt hast.

ERNST Ich habe mich wohl gefühlt – sehr wohl. Das hab' ich dir ja geschrieben.

RICHARD Deine Briefe waren selten und kurz – kurz!

ERNST Ich kann nicht Briefe schreiben. Das Wichtigere ist, daß ich mich unendlich wohl befunden habe. Ich habe sogar ein Talent in mir entdeckt.

RICHARD ?

ERNST Du bist erstaunt – wie? ... Talent zum Glücklichsein. Ja, geradezu glücklich war ich! Es war alles so schön – so schön! Und ich war frei!

RICHARD Frei?

ERNST Ja.

RICHARD Und sie?

ERNST Sie? ... Sie war meine Freiheit und mein Glück.

RICHARD Oh!

ERNST Du hast keine Ahnung, was in dem Mädel steckt! Man sollte es überhaupt nicht glauben, was aus so einem Wesen zu machen ist, wenn sie in die richtige Atmosphäre kommt.

RICHARD Du hast also deine ganze Reise mit ihr gemacht?

ERNST Gewiß. Und was ist dieses Kind für ein herrlicher Kamerad geworden! Ich selbst habe es mir kaum geträumt –

RICHARD Merkwürdig!

ERNST Mit jedem Tag fiel ein Stück Heimat von ihr ab, mit jedem Tag wurde sie mehr sie selbst und so gereift und gut. Sie lernte zu schauen, zu hören – alles wirkte auf sie – sie faßte die Natur, sie faßte alle Schönheit auf – es war wunderbar, diese genießende Jugend zu betrachten!

RICHARD Das ist ja sehr schön.

ERNST Sie ist nun ganz einfach mein Geschöpf. Da konnt' ich nun anderthalb Jahre bilden, ohne mich stören zu lassen. Wir waren allein, und um uns die reiche, tausendfältige Welt. Die Menschen zogen an uns vorüber, sie waren auch ein Stück der Welt, die wir genossen – aber sie durfte sich nicht um uns kümmern.

RICHARD Na, und jetzt? Was wird nun geschehen?

ERNST *leicht* Ja, ich weiß nicht. Am liebsten möcht' ich gleich wieder auf und davon.

RICHARD Das wird doch wohl schwer gehen.

ERNST Sehr schwer – gar nicht. Ich habe kein Geld mehr.

RICHARD Na, zu hungern wirst du ja glücklicherweise nicht brauchen.

ERNST Freilich. Aber mich reut's doch nicht, daß ich die paar tausend Gulden, die mir so unerwartet – durch jene kleine Erbschaft – zufielen, durchgebracht habe. Was nun immer geschieht: eine Zeit meines Lebens hab' ich nach meiner Weise gelebt – ganz nach meiner Weise, und die nimmt mir keiner mehr weg.

RICHARD Deine Leute hast du alle wohl gefunden?

ERNST Gewiß. Warum fragst du? Hast du sie nicht gesehen?

RICHARD Selten. Bei Hölders zwei oder drei Mal. Ich habe so viel zu tun.

ERNST Ach ja. Aber deine Stellung bei dem Blatt hat sich verbessert.

RICHARD Nicht der Rede wert. Ich habe mehr zu tun: Das ist eigentlich alles.

ERNST Du gehst also im Journalismus ganz auf?

RICHARD Lieber Freund, ich muß – als Familienvater.

ERNST Vater? ... Ach, das hab' ich ja gar nicht gewußt! Gratuliere! Wie heißt er denn?

RICHARD Sie – es ist eine Tochter.

ERNST Ach so!

RICHARD Na, gratulieren kannst du mir trotzdem. Schon weil meine Frau eine solche Freude mit der Kleinen hat. Das erste Honorar von einer auswärtigen Zeitung nach der Geburt wurde mit der offiziellen Bestimmung »Mitgift« zurückgelegt.

ERNST Deiner Frau geht's gut?

RICHARD Ja. Aber du siehst ein: Die Jugendträume müssen nun zu Ende sein.

ERNST Schade! Aber ich gebe die Hoffnung nicht auf.

RICHARD Für mich gib sie ruhig auf. Wenigstens wenn du den Ruhm die Hoffnung nennst.

ERNST Siehst du, wenn ich zufällig ein Millionär wäre – halt das nicht für kindisch – du dürftest mir nicht fürs tägliche Brot arbeiten.

RICHARD Erinnerst du dich, was man mir prophezeit, als ich mit meiner ersten Novelle einigen Erfolg hatte?

ERNST O ja. Und bitte, ich prophezeie noch immer.

RICHARD Damals ging's mir noch sehr gut. Ich mußte noch nicht die Schulden meines Vaters zahlen, ich brauchte nicht ans Verdienen zu denken. Und man sagte: Sie würden was Großes leisten, wenn Sie müßten, wenn Sie zum Arbeiten gezwungen wären.

ERNST Das sind so die beliebten Phrasen, mit denen sie einem den Magen umdrehen.

RICHARD Na, jetzt bin ich gezwungen; und was leiste ich? Artikel über die Fleischteuerung und über die serbischen Wirren.

ERNST Weil du eben ein Narr warst!

RICHARD Es gibt Pflichten.

ERNST Ja, ja. Es ist nur die Frage, ob man nicht erst Pflichten gegen sich hat, wenn man schon zufällig wer ist.

RICHARD Na, lassen wir das. Es freut mich, daß es den Deinen so gut geht. Dein Vater rüstig?

ERNST Gewiß. Auch die Mama sieht sehr gut aus.

RICHARD Und deine Schwester?

ERNST Dumm und kokett wie immer.

RICHARD Oh!

ERNST Ich brauche doch nicht blind zu sein, weil es zufällig meine Schwester ist. Es ist ja schon dumm genug, daß es mich zuweilen ärgert.

RICHARD Ich bitte dich, frag' dich aufs Gewissen: Du bist ja doch froh, daß du wieder ein bißchen zu Hause bist.

ERNST Glaubst du? Richard! Und das sagst du!

RICHARD *etwas verlegen* Die Heimat...

ERNST *nach einer Pause* Na, zum Glück hab' ich keine besondere Eignung zum tragischen Helden.

RICHARD *unsicher* Liegt auch wirklich kein Grund vor.

ERNST Das sagst du, dem ich meine sehenden Augen verdanke?

RICHARD Ah, ich könnte mich noch heute deswegen --

ERNST Was kannst du denn dafür? – Du warst ja ein Kind wie ich, wir verstanden es ja gar nicht. Und dann: Ich bin kein tragischer Held. Ich lasse es so gehen und habe wahrhaftig nicht weiter daran gedacht. Schon lang nicht mehr. Wenn man mich nur nicht zu Hause mutwillig immer daran erinnerte!

RICHARD Man weiß, daß du nicht allein gereist bist?

ERNST Natürlich. Und ein paar spitzige Bemerkungen fielen auch schon. Hier! – Ah, wie schön, wie schön war's da draußen!

3. Auftritt

Ernst, Richard, Frau Moser, Helene, Viktor.
Etwas später *Moser, Dr. Fabler.*

RICHARD *verbeugt sich.*

HELENE O, der Herr Doktor!

FRAU MOSER Guten Tag. – Warum hast du denn Herrn Allmann nicht zu uns hereingebracht, Ernst?

RICHARD Ich wollte nicht stören.

FRAU MOSER Aber ich bitte Sie! Es ist überhaupt nicht schön, daß Sie sich gar nicht bei uns sehen lassen.

HELENE Das ist wirklich gar nicht schön!

RICHARD Die Damen sind zu liebenswürdig.

HELENE Nun, was sagen Sie zu meinem Bruder? Ist er nicht hübsch geworden?

VIKTOR Fescher Kerl!

FRAU MOSER *zu Richard* Bei Ihnen zu Hause alles wohl?

RICHARD Danke sehr – vollkommen.

MOSER Guten Abend. – Die Herren kennen sich ja?

DR. FABLER O gewiß, ich habe schon das Vergnügen. – Na. Ernst, wie schmeckt die erste Zigarre wieder zu Hause? – Was, es ist doch was andres – nicht wahr? Ans Vaterland, ans teure, schließ' dich an! Darauf kommt man erst in der Fremde – wie?

ERNST Die Fremde hat auch schon ihr Gutes.

DR. FABLER Freilich, freilich! Ein junger Mann muß auf Reisen gehen, muß die Welt sehen, das gehört dazu.

VIKTOR Wenn einer eine Reise tut, dann kann er was erzählen.

DR. FABLER Auch der Goethe hat ja seine Reisen gemacht – gewiß! Aber dann ist er wieder nach Hause und hat sich doppelt wohl gefühlt.

MOSER Mein Herr Sohn hat sich auf seiner Reise doppelt wohl gefühlt.

VIKTOR *lacht laut.*

DR. FABLER Ach Gott, wenn man jung ist –! Ihr jungen Leute wißt ja gar nicht, wie gut ihr's habt.

FRAU MOSER Das ist wirklich wahr.

DR. FABLER Na, aber jetzt wird wohl zu Haus geblieben, Ernst, nicht wahr?

FRAU MOSER Und was Vernünftiges angefangen.

DR. FABLER Freilich: Bleibe im Lande und nähre dich redlich.

VIKTOR Was wirst du jetzt eigentlich anfangen, Ernst?

ERNST Ich weiß noch nicht.

HELENE Weißt du denn nicht, daß du in die Fabrik eintreten wirst?

ERNST Ich –?

MOSER Nun ja. Was hast du denn eigentlich gedacht? Es ist doch wahrhaftig an der Zeit... nicht wahr, Doktor?

DR. FABLER Freilich. Der Mensch muß einen Beruf haben. Arbeit adelt.

ERNST Na ja, wenn einer keinen besseren Adel hat.

HELENE Na ja, wenn einer Baron ist, braucht er freilich nicht zu arbeiten.

VIKTOR *lacht* Sehr gut!

HELENE *erschrocken* Sie sind ja nicht Baron!

VIKTOR Nur »von« – nur »von«!

MOSER Sieh dir all deine Freunde an, wozu die's schon gebracht haben, und schau, was du bist.

DR. FABLER Ja, Ernstchen, jetzt müssen Sie dazuschaun!

MOSER Es ist mir ein Rätsel, wie du dich überhaupt wohl fühlen kannst! – Dein Freund Viktor ist bereits Prokuraführer geworden.

VIKTOR Aber Ernst hat ja so viel studiert.

MOSER Ja, angefangen hat er eine Menge Dinge, aber zu Ende gebracht hat er nichts.

ERNST Bis zu dem Ende, das ich brauche, hab' ich alles gebracht.

MOSER Wärst du meinetwegen Advokat geworden – oder Arzt – oder irgendwas! Ich habe ja nicht darauf bestanden, daß du Kaufmann wirst.

DR. FABLER Freilich, seinen Platz muß man in der Welt haben – seinen Platz, das ist das Wichtigste! Man muß wissen, was man ist.

ERNST Ich weiß, was ich bin.

MOSER Gar nichts bist du – ein Bummler!

FRAU MOSER Aber Moser!

MOSER Ach, wir sind ja unter uns!

DR. FABLER Ernst weiß ja, daß man nur sein Bestes will.

ERNST Gewiß bin ich ein Bummler; mir macht das Arbeiten kein Vergnügen.

RICHARD Geh, mach' dich nicht schlechter, als du bist.

ERNST Aber es ist mein Ernst: mir macht das Arbeiten absolut kein Vergnügen.

FRAU MOSER In solchen Paradoxen gefällt er sich!

ERNST Wenn ich mich um mein tägliches Brot zu kümmern hätte, so würd' ich mich totschießen ganz einfach.

VIKTOR *lacht.*

FRAU MOSER Versündige dich doch nicht!

RICHARD Er meint's ja nicht so. In Wirklichkeit hat er mehr studiert als tausend andere.

MOSER Ja, reden Sie ihm das noch ein.

ERNST Wenn aber ein Mensch unter Tausenden zufällig in der glücklichen Lage ist, sich sein Leben so einrichten zu können, wie er will, darf er es auch nicht tun. Da muß man sich eben künstliche Pflichten konstruieren.

MOSER Jeder Mensch hat Pflichten!

ERNST O ja; so glücklich zu sein, als er nur kann, ohne andern zu schaden. Damit genügt er vollkommen.

MOSER Sag' das nur einmal meinen Arbeitern, mach' sie das glauben, und gib acht, wie viele morgen noch in die Fabrik kommen.

ERNST Deinen Arbeitern sag' ich's auch nicht.

DR. FABLER Sehen Sie, wie Sie sich selbst schlagen?

ERNST Ich finde aber, daß man sein ganzes Leben sehr gut damit ausfüllen kann, alles Schöne zu lieben.

MOSER Und die Schönen dazu!

VIKTOR *lacht.*

DR. FABLER Ernst, Ernst, was sind Sie für ein unklarer Kopf!

ERNST Warum denn? Weil ich Ihre angeblichen Klarheiten nicht gelten lasse?

DR. FABLER Sie sollten den Erfahrenen glauben, uns, die wir die Welt und das Leben kennen. Glauben Sie mir: Nur Arbeit macht glücklich.

ERNST Aber mich nicht... hören Sie, mich nicht!

VIKTOR O, ich sag' dir, Ernst, sie hat schon ihr Gutes. Das Essen schmeckt doppelt so gut, wenn man aus dem Bureau herauskommt und weiß: Jetzt bin ich fertig!

HELENE Speisen Sie denn so früh?

VIKTOR *lacht.*

DR. FABLER Und was sagen Sie, Doktor, zu den Ansichten Ihres Freundes?

RICHARD Es ist ja wahr, die meisten Menschen müssen eben arbeiten, um zu leben.

ERNST Ja. Und da hat man aus der Not eine Tugend gemacht. Und manche arbeiten, um ihrem leeren Leben einen Inhalt zu geben. Ich meine eben diese Arbeit fürs tägliche Brot, das Tagewerk, das Roboten von acht bis zwölf, von zwei bis sechs – oder meinetwegen nur von zehn bis zwölf – aber mit einem Wort: der Zwang der Arbeit. Ich brauch' das nicht!

DR. FABLER O, das braucht jeder! In der menschlichen Gesellschaft muß jeder ein nützliches Glied sein.

ERNST Sagen Sie: haben Sie noch viele solche Stampiglien vorrätig?

DR. FABLER Stampiglien –?

ERNST Für mich haben sie keine Gültigkeit – ein für alle Mal! Ich fall' euch nicht herein auf eure Phrasen!

DR. FABLER O, die Nerven sind noch immer nicht kuriert, trotz der Reise. Noch immer so irritiert.

ERNST Verehrtester Doktor, reden Sie mir doch keine kranken Nerven ein. Werden Sie irgendeinem Menschen erzählen, daß er kranke Ohren hat, wenn er es nicht verträgt, auf einer Geige kratzen zu hören?

DR. FABLER Oh, oh! Man muß es Ihnen eben zugute halten.

MOSER Er weiß ja nicht, was er spricht!

DR. FABLER Aber ich bitte Sie, ich bin Ihnen auch gar nicht böse, lieber Ernst. Solche Zustände wie den Ihren kenn' ich. Gerade heutzutag findet man das so häufig. Ich sage Ihnen, es wird sich geben, vollkommen, wenn Sie erst...

ERNST Ich verbiete Ihnen, mich krank zu finden – verstehen Sie mich?

DR. FABLER Nervös sind Sie, junger Mann – nervös.

ERNST Nervös? Weil mir die falschen Töne wehtun? Und Sie sind gesund, weil Sie nicht merken, daß die Töne falsch sind?

MOSER Na, du bist recht nett von der Reise zurückgekommen!

FRAU MOSER Es ist doch wirklich nicht notwendig, sich so in Wut zu reden.

DR. FABLER Übergangsstadium, nichts anderes... Oh, ich kenne das!

ERNST Sie kennen alles, ich weiß es ja!

HELENE Mama, es ist ja schon sieben Uhr.

FRAU MOSER Ja richtig – die Oper!

MOSER Die Laune wäre einem freilich gründlich verdorben.

VIKTOR Oh, die Herrschaften gehen in die Oper?

HELENE Ja, ›Afrikanerin‹ zur Abwechslung. Wollen Sie mit? *Leise* Kommen Sie mit!

FRAU MOSER Ja, Herr von Mertens, Platz haben wir für Sie. Unser Sohn verachtet Meyerbeer.

ERNST Ich verachte ihn nicht, er ist mir nur nicht sympathisch; ich bitte, das ist nicht dasselbe.

MOSER Kommt Winter nicht? ... Wo bleibt denn Winter überhaupt?

FRAU MOSER Ich denke, er kommt direkt in die Oper hin. Er versprach mir wenigstens...

VIKTOR Oh, da will ich mich –

HELENE *leise* Kommen Sie mit.

FRAU MOSER Es ist Platz genug.

VIKTOR Dann werde ich so frei sein, später nachzukommen. Ich muß noch dringend einen Brief schreiben.

HELENE Ihre Briefe – das kennt man!

MOSER *zu Dr. Fabler* Was sagen Sie zu diesem Jungen?

DR. FABLER Aber ohne Sorge! Lassen Sie ihn nur ein bißchen im Nest sitzen, und dann suchen Sie ihm eine Frau – eine brave kluge Frau!

FRAU MOSER Ach ja!

MOSER Was? Eine Frau für den –?

DR. FABLER Junges Blut, junges Blut!

HELENE *ist zu ihrem Bruder getreten, scheint ihm oberflächliche und bornierte Vorwürfe zu machen.*

FRAU MOSER Ach, wenn Sie noch ein wenig dablieben, ihm so ein bißchen ins Gewissen redeten. Er ist ja im Grunde gut.

DR. FABLER Wenn Sie es wünschen, gnädige Frau; ein halbes Stündchen hab' ich wohl noch Zeit. Nur fürchte ich, daß er heut ––

FRAU MOSER Aber das sind ja Launen, weiter nichts!

MOSER Er ist ganz verdreht zurückgekommen. Aber ich hab's ja gedacht!

DR. FABLER Wieso?

MOSER Wenn ich bedenke, daß er ein Jahr mit einem subsistenzlosen Frauenzimmer in der Welt herumgezogen ist ––

DR. FABLER Jugend will austoben.

MOSER Ihm fehlt jeder Sinn für ein geregeltes Leben. Es geht ja seit Jahren so. Und kaum hatte er die paar tausend Gulden in Händen, die man ihm nicht vorenthalten durfte, war er auf und davon.

DIENER *meldet den Wagen.*

FRAU MOSER Also Herr von Mertens, Sie kommen nach – nicht wahr?

ERNST *zu Richard* Mir scheint gar, der Doktor bleibt auch noch da.

STUBENMÄDCHEN *bringt den Damen die Mäntel.*

VIKTOR *zu Helene* Darf ich Ihnen behilflich sein?

HELENE Aber sicher nachkommen, sonst – –

VIKTOR Ich schwöre!

MOSER Also guten Abend, Doktor – guten Abend, Richard.

FRAU MOSER Adieu.

HELENE Pa, Ernst, brav sein!

MOSER, FRAU MOSER, HELENE *ab.*

4. Auftritt

Ernst, Viktor, Richard, Fabler.

DR. FABLER Ich bleibe den jungen Herren noch ein wenig auf dem Hals. Sie sind doch nicht böse?

ERNST O bitte.

DR. FABLER Die gute Zigarre will ich doch noch im Zimmer ausrauchen.

ERNST Wenn du etwa wirklich einen Brief schreiben wolltest, – Tinte und Papier stehen dir zur Verfügung.

VIKTOR Aber, einen Brief – gar keine Idee! Ich hab' nur dringend vor acht was zu tun.

ERNST Ach so!

DR. FABLER Ah, Sie brauchen sich vor mir nicht zu genieren; ich war auch einmal jung.

RICHARD Aber ich muß leider – –

ERNST *zu Richard* Du wirst mich doch mit diesen da nicht allein lassen? Du mußt warten, bis sie weg sind. Ich muß mit dir sprechen.

VIKTOR Ach Gott... *Eine Zigarette anzündend* die Weiber... die Weiber!

DR. FABLER Freilich, die Weiber! – Das muß auch durchgemacht werden – gewiß.

VIKTOR Ja, ja, Doktor.

DR. FABLER Die Weiber – das kommt zuerst, und dann das Weib.

VIKTOR O nein – die Frau!

DR. FABLER Sehr fein gesagt, mein junger Freund.

VIKTOR *ermutigend* Wenn man nämlich heiratet.

DR. FABLER Natürlich. Ein Bedürfnis, das jedem ernsten Menschen sozusagen angeboren ist.

ERNST Also wir bekommen schon wieder eine Weltweisheit zu hören.

DR. FABLER Das sind wir uns – das sind wir dem Staate schuldig. Das ist unsere heilige Pflicht.

ERNST Na, hörst du's, Richard? Jetzt weißt du, warum du eine Frau genommen hast: Dem Staat warst du's schuldig.

DR. FABLER Ja, fragen Sie nur Ihren Freund... fragen Sie ihn nur! Ob er es nicht erst jetzt weiß, warum er eigentlich lebt! Jetzt erst weiß, wofür er sorgt, wofür er arbeitet, wofür er überhaupt auf der Welt ist. Für Weib und Kind... Sie haben doch ein Kind, Herr Doktor?

RICHARD Ja.

ERNST Hat Ihnen Mama auch schon gesagt, wen Sie mir zu diesem Behufe empfehlen sollen?

DR. FABLER Oh, ich bitte sehr! –

ERNST Nicht? Nun, ich kann es Ihnen mitteilen. Fräulein Helder.

DR. FABLER Fräulein Helder? Das ist ja vortrefflich! Sie geben ein prächtiges Paar.

ERNST Lieber Doktor, ich versichere Sie, ich weiß auch so, wozu ich auf der Welt bin.

DR. FABLER Das Bedürfnis, eine Familie zu gründen, ist jedem ernsten Manne angeboren.

ERNST Ich bin aber kein ernster Mann.

VIKTOR Kinder, ich muß gehen.

DR. FABLER Jugend hat keine Tugend. Ja, ja. Aber eines schönen

Tages wird es schon über Sie kommen. Wissen Sie, wie? Mit unbezwinglicher Macht. Und ich werde Ihnen dann Glück wünschen, denn dann werden Sie sich selbst gefunden haben.

VIKTOR Wenn ich nur nicht dahin gehen müßte!

ERNST Na, wer zwingt dich denn?

VIKTOR Ah, ich bin so gut! Drum werd' ich sie nicht los.

ERNST Du hast doch eben erst deine Hochzeitsreise gemacht?

VIKTOR Aber das ist ja eine andere!

DR. FABLER Sehen Sie, er faßt die Dinge richtig auf. Bagatelle! Weiber – mit einem Worte!

ERNST Die man nicht heiratet.

DR. FABLER Freilich. Auf die man also auch weiter keine Rücksicht zu nehmen hat. Man soll sich nicht an sie hängen; das ist immer von Übel, wenn an solchen Affären das Herz beteiligt ist.

VIKTOR Ach ja, das Herz!

ERNST Um Gotteswillen, es ist doch nicht am Ende bei dir beteiligt?

VIKTOR Immer. Drum werd' ich auch nie eine los.

DR. FABLER Er scherzt ja nur.

VIKTOR *klagend* Jetzt muß ich wieder dahin gehen! Nicht möglich, sie los zu werden. Noch nie ist es mir gelungen.

DR. FABLER Oh, das geht schon; da muß man nur wollen. Glauben Sie mir, ich kenne diese Dinge.

VIKTOR Ich werde doch keine los. Wissen Sie, was daraus folgt? Ich habe noch alle meine Geliebten. Sie haben gar keine Ahnung, wie schauerlich das ist. Die Älteste ist schon sieben Jahre lang; die seh' ich jetzt allerdings nur alle zwei bis drei Monate. Aber dann ist eine andere da, mit der habe ich vor vier Jahren angebandelt – die geht mir nicht von der Fersen! Um mich vor der zu retten, mach' ich meine Hochzeitsreisen. Und jetzt soll ich wieder zu ihr.

DR. FABLER Da will ich Ihnen einmal erzählen, was mir in meiner Praxis passiert ist. – Ein junger Mann, vielleicht in Ihren Jahren, kommt zu mir heraufgestürzt. »Doktor«, sagt er, –

VIKTOR Ich muß hin, ich muß hin! Erzählen Sie mir die Geschichte auf der Straße weiter. Bis zur Ecke können wir zusammen gehen.

DR. FABLER Es ist wahr. Ich muß sowieso noch -- Na, was glauben Sie, Ernst? Es ist wie ein Wink des Schicksals – zu Helders.

VIKTOR Also adieu, adieu!

5. Auftritt

Vorige. Winter im Überzieher, mit Stock.

WINTER Guten Abend, meine Herren.

ERNST Oh, Herr Winter – guten Abend! Wollen Sie nicht weiter spazieren?

WINTER Nein, ich bin nur eine Sekunde da, wollte Sie nur fragen, wie's Ihnen geht.

ERNST Ich danke. Sehr hübsch, daß Sie kommen. Ich glaube, man erwartet Sie in der Oper.

WINTER Ich weiß; aber ich wollte Sie vorher wenigstens auf eine Sekunde sehen. – Sehr gut – ausgezeichnet!

ERNST Also zufrieden?

WINTER Ja. – Nur die Haare sind zu lang. – In die Oper sind Sie natürlich nicht zu bringen? Da hätten Sie mir im Zwischenakt alles mögliche erzählen können.

ERNST Ich bin heute noch müde.

WINTER *zu Viktor und Fabler* Ich gehe mit Ihnen, meine Herren. – Also auf morgen, lieber Ernst; da werden wir uns so recht von Herzen ausplaudern. Adieu.

VIKTOR, FABLER, WINTER *ab.*

6. Auftritt

Richard, Ernst.

ERNST Heimat! – Siehst du, das ist die Heimat.

RICHARD Das läßt man einfach abgleiten.

ERNST Die gute Glätte hab' ich nicht, fürcht' ich.

RICHARD Du wirst dich drein gewöhnen. Ich kann überhaupt nicht finden, daß die Dinge gar so schrecklich sind.

ERNST Was für eine Tyrannei liegt nur darin, daß sie es uns immer fühlen lassen: wir gehören zu ihnen. Der beißende, knurrende Haß gegen das, was anders ist an uns! Herunter damit, herunter damit! Mit Peitschen möchten sie uns in den Typus hineinjagen, aus dem wir uns ehrlich herausgerettet haben!

RICHARD Laß das und erzähl' mir jetzt. Sage, wo ist denn eigentlich sie? Wieder bei ihrer Mutter?

ERNST Was fällt dir ein! Nie wieder lass' ich sie dahin zurück. Es wäre die größte – vielleicht die einzige Gefahr für sie. Ich habe ihr vorläufig für die nächsten Tage ein Zimmer genommen, nicht weit von hier, bei einem jungen Ehepaar; als Lehrerin wohnt sie dort. Und dann wollen wir weiter sehen.

RICHARD Ja, aber was willst du denn eigentlich mit ihr anfangen?

ERNST Vor allem verhüten, daß sie mit ihrer Familie noch irgendwie in Berührung kommt. Nichts mehr soll mich daran erinnern, woher sie kommt. Mein Geschöpf ist sie – nur meins!

RICHARD Du hast also vortreffliche Anlagen bei ihr entdeckt?

ERNST Die allerbesten. – Und wie erst allmählich das Gift, das [sie] in jahrelangem Zusammensein mit jenen Leuten in sich aufgenommen hatte, hinausgeströmt war, da war sie ein süßes liebes Wesen, das mir mehr wurde als die Geliebte, das mir der beste Freund gewesen ist, den ich je gefunden. Welche Wohltat war es, daß ihr, daß ich sie von dieser Familie losgelöst habe, zu der sie nicht gehört und in deren Atmosphäre sie doch verkommen und verdummt wäre.

RICHARD Wie soll nun die Geschichte hier weitergehen?

ERNST Hast du die Anspielung bemerkt?

RICHARD Welche denn?

ERNST Die bürgerliche Ehrbarkeit in diesem Hause fühlt sich durch den unmoralischen Vorfall gekränkt, daß ich mit so einem Wesen, das nicht einmal die Ambition hat, von mir geheiratet zu werden, in der Welt herumfahre. Hier, in diesem Hause! O, heut ist's mir wieder so recht ins Blut gefahren – diese Überhebung, dieser Wahnsinn, diese Verlogenheit!

RICHARD !

ERNST Glaubst du, ich hab's vergessen? ... Nein, ich vergess' es nicht, man gibt mir absolut keinen Grund, es zu vergessen.

RICHARD Das ist Kinderei – wirklich! Ich weiß nichts mehr davon, kein Mensch hat es wahrscheinlich je gewußt – es ist überhaupt nicht mehr wahr.

ERNST Gut, du hättest recht, und gerade ich hätte es leicht vergessen können. Aber sie selber bringen es mir mit jedem Wort neu ins Gedächtnis. Mögen die Leute mit echten Münzen prahlen, es ist dumm genug! ... Aber mit falschen gar? Hat man hier im Hause das Recht, auf dieses Mädchen, das meine Geliebte ist und das niemand kennt, einen Stein zu werfen? Hat man hier das Recht, mit Moral groß zu tun?

RICHARD Niemand weiß es.

ERNST Ich, mein Lieber – und darum soll man mich nicht reizen. Man lasse mich meines Weges gehn; ich störe niemand. Meiner Mutter habe ich nie zu verzeihen brauchen, denn ich war ihr nie böse. Ich habe immer alles begriffen an den andern Leuten – warum soll mir hier gerade das Urteil mangeln?

RICHARD Ich bitte dich, es ist wirklich nicht nötig, sich darüber so aufzuregen.

ERNST Es ist sonderbar, wie du noch immer Gewissensbisse hast, weil du mir es gesagt hast, und so unschuldig hat selten einer ein düsteres Geheimnis verraten. Wie alt waren wir damals?

RICHARD Ich weiß es nicht.

ERNST Zehn Jahre – nicht wahr? – Und deine Worte sind mir noch im Ohr, ich höre deine Kinderstimme: »Wer war denn der Offizier gestern abend mit deiner Mama im Wagen?« Und ich: »Ich weiß nicht« – ebenso unschuldig, und dachte nicht mehr daran. Und wie eines Tages ganz plötzlich uns beiden klar war, was die Kinderstimme damals sagen wollte, wie ich ein paar Tage ganz entsetzt war über diese Mama und über meinen Papa, der nichts wußte, nichts wußte – gar nichts wußte!

RICHARD *bei ihm* Na Ernst!

ERNST Nicht ein paar Tage – es ist nicht wahr. Jahre, Jahre! Ich habe gelitten, gelitten darunter – das war der Unsinn. Und habe sogar eine ganze Zeit hindurch die tolle Idee gehabt, diesen Mann zu finden und zu erschießen – was weiß ich! Aber ich fand ihn nicht, und du wolltest nicht sagen, wer es war.

RICHARD Als wenn ich ihn je wieder erkannt hätte.

ERNST Es ist ja gleichgültig. Du weißt, daß sich meine Tollheit legte, der dumme Wahn, daß es gerade bei uns anders sein müßte als sonst wo in der Welt. Als wenn unsere Mütter nicht Weiber und unsere Schwestern nicht hysterische Mädeln und unser Väter nicht Männer wären.

RICHARD Rühr' nicht daran – tu's nicht! Wir können nicht an Menschen glauben – aber an die paar doch, denen wir nahe stehen. Das ist unsere Rettung.

ERNST Ich kann's nicht. Ihre Legitimitätsprotzerei kommt mir läppisch, manchmal geradezu verbrecherisch vor. Was für eine aufgeblasene Lüge ist das Familienbild dieses Hauses!

7. Auftritt

Diener kommt.

DIENER Eine Dame wünscht den jungen Herrn zu sprechen.

ERNST Eine Dame – mich?

DIENER Ja.

ERNST *zu Richard* Offenbar sie. – Du hast wohl die Güte, auf ein paar Minuten da hineinzugehen.

RICHARD *ins Nebenzimmer,* DIENER *ab.* ANNA *tritt ein, fällt* ERNST *um den Hals.*

ANNA Ernst – mein Ernst!

ERNST Aber Kind, was fällt dir denn ein?

ANNA Deine Leute sind in der Oper, da durft' ich's wohl riskieren.

ERNST Ja, aber ich sagte dir doch, daß ich dich abends abholen wollte.

ANNA Ich konnte dich nicht so lang erwarten; mir war so einsam, so schrecklich einsam. Ich bin's nicht mehr gewöhnt.

ERNST Nun ja, so gut werden wir's jetzt nicht mehr haben.

ANNA Aber ich halt' das nicht aus! Wie mir heute nachmittag die Zeit lang geworden ist! Schön habt ihr's da! Dein Zimmer?

ERNST Nein, das ist der Salon.

ANNA So? Schön. Nicht wahr?

ERNST Etwas banal, find' ich.

ANNA Erinnerst du dich an unser Zimmer in Sorrent?

ERNST Gewiß, mein Kind. Was, da war's schön?

ANNA Und wir waren immer beisammen! Ja, sag', was soll denn nun aus uns werden? – Dort kann ich nicht bleiben, das sag' ich dir gleich.

ERNST Aber über deine Leute kannst du dich doch vorläufig nicht beklagen? Freundliche Menschen, wie mir scheint, zufrieden und behaglich.

ANNA Ja.

ERNST Und dein Zimmer geht auf den Garten – kein Lärm.

ANNA Ja, ja. Aber ich bin allein!

ERNST Ich will ja sehr viel mit dir zusammen sein. Nur jetzt, die ersten Tage meines Hierseins, wirst du dich ein bißchen bescheiden müssen.

ANNA O, das sagst du nur so!

ERNST Glaub' mir, mein Schatz.

ANNA Heut' nachmittag war ich spazieren; sagt' ich dir's schon?

ERNST Ganz recht, dagegen hab' ich nichts einzuwenden.

ANNA *mit abgewandtem Gesicht, etwas verlegen* Ich bin meiner Mutter begegnet.

ERNST Wie?

ANNA Der Mutter bin ich begegnet.

ERNST Du warst bei ihr!

ANNA Nein.

ERNST Lüg' doch nicht! Du warst bei ihr, du hast sie besucht!

ANNA *bittend* Ernst!

ERNST Bei ihr warst du!

ANNA Es ist ja doch meine Mutter.

ERNST *im Zimmer hin und her* Also das hab' ich erreicht! Sag', begreifst du denn nicht, daß diese Frau dir so fremd sein muß wie jede andere? Fremder! Hast du denn alles vergessen? So sag doch! Was hat dich denn hingezogen? Erklär es mir!

ANNA Ich ging zufällig am Hause vorbei.

ERNST Es hat dich hinaufgezogen? In ihre Arme hat es dich getrieben? ... Weißt du denn gar nichts mehr? Weißt du nicht mehr, was man aus dir machen wollte? Weißt du nicht mehr, wovor ich dich gerettet habe? –

ANNA Das ist ja alles so lang vorbei!

ERNST Vorbei? Das? ... Das? ...

ANNA Ich kann doch meiner Mutter nicht ewig zürnen? Sie ist ja auch nicht gar so schuldig; sie weiß es eben nicht besser. Sie hat ja unter anderen Menschen gelebt als du.

ERNST Darum gehörst du eben nicht zu ihr – verstehst du?

ANNA Ich hab' mich gesehnt, die alte Frau wiederzusehen und die Schwester. Ich kann mir nun einmal nicht helfen! Ich danke ihr ja doch mein Leben.

ERNST Aber was für ein Leben! – Das, welches du bis zu dem Augenblick gelebt hast, da ich dich kennenlernte und aus dem du gottlob noch zu rechter Zeit erwacht bist ... Hast du mir's nicht selbst gesagt? ... Wie aus einem dumpfen Traum!

ANNA Sei mir nicht böse – ich hab' ja nur dich!

ERNST Also warum?

ANNA Schau, ich war so allein! Und du warst hier – du durftest bei deinen Eltern sein – du mußtest ja. Und du wirst hier wohnen, im Kreis deiner Familie, du hast ein Heim – und ich ... und ich –?

ERNST Aber das ist ja eine Fabel, eine Einbildung, was du von dem Heim sagst. Mein Heim ist bei dir, deines bei mir, wir wollen ja zusammenbleiben, sobald es geht – nur diese Übergangszeit müssen wir überstehen. Ich will ja fort mit dir – wir zwei haben ja nie ein Heim gehabt; hab' ich dir's nicht hundertmal gesagt? Ich habe ja ebensowenig Grund, auf meine Familie stolz zu sein, als du auf die deine. Du weißt es.

ANNA Ich verstehe dich ja.

ERNST Nun also, so laß doch die Gefühlsduselei, zu der kein Grund vorliegt. Es mögen ja andere glücklicher gewesen sein als wir, aber es ist ja unser Heil, daß wir uns überhaupt gefunden haben.

ANNA Ich weiß ja, was ich dir zu danken habe!

ERNST Ach Dank! Laß dich nur nicht wieder von dem dummen Zauber vergiften, den das Wort aushaucht: Familie! Du hast keine – hast keine, wie ich.

ANNA Ernst!

ERNST Nun?

ANNA Wann wollen wir fort?

ERNST Ich kann das heute nicht bestimmen; ich bin nicht mein eigener Herr. Es kann noch Wochen dauern, bis sich hier zu Hause alles klärt.

ANNA Wochen? Und was soll ich bis dahin tun?

ERNST Vielleicht nur Tage.

ANNA Ich beschwöre dich, Ernst, laß mich nicht dort bei den Fremden! Ich bitte dich! Ich ertrag's einfach nicht. Ich werde krank, ich werde melancholisch.

ERNST Was willst du eigentlich? – Ah, zu deiner Mutter!

ANNA *nickt.*

ERNST Geh! Ja, geh! Wie du willst!

ANNA Schau, Ernst, du mußt doch schon Vertrauen zu mir haben. Ich weiß ja, daß ich zu dir – nur zu dir gehöre. Aber meine Mutter war so gekränkt – so bitter gekränkt. Sie ist so alt geworden, beinahe weiß. Sie hat mich drum gebeten. Sie hat mir doch nie was Böses getan. Ich wohne einfach dort, wie du hier. Ich bin wenigstens zu Hause, du bist es ja auch.

Mit tausend Freuden verlass' ich sie ja wieder, wenn du mich holst.

ERNST Ich sagte dir ja schon: Du kannst tun, was du willst.

ANNA Nicht so, Ernst, nicht so! Du sollst mir's erlauben, und du sollst fühlen, daß ich kein Unrecht damit tue. Es ist ja nur für die paar Tage. Und du kennst mich ja jetzt, du weißt, daß mir nichts mehr was anhaben kann, daß ich dir alles verdanke, was ich bin, daß ich dich anbeten werde, solange ich lebe. Aber nur bei den Fremden laß mich nicht, ich beschwöre dich!

ERNST Du hast ja bereits gehört: ich verbiete dir nichts.

ANNA Ernst! Ernst! Nicht wahr, du siehst es ein? Es ist ja wirklich nichts Schlechtes.

ERNST Wohnst du vielleicht schon dort?

ANNA Nein. Aber ich darf – nicht wahr?

ERNST Ich sehe dich morgen früh noch, um manches mit dir zu sprechen vorher.

ANNA Kannst du nicht jetzt mit mir kommen, du wolltest doch den Abend mit mir verbringen?

ERNST Richard ist bei mir, mit dem ich noch einiges zu reden habe.

ANNA Richard? – Siehst du, wie du für mich keine Zeit mehr hast und wie mir andere Leute dich wegnehmen?

ERNST Du kennst ihn ja; wir könnten zusammen weggehen, wenn es dir nicht unangenehm ist.

ANNA Wo ist er denn?

ERNST Hier. *Öffnet die Türe und ruft* Richard!

8. Auftritt

Vorige. Richard.

RICHARD O mein Fräulein!

ANNA Guten Tag. Wie geht's Ihnen denn?

RICHARD Sie braucht man nicht zu fragen. Und schön sind Sie geworden.

ERNST Willst du uns begleiten?

RICHARD Ein kleines Stück gern; aber ich muß bald nach Hause. Meine Frau wird schon auf mich warten.

ERNST Schade, wir hätten wieder zu dritt soupieren können wie früher.

RICHARD Na, Ihr werdet lieber allein sein.

ERNST Wir müssen sogar eilen, sonst treffen wir am Ende meine Leute auf der Treppe, und du kannst dir denken, wie meine Mama indigniert wäre. *Alle ab.*

Vorhang fällt.

II. Akt. Erste Fassung
Bei Bergleins.

1. Auftritt
Frau Berglein, Frau Belazzi.

FRAU BELAZZI Ah, wie wird sich meine Katharin freuen – wie wird sie sich freu'n!

FRAU BERGLEIN Ist sie schon da?

FRAU BELAZZI Gewiß ist sie schon da. Gestern angekommen. Ah, wie schön is das Kind! Und schöne Sachen hat sie! Es is eine Freud'!

FRAU BERGLEIN Wieso hat sie schöne Sachen?

FRAU BELAZZI Man hat sie dort so gern gehabt. Ich hab's Ihnen immer gesagt: Man kann beim Theater ein anständiges Mädel sein und doch sein Glück machen.

FRAU BERGLEIN So? Sie hat schon ihr Glück gemacht?

FRAU BELAZZI Freilich, freilich! Sie hat gar nicht alle Sachen mitbringen können.

FRAU BERGLEIN Geht sie denn wieder nach Czernowitz zurück?

FRAU BELAZZI Nein.

FRAU BERGLEIN Also kommen noch die Koffer nach?

FRAU BELAZZI Aber nein, sie kann nicht alles transportieren. Es is ja ein kleines Landhaus dabei.

FRAU BERGLEIN Ah!

FRAU BELAZZI Eine Kunstfreundin, eine reiche Witwe hat's ihr zum Präsent gemacht.

FRAU BERGLEIN Nein – wirklich!

FRAU BELAZZI Ja, und Toiletten... wenn Sie sie sehen werden –! Und wie wird sie sich freuen, daß die Anna wieder da ist. Wann ist sie denn gekommen?

FRAU BERGLEIN Vorgestern.

FRAU BELAZZI So? – Na, und die alte Dame, wo sie zur Gesellschaft war –?

FRAU BERGLEIN Na, die Stellung hat sie halt verloren –

FRAU BELAZZI Sie ist immer auf Reisen gewesen mit ihr – wie?

FRAU BERGLEIN Ja, es war eine reisende Dame.

FRAU BELAZZI Nein, was die Menschen schlecht sind... was die Menschen schlecht sind!

FRAU BERGLEIN Na, warum denn? So eine Stelle kann man ja nicht für immer behalten.

FRAU BELAZZI Ich mein' es ja nicht so. Aber wissen Sie, was mir die Frau Maderer erzählt hat?

FRAU BERGLEIN Na, was denn?

FRAU BELAZZI Daß die Anna mit einem Herrn herumgereist ist – denken Sie sich!

FRAU BERGLEIN Den Leuten kann man's nie recht machen. – Freilich, was glauben S' denn, was sie alles von Ihrer Kathi erzählen?

FRAU BELAZZI Drum ist das Gescheiteste, man kümmert sich nicht um das, was die Leut reden. Da müßt' man sich ja zu Tod kränken. Ich kümmer' mich um nichts und glaub' nichts. – Auch was man über die junge Frau gered't hat, das war beim einen Ohr drin und beim andern Ohr draußen.

FRAU BERGLEIN Über welche junge Frau?

FRAU BELAZZI Na, über Ihre ältere Tochter, die Frau Zermann, – wie's noch a Madl war.

FRAU BERGLEIN Ah so! – Wenn ich den Leuten glauben tät', so dürft' man mit dem Fräul'n Kather'l nicht über die Gassen gehn.

FRAU BELAZZI Und die Kather'l dürft' gar nicht in Ihr wertes Haus, Frau Berglein. Freilich, freilich!

2. Auftritt

Frau Berglein, Frau Belazzi.
Anna kommt in bescheidener Straßentoilette mit dünnem schwarzen Schleier, den sie eben abnimmt.

ANNA Guten Abend.

FRAU BELAZZI *rasch aufstehend* Da is sie ja! Anna! Liebste Fräul'n Anna!

ANNA Guten Tag, Frau Belazzi.

FRAU BELAZZI Nein, wie schön – nein, wie wunderschön die Fräul'n Anna is!

FRAU BERGLEIN Willst Kaffee, Anna? Ich hab' dir ein' stehn lassen.

ANNA Danke.

FRAU BELAZZI Na, Fräul'n Anna, jetzt geht's Ihnen wieder gut – wie?

ANNA Ja.

FRAU BELAZZI Ah, die Kathrin hat's auch g'sagt. Mutter, hat sie g'sagt, zu Haus is doch am besten.

FRAU BERGLEIN Man muß wirklich schon froh sein, wenn das ein Kind einsieht.

ANNA Is denn die Kathrin schon da?

FRAU BELAZZI Na freilich! Und froh war sie, wie sie gehört hat, die Fräul'n Anna is auch wieder da.

ANNA Geht's ihr gut?

FRAU BELAZZI Sie werden's ja sehn. Ausschaun tut sie sehr gut – aber sehr gut.

FRAU BERGLEIN Na, Anna, hast was g'funden?

ANNA Was? ... Ah so. Nein.

FRAU BELAZZI Ah, die Fräul'n Anna sucht wieder eine Stellung.

FRAU BERGLEIN Es is so schwer.

FRAU BELAZZI Freilich, freilich! Ich muß wirklich froh sein, daß es meine Kathrin so gut getroffen hat.

FRAU BERGLEIN Na, meine Schuld is grad nicht, daß ...

ANNA Es geht mir vollkommen gut.

FRAU BERGLEIN Du wirst vor der Kathrin einen Respekt bekommen. Die is Hausbesitzerin.

ANNA Wie?

FRAU BELAZZI Nur ein ganz kleines Landhaus von einer alten Witwe.

ANNA Is sie nicht mehr beim Theater?

FRAU BELAZZI Na freilich. Die is nicht so. Glauben Sie, sie wird sich jetzt gleich zur Ruh setzen? Die hat ein ernstes Streben.

ANNA Wo is denn der Kaffee?

FRAU BERGLEIN *eilt zum Ofen. Den Kaffee bringend* Da, mein Kind!

ANNA *setzt sich und trinkt.*

FRAU BELAZZI Ja, so ein Mutterl. Was? Is doch schöner zu Haus als mit einer sekkanten Frau in die Hotels herumfahren?

ANNA Wieso?

FRAU BERGLEIN Na, die Dame, bei der du zur G'sellschaft warst, meint die Frau von Belazzi.

ANNA Ach so!

FRAU BELAZZI Haben Sie's immer gut g'habt? War sie freundlich zu Ihnen?

ANNA *antwortet nicht.*

FRAU BERGLEIN Oh, die is jetzt so verschlossen.

Die Uhr schlägt.

FRAU BELAZZI Um Gottes willen, schon fünf Uhr! Jetzt is aber die höchste Zeit, daß ich geh'.

FRAU BERGLEIN Was laufen S' denn schon davon?

FRAU BELAZZI Die Kathrin wird mich schon erwarten. Ich hab' g'sagt, daß ich um halb fünf zu Haus bin. – Adieu, Fräul'n Anna. – Nein, die Kathrin wird eine Freud' habn!

ANNA Adieu, Frau Belazzi. Ein schönen Gruß an die Kathrin.

FRAU BERGLEIN *begleitet Frau Belazzi zur Türe hinaus.*

ANNA *allein, geht zum Fenster, schaut gedankenlos hinaus.*

FRAU BERGLEIN *tritt wieder ein.*

3. Auftritt

Frau Berglein, Anna.

FRAU BERGLEIN Was bist denn so unfreundlich?

ANNA *am Fenster* Wie?

FRAU BERGLEIN Warumst so unfreundlich bist?

ANNA Mit der –?

FRAU BERGLEIN Mit der ... Freilich is keine Prinzessin. Aber es is ja nur, daß man eine Ansprach' hat.

ANNA Eine falsche Person is sie.

FRAU BERGLEIN Man kann sich seine Gesellschaft nicht so aussuchen. Und wie du weg warst, war ich immer so allein. Ich hab' froh sein müssen, wenn sie zu mir kommt. Auf an' Plausch oder auf a Partie.

ANNA Kommt die Große nicht jeden Tag?

FRAU BERGLEIN Ach Gott, von deiner Schwester hab' ich auch nicht viel, seit s' den Buben hat.

ANNA Und was macht denn der Schwager?

FRAU BERGLEIN Der rennt alleweil in die Wählerversammlungen herum.

ANNA Geht's G'schäft gut?

FRAU BERGLEIN Keine Spur. Er sagt, da sein die Juden dran schuld.

ANNA So.

FRAU BERGLEIN Aber den Juden selber geht's eh net gut. Da wohnt einer ober meiner, der kann schon ein halbes Jahr keinen Zins nicht zahlen.

ANNA Wohnt der noch immer da?

FRAU BERGLEIN Und da haben 's ihm gestern noch die Fenster eing'schmissen.

ANNA Du, Mutter ...

FRAU BERGLEIN Was denn?

ANNA Wir bekommen heut Besuch.

FRAU BERGLEIN Wer denn?

ANNA Der Herr ... na, der Ernst kommt halt herauf.

FRAU BERGLEIN So?

ANNA Na ja, was schadt's denn weiter. Zu der Großen ist vor drei Jahren auch immer der Rudolf heraufgekommen.

FRAU BERGLEIN Red' nichts davon, bitt' dich recht schön. Das is a G'schicht, die vorbei is. Heut is deine Schwester eine verheiratete Frau, die ihre Famili hat – da hat sich kein Mensch mehr drum zu kümmern.

ANNA Na, weil du so ein G'sicht gemacht hast, wie ich g'sagt hab', er kommt zu Besuch.

FRAU BERGLEIN Na, dein Schwager wird's halt nicht recht sein.

ANNA Dem? ...

FRAU BERGLEIN Na, freilich! Hast du eine Idee, was der über dich zusammeng'schimpft hat, wie du weg warst? Du hast ja keinen Begriff davon.

ANNA Liebe Mutter, wenn ich dir vielleicht zu viel bin, ich kann gleich wieder gehn.

FRAU BERGLEIN Aber Kind, was red'st denn, was fallt dir denn ein! Ich bin ja so froh, daß ich dich wieder hab'. Du darfst mir nimmer weg. Du wirst dir in Wien eine Stellung finden und bei mir wohnen bleiben, solang mir der liebe Gott noch 's Leben schenkt.

ANNA Das wird nicht gehn.

4. Auftritt

Frau Berglein, Anna. Margarethe kommt.

MARGARETHE Guten Abend, Mutter. Servus, Anna.

ANNA Guten Abend.

MARGARETHE Der Zermann no net da?

FRAU BERGLEIN Siegst ja, daß er net da is.

MARGARETHE Is eh g'scheiter. *Zu Anna* Was glaubst du, wen ich getroffen hab'?

ANNA Was weiß denn ich!

MARGARETHE No was glaubst!

ANNA Na wen?

MARGARETHE *nahe zu ihr* Den Grafen.

ANNA Was für an' Grafen?

MARGARETHE Na den, der dir ein halbes Jahr nachg'stiegen is.

ANNA No ja...

MARGARETHE Der dir die Buketts heraufg'schickt hat.

ANNA Ja, ja.

MARGARETHE Er weiß schon, daß du wieder zurück bist.

ANNA Hast ihn denn g'sprochen?

MARGARETHE Na freilich hab' ich ihn g'sprochen. Er hat dich schon g'sehn neulich am Abend.

ANNA Was geht mich denn das an.

MARGARETHE Dumm bist – das sag' ich dir.

FRAU BERGLEIN Was tuschelt's ihr zwei da mitsamm?

MARGARETHE Ah nichts.

FRAU BERGLEIN Was macht denn der Karl?

MARGARETHE Ich hab' ihn daweil zu Haus gelassen; die Frau Schmidt gibt Obacht auf ihn.

FRAU BERGLEIN Was hast'n denn nicht mitbracht?

MARGARETHE Es ist zu kühl draußen heut. – Na, Fräul'n Anna, was macht denn der Herr Bräutigam?

ANNA Was soll denn das wieder heißen?

MARGARETHE Na, nur nicht gleich bös sein, Kleine. Ich weiß sowieso, daß er's nicht is.

ANNA Ja, was redest du denn überhaupt? Ich wüßt' gar nicht, was wir darüber mit einander zu reden haben.

MARGARETHE Na, na!

ANNA *zum Fenster*

MARGARETHE Na, Mutter, was is denn heut mit der Edeln von...?

FRAU BERGLEIN Die war heut schon da. Die Kathrin is vom Engagement nach Haus kommen.

MARGARETHE Ah so – die Schlampen! *Auf Anna weisend* Was hat denn die?

FRAU BERGLEIN Grantig is heut.

MARGARETHE Sehr stolz. Ich möcht' eigentlich wissen, warum.

FRAU BERGLEIN Denk' dir, der kommt heut gar herauf zu uns.

MARGARETHE Der Herr Bräutigam?

FRAU BERGLEIN Ja, wenn er's nur wirklich wär'! Aber...

MARGARETHE Na natürlich, heiraten wird er s'! Die Herrn heiraten unsereinen schon. Und haben tut sie auch nichts von ihm.

FRAU BERGLEIN Und mit ihren Ruf is auch vorbei. Die Belazzi...

ANNA *hat die letzten Worte gehört* Was ist mit meinem Ruf und der Frau von Belazzi?

FRAU BERGLEIN Na, die Frau von Belazzi hat mir's auf'n Kopf zugesagt, daß du mit einem Herrn herumgereist bist.

ANNA Na, hab' ich euch vielleicht gebeten, daß ich wieder da herauf darf? – Na, Mutter, sag's: hab' ich dich vielleicht um an' Unterstand gebeten?

MARGARETHE Na, ich sag' nur eins...

ANNA Was denn?

MARGARETHE Die Welt kennt keinen Unterschied zwischen schlecht und schlecht, und wenn eine schlecht is, so soll sie wenigstens was davon haben.

ANNA *auf sie zu* Margreth!

5. Auftritt

Vorige. Zermann. Saccoanzug, Stößer, Hände meist in den Saccotaschen, Aussprache wienerisch, mit der Tendenz, Hochdeutsch zu reden.

ZERMANN Guten Abend.

MARGARETHE Wo steckst denn?

ZERMANN Im Kaffeehaus bin ich g'wesen. – Guten Abend, Mademoiselle!

ANNA Guten Abend.

ZERMANN *sie betrachtend* Elegant, elegant!

MARGARETHE Aber wie lang noch?

ANNA Mutter, wenn du ihr das nicht verbietest, geh' ich auf der Stell' aus dem Haus.

MARGARETHE Na, na!

ZERMANN Bitte, eine Bemerkung. – Ist eine Bemerkung etwa nicht verstattet?

ANNA Nein.

ZERMANN Bitte, so werd' ich schweigen.

ANNA Is jedenfalls das Beste.

MARGARETHE Was bist eigentlich so grob mit uns?

ZERMANN Laß sie nur, Margreth. Hochmut kommt vor dem Fall. Fräulein werden schon wissen, warum Sie so hochmütig sind, und andere wissen eben auch ihren Teil.

ANNA Was soll das heißen?

ZERMANN Es ist ja keine Bemerkung verstattet. *Im Zimmer herum, zündet sich eine Zigarre an.*

FRAU BERGLEIN *hat Karten aus der Tischlade genommen und legt Patience auf.*

MARGARETHE Was machst denn?

ZERMANN *ist bei Frau Berglein stehen geblieben und schaut ihr zu* Na, Frau Mutter, was is denn? Spiel'n ma ein kleines Tarock?

FRAU BERGLEIN O ja.

MARGARETHE Wo sein denn die Karten?

FRAU BERGLEIN Dort in der Lad'. Gib's außer.

ZERMANN *hat sich zum Tisch gesetzt, streckt die Beine von sich, raucht. Mit einer Kopfbewegung auf Anna deutend, die beim Fenster steht* Na, was werd'n S' denn jetzt mit der machen?

FRAU BERGLEIN Eine Stellung sucht s'.

ZERMANN Eine Stellung, die findt man schon so g'schwind.

FRAU BERGLEIN Na, wer weiß, vielleicht heirat' er sie doch.

ZERMANN Haha! Haha!

MARGARETHE *ist mit den Karten hereingekommen.*

ZERMANN Na, setz' dich, Weiberl, setz' dich. Wer teilt?

FRAU BERGLEIN *Karten teilend* Na ja, warum nicht?

ZERMANN Warum nicht? Das fragen Sie?

ANNA *näherkommend* Ich möcht' dich um eine Aufklärung ersuchen.

ZERMANN Weg'n was denn, Fräulein?

ANNA Nun, die Bemerkung früher. *Auf seine boshaft fragende Miene* Daß du weißt, was du weißt, daß du deinen Teil weißt.

ZERMANN Na ja!

ANNA Was heißt das?

ZERMANN Na, daß du halt nicht gar so stolz zu sein brauchst, daß du mit ehrlichen Leuten nicht grob sein solltest, daß 's andre auch schon so weit gebracht haben wie du. Du bist ja rein ausgewechselt, seit du dem Elternhause wieder die Ehre deines Hierseins schenkst. Bist jetzt vielleicht mehr?

ANNA Mutter! Mutter!

ZERMANN Na, was willst denn von deiner Mutter?

ANNA Ich will, daß sie mich vor deinen Beleidigungen schützt, solang ich da bin.

ZERMANN Na, schützen S' doch Ihre Tochter.

FRAU BERGLEIN Streit's doch nicht alleweil.

ANNA Mutter, du hast mich gebeten, daß ich wieder bei dir wohn', – weißt du das noch?

ZERMANN Was, Frau Mutter, gebeten ham Sie?

FRAU BERGLEIN Laß das Kind endlich in Ruh.

ZERMANN Ah, da dreht sich die Welt um! Jetzt bitt' die Mutter das Kind, 's soll bei ihr bleiben! Haha! Sehr gut! Hätten S' doch lieber gewartet, bis sie kommt, Eahrner bitten. Hätt' ja so nimmer lang gedauert.

ANNA *will zuerst widersprechen; dann geht sie zur Tür.*

FRAU BERGLEIN *steht auf und hält sie zurück.*

ZERMANN Warum lassen S' denn das stolze Fräulein nicht gehn? Vielleicht hat sie der junge Herr von Moser zu seiner Verlobung eingeladen.

ANNA Wie? Was sagst du?

ZERMANN Nix.

ANNA Reden sollst du, verstehst du! Was man dir erzählt hat, will ich wissen!

MARGARETHE Was is denn das für eine G'schicht?

ZERMANN *scheinbar ohne Anna zu beachten; als wenn er die Sache nur Margarethe erzählen möchte* Na, im Kaffeehaus heut.

MARGARETHE Was war denn im Kaffeehaus?

ZERMANN Na, mit dem Werkführer von der Moserischen Fabrik hab' ich g'sprochen.

MARGARETHE Na, was denn?

ZERMANN Vielerlei. Er ist ein guter Freund von mir.

ANNA Was?

ZERMANN *sieht sie lachend und frech an und mischt die Karten.*

MARGARETHE Was hat er denn erzählt?

ZERMANN Nun, es weiß's ja bereits die halbe Welt. Der Herr von Moser – der junge nämlich – heiratet demnächst.

ANNA Es ist nicht wahr!

ZERMANN *ruhig* Von den Helderischen die Tochter. Es ist so gut wie sicher. Umsomehr als das Geld von denen Helderischen von der Fabrik Moser dringend benötigt wird.

ANNA Das sind Lügen!

MARGARETHE Aber die Mosers sind steinreich!

ZERMANN Is nicht weit her. Haben sich zwar immer liebe Freunde des Hauses gefunden, welche die Fabrik gestützt haben, wird ihnen aber auf die Letzt' wahrscheinlich zu dumm.

ANNA Es ist infam, was die Leut zusammenreden!

ZERMANN Sie tut, als wenn sie zur Familie gehörte.

ANNA Kein Wort is wahr. Du wirst dich sofort selbst überzeugen. Der junge Herr Moser besucht mich heut noch.

ZERMANN Ah! *Steht auf und geht im Zimmer herum* Ah!

MARGARETHE Na, was hast denn?

FRAU BERGLEIN Was rennst denn im Zimmer umanand?

ZERMANN Nun, wir werden es ja erst sehn!

ANNA Gewiß wirst du's sehn.

ZERMANN Und dagegen hat die Frau Mutter nix einzuwenden?

FRAU BERGLEIN Was soll ich denn?

ZERMANN Daß der Geliebte von Ihrem Fräulein Tochter nicht einmal den Ruf Ihres guten bürgerlichen Hauses achtet!

ANNA Schweig!

ZERMANN Ha! Der Bräutigam vom Fräulein Helder geruht seine Geliebte noch weiter zu besuchen!

ANNA *auf ihn zu.*

ZERMANN Bitte!

ANNA Du wagst es zu reden – du – du!

ZERMANN Ich bin der einzige Mann in diesem Hause, ich bin der Gemahl deiner Schwester – ich bin ein Wiener Bürger, ... verstanden?

ANNA Und willst mir vielleicht noch einreden, daß du dein Gedächtnis verloren hast? Und erinnerst dich nicht mehr, wie du...

MARGARETHE So schweigt's doch endlich einmal!

ZERMANN Sag was, wennst dich traust!

MARGARETHE Laß mein' Mann in Frieden!

ANNA Wie lang is denn her, daß der Herr Rudolf zu uns heraufgekommen is?!

MARGARETHE Du bist eine gemeine Person!

ZERMANN Die G'schichten gehn dich nichts an! Sie gehn dich nichts an, sag' ich! Wenn ich ein edler Mann bin und vergesse, so geht's niemanden was an! Du wirst dir noch einmal alle Finger ablecken, elende Kreatur, wenn einmal ein so edler Mann wie ich zu dir kommt und dir deinen Fehltritt verzeiht! Du hat kein Recht, einem braven Mann so etwas vorzuhalten!

MARGARETHE *schmiegt sich an ihn.*

ZERMANN So is es ja jetzt – der brave Mann aus dem Volk muß die Geschichten wieder gutmachen, die ein elender Nichtstuer anstellt. Da kommen sie hergelaufen, verdrehn einem armen Mädel den Kopf, dann lassen sie's sitzen! Wird schon einmal anders werden! Wird schon der Tag der Vergeltung kommen! Und da kommt so ein Menscherl wie du daher und traut sich einem was zu sagen?!

ANNA Hättest du vielleicht meine Schwester geheiratet, wenn sie das Geld vom Rudolf nicht gehabt hätt'?

ZERMANN *schreiend* Hat's mir vielleicht ein Glück gebracht?

ANNA *lacht.*

ZERMANN *im Zimmer hin und her, Margarethe sieht ihm ängstlich nach* Beim Teufel ist's, und ich bin froh! Eine Last is es mir gewesen. Jetzt bin i erst wer! Und was ich nimmer weiß, hat niemand zu wissen. Werd't schon sehn, werd't schon sehn! Komm her, Weiberl, komm her!

MARGARETHE Mein guter Karl!

ZERMANN Was, Weiberl, wir werd'n uns schon durchfretten. Es kommt die Zeit für den kleinen Mann. Der kleine Mann wird ein großer Mann werden – denn wo is das goldne Wiener

Herz – wo is es? Da is es, beim kleinen Mann! Und wo is das echte Familienleben? Bei uns! Und weh dem, der sich einfallen läßt, meiner Familienehre nahezutreten!

ANNA *am Fenster, zuckt zusammen, geht der Türe zu.*

FRAU BERGLEIN Was hast denn schon wieder? Wohin willst denn?

MARGARETHE *beim Fenster* Ah, der junge Herr von Moser kommt die Straße herauf.

ZERMANN *zu ihr hin* Ah!

ANNA Geh, laß mich, ich bleib' nicht mehr da.

FRAU BERGLEIN Aber laß s' doch reden, kümmer' dich nicht drum. Ich will nicht, daß du fortgehst.

MARGARETHE Er ist schon zum Haustor eini.

ZERMANN Ich will mit ihm reden, ich werd's ihm ins Gesicht sagen...

MARGARETHE Aber red' kein' Unsinn. Setzen wir uns her und spiel'n wir weiter.

ANNA Ja, er soll's dir ins Gesicht sagen, daß du ein Lügner bist. Setz' dich hin, Mutter, ich bleib' da.

ZERMANN *lacht. – Die drei setzen sich und spielen Karten.*

ANNA *steht tiefatmend da. Es läutet, sie geht rasch hinaus, kommt mit Ernst wieder.*

6. Auftritt

Vorige. Ernst Moser.

ANNA Gottlob, gottlob!

ERNST *tritt etwas zögernd ein.*

ANNA *führt ihn zum Tisch, wo die drei andern anscheinend Karten spielen* Meine Mutter – meine Schwester – die Sie... die du kennst – mein Schwager.

ZERMANN Sehr erfreut. Habe heute schon die Ehre gehabt, von Ihnen zu reden.

ERNST Ah!

ZERMANN Jawohl. Und wie ich höre, darf man Ihnen gratulieren.

ERNST Mir? Wozu?

ZERMANN *die Karten aus der Hand legend* Zu Ihrer baldigen Hochzeit mit dem Fräulein Helder.

ERNST *sehr ruhig* Das ist ein Irrtum. Ich denke nicht daran, mich zu verehelichen.

ZERMANN Aber es reden doch alle Leut' davon.

ERNST Ich habe soeben deutlich gesagt, daß es ein Irrtum ist. Und wenn man dann den Irrtum wissentlich weiterverbreitet, so ist es eine Lüge.

ZERMANN Ah, ich...

ERNST Sie konnten freilich nicht wissen, daß es ein Irrtum ist, indem sag' ich es Ihnen.

ZERMANN *eine Weile verdutzt, stößt dann irgendeinen ziemlich unartikulierten Laut aus, nimmt die Karten wieder zur Hand und sagt* Wer kommt denn zum Teilen?

FRAU BERGLEIN Willst dem Herrn von Moser nicht einen Platz anbieten?

ERNST Oh, ich habe die Herrschaften im Spiel gestört – bitte.

ANNA *kurz* Spielt's nur weiter.

ANNA *und* ERNST *gehen zum Fenster vorn.*

ERNST Was hat's denn da gegeben?

ANNA Wie ist denn dieses Gerücht von deiner Heirat zu erklären?

ERNST Was weiß ich!

ANNA Du mußt mir antworten.

ERNST Na sag, weißt du nicht, daß es die Pflicht eines gebildeten jungen Mann's ist, wenn er sich den Dreißigern nähert, eine Familie zu gründen?

ANNA Ah, man quält dich wohl sehr? Wir müssen weg, – Ernst, wir müssen weg; ich halt's da auch nicht aus!

ERNST Warum? Du hast dich ja so sehr gesehnt.

ANNA Ernst!

ERNST Es ist ja so traulich hier. Du bist eine merkwürdige Person. Schau, wie die zwei da zusammensitzen, so ruhig, so zufrieden, so glücklich. Siehst du, wenn ich nicht gekommen wäre, so säßest du vielleicht mit ihnen da, vielleicht auch schon mit einem so netten Mann wie dein Herr Schwager zu sein scheint. Es ist doch so schön zu wissen, wo man hingehört.

ANNA Ich weiß, wo ich hingehöre. Zu dir, zu dir!

ERNST Das glaubst du wahrscheinlich nur. So wie es offenbar eine Einbildung von mir ist, daß ich zu dir gehöre. Es trägt ja doch jeder den Geruch seines Hauses in den Haaren. Du bist nur nicht fein genug; sonst würdest du schon den Geruch des guten Bürgertums an mir spüren.

ANNA Nein, nein, ich weiß ja, du bist einsam, du bist ein anderer.

ERNST Ja, das war ich, – solang ich nichts zu hören und zu sehen brauchte, und du warst es auch, solang du nicht da warst. Jetzt klebt schon wieder so ein merkwürdiger Duft an dir, – so dumpfig, so dumpfig. Und da ist man aufgewachsen, und das ist unsere Welt – und das, was sie die Welt nennen, die große, schöne da draußen, die ist ja wohl ein Märchen.

ANNA Wir aber haben es erlebt!

ERNST Wir haben es geträumt.

ANNA So sprichst du heute, nach drei Tagen, die wir wieder hier sind.

ERNST Oh, es drängt sich schon in alle Falten, ich bin ganz schwer davon, ich bin ganz vollgesogen von kleinen Interessen. Und ich höre, daß jeder anständige Mensch verpflichtet ist, solche kleine Interessen zu haben, und ich höre, daß jeder verpflichtet ist, ein Rad zu sein in der großen Maschine, und daß es sehr verächtlich ist, sich um die große Maschine nicht zu kümmern, weil das verrät, wie erbärmlich egoistisch man ist – ja, ja.

ANNA Mein lieber, lieber Ernst!

ERNST Oh, da gibt es noch tausend Dinge! Weißt du, was wir da unten erlebt haben in Sizilien, und dort, an der Küste des Meeres, wo uns das Dasein aufging... Das war eigentlich nur gut für Mußestunden. Und wenn wir uns berauscht hatten an allen Werken der Kunst und an allen Herrlichkeiten der Natur, das durfte allenfalls Erholung sein. Und wenn wir unser

Leben lebten, wie es uns eben gefiel, und alle Schönheit, die uns entgegenkam, mit durstiger Seele tranken, das war Müßiggang. Und nur die Arbeit ist das Leben. Die Arbeit, über die man sich ausweisen kann, die, an der die andern mittun können, die sie begreifen, mit der man eben wieder zu ihnen gehört. Man muß wissen, was man zu tun hat.

ANNA Nun freilich.

ERNST Und dann – in einem gewissen Alter empfindet man das Bedürfnis, eine Familie zu gründen. Der Sinn für Häuslichkeit ist jedem anständigen Menschen angeboren. Und was ein anständiger Mensch ist? Der, welcher sich die redlichste Mühe gibt, so zu sein wie die andern. Und das Schönste: Die Leute haben recht – im großen und ganzen haben sie recht. Und man darf ihnen nicht übelnehmen, daß sie die Empfindung haben, jeder, der anders ist, ist der Feind. Aber es genügt ihnen nicht, daß man sie sein läßt, wie sie sind, man muß auch sein wie sie – das ist dringend notwendig.

ANNA Wir müssen fort, wir müssen fort! Ich habe Angst um dich. Sie nehmen dich mir. Du sprichst heute so müde. Es klingt was aus deinen Worten, als wolltest du dich fügen.

ERNST Das kommt daher, daß ich mir das Ideal der Familie, von welchem sie faseln, sehr schön vorstellen könnte, wenn es lauter große Menschen gäbe. Aber sie irren sich: Sie sind nur Herden, keine Familien.

ANNA Ach ja, wir beide haben's nicht gut getroffen.

ERNST Oder sind nur wir zwei zufällig zum Bewußtsein gekommen.

ANNA Nein, das glaub' ich nicht. Ich habe selber Häuser gekannt, wo die Leute so glücklich und so brav waren, wo man sich untereinander liebte.

ERNST Du standest eben draußen – was weißt du davon! Und wenn... es mag ja der Zufall wollen, und das geschieht ja auch zumeist, daß die Leute, die zusammen gehören, sich alle in ihren kleinen Interessen finden, daß jeder seine Ecken abstößt. Die meisten sind wohl so, haben Ecken, die sich von selbst abstoßen, weil sie nicht organisch mit dem Grundmaterial des Baus verbunden sind. Bei andern aber wachsen die Ecken, durch die sie die andern stören oder gar verletzen, organisch aus ihnen hervor, und die bringt man nicht weg.

ANNA Nicht wahr, Ernst, du bleibst bei mir? Du läßt mich nicht? Du wirst dich nie bei den Deinen wohl fühlen?

ERNST *bitter* Nein.

ANNA Ah, nun ist es mir fast eine Freude, wenn ich denke, daß du dich dort nie wohl fühlen kannst. – Warum siehst du mich so an?

ERNST Ich kann mir nicht helfen. Das hätte ich dir doch nicht erzählen sollen.

ANNA Warum? Bin ich etwa deines Vertrauens nicht würdig?

ERNST Hm, da regt sich offenbar das Atavistische in mir, da wacht der Philister in mir auf. Ich kann mir nicht helfen: Seit ich wieder da bin, seit ich in ihrem Hause schlafe, mit ihnen bei Tisch sitze, ist mir, als hätt ich ein Unrecht begangen.

ANNA Wie? Bist du denn nicht mein?

ERNST Ich sage dir ja, man kommt nicht völlig davon los. Ich habe dir's zu einer Zeit erzählt, wo ich mich vollkommen frei fühlte. Wir waren so weit beide, und so glücklich.

ANNA Ernst, ich bitte dich, fahren wir weg!

ERNST Aber, liebes Kind, nun kommt das Läppische: Ich habe kein Geld.

ANNA Wir werden uns Geld verdienen.

ERNST Glaubst du? Arbeiten für's tägliche Brot? Und was?

ANNA Wenn wir wissen, daß wir aufeinander angewiesen sind...

ERNST Mein liebes Kind, dir ist immer das herrliche Jahr in der Erinnerung, das nie wiederkommen kann. Wer sagt dir, daß wir uns zusammen glücklich fühlen werden, wenn wir zusammen Sorgen haben?

ANNA Das ist deine Liebe?...

ERNST Daß mich mein Vater mit seinem Geld nicht nach meiner Weise, das heißt also als Nichtstuer in seinem Sinn leben lassen will, das kann ich ihm nicht übel nehmen.

ANNA Sage einmal: Du bist also plötzlich entschlossen, mich hier zu lassen?

ERNST *plötzlich lebhaft, mit einem Blick auf die andern* Das in keinem Falle. Hier darfst du nicht bleiben. Darum muß ich auch vorläufig tun, was man zu Hause verlangt.

ANNA Heiraten?

ERNST Aber Kind! Die Stelle in der Fabrik annehmen. Da kann ich dich wenigstens von hier wegnehmen.

ANNA Nein, das will ich nicht. So will ich es nicht.

ERNST Ach Gott, fängst du mit solchen Sachen an!

ANNA Ich will mir eine Stelle suchen.

ERNST Das will ich nicht! Ich will nicht, daß du in einem Abhängigkeitsverhältnis zu fremden Menschen stehst.

ANNA Du mußt es ja auch.

ERNST Ach, das ist etwas anderes. Du bist ein Mädchen. Und wenn ich dich heute heirate, sorge ich da nicht auch für dich? Da würdest du dich nicht schämen. Als wenn das die Sache im wesentlichen auch nur um so viel geändert hätte!

ANNA Du Ernst, bist du überzeugt, daß du mich ewig lieben wirst?

ERNST Ja sag, sind wir denn beide toll geworden? Fangen wir beide an allem zu zweifeln an? Es ist ja kein Wunder.

ANNA Was bin ich, wenn du aufhörst, mich zu lieben?

ERNST Ich werde nie aufhören, dich zu lieben.

Es läutet. Margarethe geht öffnen.

7. Auftritt

Vorige. Frau Belazzi, Katharina.

ERNST Wer ist das?

KATHARINA *sehr aufgedonnert, Genre: soutenierte Provinzschauspielerin. Stürzt auf Anna hin und umarmt sie.*

Die Spieler stehen vom Tisch auf, Frau Belazzi begrüßt sie, indem sie stolz lächelnd auf ihre Tochter weist.

KATHARINA Annerl! Annerl!

ANNA *sehr verlegen* Herr Moser – Fräulein Belazzi.

ERNST Oh, ich habe ja das Vergnügen.

KATHARINA Na ja, freilich! *Sieht ihn lächelnd an. Denn rasch zu den andern, von denen sie freudig begrüßt wird.*

ERNST Die kommt noch zu dir?

ANNA Es ist eine Impertinenz!

ERNST Ich will gehen, ich vertrage die Gesellschaft nicht.

ANNA Komm nur einen Augenblick hin, wir können hier nicht stehen bleiben.

FRAU BERGLEIN Nein wirklich: wie a Bildl!

FRAU BELAZZI Sie hat sich's nicht nehmen lassen, heute noch heraufzuschaun.

FRAU BERGLEIN Aber ich bitt' Sie, das is ja sehr schön von Ihnen.

ERNST Meine Herrschaften, ich empfehle mich.

FRAU BERGLEIN Aber Herr von Moser, warum gehn S' denn schon?

ERNST Ich bin leider...

KATHARINA Meine Mama – Herr Moser.

ANNA O entschuldigen Sie, Frau von Belazzi.

MARGARETHE Aber leg doch den Hut ab.

FRAU BERGLEIN Na, und Sie, Frau von Belazzi, machen Sie sich's doch bequem.

FRAU BELAZZI Wir sind ja nur auf einen Sprung...

FRAU BERGLEIN Ah, das gibt's nicht! Jetzt bleiben S' schon ein bißerl da. Die Margreth tritt aus, und Sie spielen mit uns weiter.

MARGARETHE Ja, sehr gern. Ich möcht' eh ein bisserl mit der Kathi plaudern.

FRAU BELAZZI Na... *Sie wird zum Sitzen genötigt.*

ERNST Guten Abend nochmals.

ANNA *begleitet ihn zur Tür* Einen Moment entschuldigt mich.

KATHARINA *wirft der Margarethe einen fragenden Blick zu.*

ANNA Bleib.

ERNST Morgen mittag an der bekannten Stelle. Da wollen wir weiter sprechen.

ANNA Wohin gehst du jetzt?

ERNST Ich werde ein bißchen spazierengehen, mir alles überlegen. – Ich glaube, ich werde doch einen Versuch bei meinem Vater wagen.

ANNA Ja, ich beschwör' dich! Wenn wir nur erst drüben sind... wenn wir überhaupt nur wieder fort sind...

ERNST Adieu. Morgen mittag also.

ANNA Leb wohl.

ERNST *ab.*

8. Auftritt

Vorige ohne Ernst.

ANNA So, jetzt kann ich dir erst einen ordentlichen guten Abend sagen.

KATHARINA Geh, was bist denn gar so verlegen worden? Ist doch nix dabei.

ANNA Gewiß nicht.

KATHARINA Also bist richtig noch mit ihm beisammen... Nein, wer das gedacht hätt'!

ANNA Erzähl' doch von dir.

KATHARINA Mir is sehr gut gegangen. Famos! Dem Publikum hab' ich sehr gut gefallen.

MARGARETHE Besonders den Herrn.

KATHARINA Na freilich, das is doch auch die Hauptsach'. Sehr fesch war's.

MARGARETHE Du hast's halt gut getroffen.

KATHARINA Na, so weit wie du bin ich doch nicht.

MARGARETHE Du bist doch eine Künstlerin.

KATHARINA Ja. Aber Mann hab' ich noch keinen.

MARGARETHE Gott!!...

KATHARINA Na freilich hat's Zeit. – Mir kommt's schier komisch vor, wenn ich dich so vor mir seh und denk' mir, du bist die Ehegemahlin des Herrn Karl Zermann... Nein! Und a Kind hast ja auch schon? No, und wenn ich bedenk', nein! Was? ... Wie wir drei damals beim Leidinger gewesen sind – ich mit'n Viktor, du mit deinem Gustl und die Annerl mit'n Ernst... erinnerst dich? *Zu Anna* Du bist halt doch die Solideste von uns. Du hast's bei ihm ausgehalten.

MARGARETHE Ja, red' der noch ein, daß sie die Solideste is.

KATHARINA Ja richtig, du bist's ja. Du hast ja sogar geheiratet! – Weiß dein Mann was von die alten G'schichten?

MARGARETHE Freilich.

KATHARINA Na, alles wirst ihm wohl nicht erzählt haben. Was habt's Ihr denn beide? Bin ich euch vielleicht zu vif?

MARGARETHE Aber red' nur. Unsereiner muß ja froh sein, wenn er wieder amal was erzählen hört.

KATHARINA Was hast denn, Anna? Is dir vielleicht nicht recht, daß ich kommen bin?

ANNA Aber was fallt dir denn ein?

KATHARINA Bist vielleicht noch ein bißl ang'strengt von der Reise? ... Mit der alten Dame ...? Die Mutter hat so g'lacht.

ZERMANN *wendet sich um* Gratuliere! Gratuliere!

KATHARINA Was is denn? Wozu denn, Herr Zermann?

ZERMANN Zur Hausbesitzerin, Fräul'n Katharina.

KATHARINA *ärgert sich. Rasch gefaßt* Danke, danke.

ZERMANN Reiche Witwe ... Kunstenthusiastin – grad erzählt's uns die Frau Mama. *Weiterspielend.*

MARGARETHE *lacht.*

KATHARINA Na, lacht's meinethalben! *Sieht ihre Mutter haßerfüllt an.*

MARGARETHE Du hast halt immer a Glück.

FRAU BELAZZI Ja, aber lang kann ich nicht bleiben.

ZERMANN Wir haben uns ja grad erst nieder g'setzt.

FRAU BELAZZI Aber um acht möcht' ich doch zum Nachtmahl zu Haus sein.

FRAU BERGLEIN Aber gehn S' uns doch heut nicht davon! Wird sich schon eine Kleinigkeit finden, für Sie und 's Fräul'n Kathi. *Weiterspielend.*

MARGARETHE Wie lang bleibst du denn jetzt da?

KATHARINA Ja, ich weiß nicht. Vielleicht fahr' ich erst im Herbst weg – möglich, ich nehm' ein Sommerengagement.

MARGARETHE Geh, so erzähl' doch was von deine Erlebnisse.

KATHARINA Wart's nur ein bißl, bis wir wieder mehr intim sind. Vor der Anna muß man sich ja schier fürchten – was die für ein G'sicht macht!

MARGARETHE So lassen mir's halt stehn! – Geh, im Ernst, erzähl mir was. Ich bin ja ganz dumm worden, seit ich verheiratet bin.

KATHARINA Ist er eifersüchtig?

MARGARETHE Na ja, ich bitt' dich. Und 's Kind! Ich denk' ja auch nichts Schlechtes; nur manchmal, wenn ich so daheim zwischen meine vier Wänd' sitz und er is ein bißl grob...

KATHARINA Ah, da sehnst du dich zurück.

MARGARETHE Ich will nicht klagen. Man muß ja heutzutage als a einfaches Mädel überhaupt noch Gott danken, daß ma ein' Mann kriegt. – Und ein fescher Mann is er ja – was?

KATHARINA *sieht Zermann mit Kennerblick an* Na... hm...

MARGARETHE Na du freilich, beim Theater... du wirst dir schließlich doch einen Herrn von mindestens aufzwicken.

KATHARINA Hat noch Zeit, hat noch Zeit!

MARGARETHE Du, wer war's denn in Czernowitz?

KATHARINA Ja, da! *Geste.*

ZERMANN Na, einen Durst hätt' ich eigentlich schon.

FRAU BERGLEIN Geh, Annerl, hol' daweil ein' Liter.

ANNA *am Fenster* Ich?...

ZERMANN Aber Frau Mutter, wie können S' denken, daß das Fräulein sich so weit herablassen wird!

KATHARINA Ich möcht' wieder einmal ein Bier holen.

FRAU BERGLEIN Aber was fallt Ihnen denn ein, Fräul'n Kathi, – die Anna geht schon.

KATHARINA Es macht mir ja a Hetz. – Geh, leih mir dein Umhängtüchl. – So. Wo is der Krug?

MARGARETHE Aber ich geh ja schon. Was treibst denn!

KATHARINA Ah nein! *Mit dem Krug* Bitte, meine Herrschaften, wie viel is g'fällig?... Ein Liter? Anderthalb?

ZERMANN In den Krug, bitte, Fräulein, gehn zwei hinein.

KATHARINA Also zwei. Hab' die Ehre! *Rasch davon.*

FRAU BERGLEIN Anna, jetzt hast sie wirklich gehn lassen!

ZERMANN *vor sich hin* Dummheit und Stolz wachsen auf einem Holz.

FRAU BELAZZI Ja, mein Mädl is noch immer das reine Kind. So ungeniert!

FRAU BERGLEIN Ja, Sie hab'n wirklich mit der Kathl ein Glück. Geh, Margreth, du könnt'st aber aufdecken. *Nimmt die Schlüssel vom Tisch* Nein, ich will selber in die Speis'.

ZERMANN Spiel'n ma doch die Tour noch aus!

MARGARETHE *die Schlüssel in Empfang nehmend* I nimm d'r nix, Mutter.

FRAU BERGLEIN Ja, aber aufdecken sollt' man doch.

ZERMANN Ja, bitte, nach diesem Spiel.

MARGARETHE *zu Anna* Steh net gar so blöd da! Richt' doch a bißl was her. Die Teller und die Gläser könnt'st aus der Kredenz nehmen.

ANNA *zur Kredenz.*

ZERMANN Ah, das Fräulein bemüht sich selber!

KATHARINA *mit dem Bier* Küß die Hand – da bin ich!

FRAU BERGLEIN Das is's letzte Spiel.

KATHARINA *zu Anna* Du, was glaubst, wer drunten spazierengeht?

ANNA Wer?

KATHARINA Der Ernst. Vor'm Haus auf und ab. Schaut herauf – so *Imitiert* Er macht dir eine Fensterpromenad.

ANNA No ja ... is dir das nie passiert?

KATHARINA Du, aber von so einem Menschen ließ' ich mich nicht aushalten.

ANNA *zuckt.*

KATHARINA Das beweist eine solche Hochachtung – so einer müßt mich heiraten.

ZERMANN *aufstehend* Aus is! – Bitte!

KATHARINA *bringt das Bier, Margarethe bringt kalte Speisen, man setzt sich essen.*

Vorhang.

II. Akt. Zweite Fassung

Dekoration des I. Aktes.

1. Auftritt

Frau Moser, Helene.

HELENE *tritt eben ein, in Soiréetoilette* Nun, Mama?

FRAU MOSER Was denn, mein Kind?

HELENE Findest du mich schön genug?

FRAU MOSER Laß dich einmal ansehen. So. –

HELENE Also zufrieden?

FRAU MOSER Ja.

HELENE Was hast du denn da für eine Karte?

FRAU MOSER Da.

HELENE Eine Absage jedenfalls?

FRAU MOSER Ja; von Herrn Freiwald.

HELENE *die Karte ärgerlich hinwerfend* Ah! Aber gerade von dem!

FRAU MOSER Ja, gerade von dem.

HELENE Jetzt möchte ich nur wissen, für wen ich mich eigentlich so schön gemacht habe!

FRAU MOSER An der Absage, mein Kind, bist nur du allein schuld.

HELENE Ich? Warum denn?

FRAU MOSER Du benimmst dich nicht gescheit.

HELENE Na ja!

FRAU MOSER Das ist der dritte, sehr ernste Bewerber, den du selbst verscheucht hast.

HELENE Mach' mir viel draus!

FRAU MOSER Es war sehr überflüssig, daß du neulich bei Winters gerade den jungen Mertens an deine andere Seite gesetzt hast.

HELENE Mit dem unterhalt' ich mich aber besser als mit dem Herrn von Freiwald.

FRAU MOSER Überdies ist Mertens durchaus nicht ernst zu nehmen.

HELENE Gottlob!

FRAU MOSER Ich wette, du hast mit Freiwald neulich keine zehn Worte gesprochen.

HELENE Ach was, ich bin noch jung, ich finde noch zehn Freiwalds!

FRAU MOSER Mir liegt ja auch weiter nichts dran, aber ich will dir nur für die Zukunft einen guten Rat geben. Das braucht sich schließlich kein Mann gefallen zu lassen.

HELENE Bevor er verheiratet ist.

FRAU MOSER Du solltest dir auch endlich einmal den freien Ton abgewöhnen.

HELENE Sind wir Mädchen nicht wirklich bedauernswerte Geschöpfe? Jetzt red' ich wieder zu frei! Und wenn ich mit einem amüsanten Herrn plausch', bin ich kokett. Warum bin ich nicht als Mann auf die Welt gekommen?

FRAU MOSER Red' keinen Unsinn!

HELENE Weißt du, was ich geworden wäre?

FRAU MOSER Nun, was?

HELENE Lebemann.

FRAU MOSER Dummes Ding!

HELENE Oh, ich möcht' fesch leben! Sag, Mama, findest du, daß Ernst ein Lebemann ist?

FRAU MOSER Misch dich nicht in Dinge, von denen du nichts verstehst.

HELENE Und die ich womöglich gar nicht merken soll. – Das ist übrigens eine sehr hübsche Person, mit der wir ihn neulich getroffen haben; Geschmack hat er. – Weißt du, wer sie ist, Mama?

FRAU MOSER Was geht das dich an und was geht's mich an? Um solche Geschöpfe kümmert man sich nicht.

2. Auftritt

Vorige. Moser und Fabler aus dem Rauchzimmer.

FRAU MOSER O Herr Doktor, ich wußte gar nicht, daß Sie schon da sind.

DR. FABLER Wir haben Zigaretten geraucht, der Herr Gemahl und ich. Nein, wie schön das Fräulein wieder ist!

HELENE Herr Doktor, Sie sind nicht ernst zu nehmen! *Nach hinten in den Salon.*

MOSER *nervös* Wo ist denn Ernst? Noch nicht zu Hause?

FRAU MOSER Ich hab' ihn noch nicht gesehen.

MOSER Steckt wahrscheinlich noch bei ihr.

DR. FABLER *begütigend* Er wird schon kommen.

MOSER Glauben Sie? Wer weiß! Nachdem sich heute auch anständige Mädchen hier befinden...

DIENER *tritt ein.*

FRAU MOSER Ist Herr Ernst schon zu Hause?

DIENER Jawohl, gnädige Frau, der junge Herr ist soeben gekommen und auf sein Zimmer gegangen, um sich umzukleiden. *Ab.*

DR. FABLER Nun, sehen Sie?

FRAU MOSER Warum bist du denn gar so irritiert?

MOSER Teilen Sie doch auch meiner Frau mit, was Sie mir erzählt haben!

FRAU MOSER Nun, was gibt's denn?

MOSER Es ist einfach skandalös!

FRAU MOSER Also! Du machst mir ja geradezu Angst.

DR. FABLER Aber gnädige Frau, es ist nichts. Ich begreife Ihren Herrn Gemahl gar nicht! Was ich ihm erzählt habe, müßte ihn viel eher beruhigen als aufregen.

FRAU MOSER Es handelt sich also jedenfalls wieder um diese Dame?

MOSER Dame! Dame!

DR. FABLER Sie müssen nun selbst einsehen, Herr Moser, daß die Sache ganz ohne Bedeutung ist. Er wird sie nicht heiraten.

FRAU MOSER Woher wissen Sie das?

DR. FABLER Eine Person, die so tief gesunken ist, daß sie – pardon! – unsere Geliebte wird, heiraten wir im allgemeinen nicht.

MOSER Können Sie das wissen? Können Sie das bei diesem Jungen wissen?

FRAU MOSER Um was handelt es sich also eigentlich?

MOSER Der Herr Doktor hat über die Familie dieser Dame – wie du sie nennst – einiges in Erfahrung gebracht.

FRAU MOSER Ich begreife nur nicht, lieber Albert, wie du dich dafür interessieren kannst. Was geht denn das eigentlich uns an?

MOSER Allerdings geht uns das an, und zwar aus einigen Gründen.

FRAU MOSER Ich bitte dich, eine Liebschaft, wie sie alle jungen Leute haben!

MOSER Liebschaft? Wie alle jungen Leute? Die nur drei Jahre dauert? – Eine Person, mit der er anderthalb Jahre in der Welt herumgefahren ist, mit der er sich nun gar öffentlich zeigt? – Ah, Doktor, das hab' ich Ihnen noch gar nicht erzählt! Wir trafen ihn vorgestern abends nach dem Theater, an seiner Mutter und seiner Schwester ist er mit ihr vorbeigegangen!

FRAU MOSER Nun ja, aber auch das ist kein so großes Malheur.

DR. FABLER Das sag' ich eben auch, gnädige Frau.

MOSER Und ist vielleicht auch das kein Malheur, daß durch diese Person unsere Lieblingspläne zum mindesten aufgeschoben werden – daß er höchstwahrscheinlich in Schulden durch sie gerät?

FRAU MOSER Die werden sich wohl begleichen lassen.

MOSER Und daß er in der Familie dieser Person verkehrt?

FRAU MOSER Sie hat eine Familie?

MOSER Ja, sie hat eine Familie!

FRAU MOSER Eine Familie, in der man verkehrt?

MOSER »Man« nicht, aber unser Herr Sohn.

FRAU MOSER Ja, und die Familie hat sie mit Ernst reisen lassen?

MOSER Ah, lieber Doktor, erklären Sie das doch meiner Frau!

FRAU MOSER Sie kennen die Leute?

DR. FABLER Kennen? Nein. Ich weiß nur manches von ihnen.

MOSER Der Doktor kommt zuweilen in das Haus, in welchem die Familie wohnt.

DR. FABLER Ein Zufall wollte es, daß ich gerade über die Stiege kam, als Ernst in der Türe verschwand.

MOSER Der Doktor war so liebenswürdig, als unser Freund sich ein bißchen näher zu erkundigen.

DR. FABLER Da wohnen nämlich gewisse Wallers im Haus, eine Beamtenfamilie, in der ich seit Jahren behandle, und die erzählten mir von den Verhältnissen in der Familie, in der Ernst verkehrt.

FRAU MOSER Nun, was sind das für Menschen?

MOSER Gesindel!

DR. FABLER Es sind eigentlich arme Leute; ich bitte Sie, man kann von solchen Leuten nicht die selben Grundsätze verlangen wie von unsereinem. Denken Sie, der Vater --

FRAU MOSER Wie, einen Vater gibt's auch?

DR. FABLER Zuweilen. Er war nämlich Schlafwagenkondukteur. Einen Tag in Wien, drei bis vier bis fünf Tage auf Reisen. Jetzt ist er aber ohne Stellung und vollkommen verlumpt.

MOSER Nun, und seine Frau?

DR. FABLER Seine Frau ist die Mutter zweier Töchter. Gott, eine ganz gewöhnliche Person, die mit dem Hausmeister und den Mädchen des Hauses tratscht, die mit dem Kopftüchel auf den Markt einkaufen geht.

MOSER Das ist die Frau des Hauses, in dem Ernst verkehrt.

FRAU MOSER Also zwei Töchter?

DR. FABLER Ja. Die Ältere ist verheiratet.

FRAU MOSER Nun also!

MOSER Jetzt ist sie verheiratet!

FRAU MOSER Da ist ja alles wieder gut.

MOSER Es wäre überhaupt alles gut, wenn Ernst mit diesen Leuten nichts zu tun hätte.

DR. FABLER Bevor sie geheiratet hat, soll sie's ein bißchen arg getrieben haben.

MOSER Meine Frau ist heute so milde gestimmt, daß Sie schon ein bißchen deutlicher werden müssen. – Also die jetzt verheiratete Schwester ist früher beim Ballett gewesen – angeblich – jedenfalls ist sie von verschiedenen Leuten souteniert worden, und die Abfindungssumme der früheren Liebhaber bildete die Mitgift.

FRAU MOSER Nun, und die Jüngere?

DR. FABLER Nun, von der Jüngeren, gnädige Frau, wissen Sie ja genug.

MOSER Oh, sagen Sie nur, wie man sich ausgedrückt hat! Es ist sehr charakteristisch.

DR. FABLER Man sprach davon, daß sie jetzt zwei Jahre auf sehr geheimnisvollen Reisen gewesen wäre.

FRAU MOSER Nun, wir wissen ja, daß sie mit Ernst gereist ist.

DR. FABLER Und daß jetzt ein junger Fabrikantensohn sie souteniert, von dem die Frau Mutter im ganzen Haus erzählt, daß er sie heiraten wird.

FRAU MOSER Nun, wir wissen ja, daß das nicht geschehen wird.

MOSER Woher wissen wir das, frag' ich noch einmal. Womit souteniert er sie jetzt? Warum verkehrt er in der Familie? Ich dulde das nicht! Ich werde da ein energisches Wort sprechen.

FRAU MOSER Tu das nicht, damit verdirbst du alles bei ihm.

DR. FABLER Da muß ich der gnädigen Frau recht geben. Sie können einem jungen Mann nicht verwehren, sein Vergnügen zu suchen, wo es ihm beliebt.

MOSER Sein Vergnügen – wo er will! Wenn es einfach sein Vergnügen wäre... Wenn ich bestimmt wüßte, daß er dieser substinenzlosen Person morgen den Abschied gibt, so wäre ja weiter nichts zu sagen; man empfiehlt sich und ist wieder ein anständiger Mensch. Aber er wird hängen bleiben! Darum sag' ich: Man muß ihn zu seinem Glück zwingen.

DR. FABLER Aber so, daß er's nicht merkt.

3. Auftritt

Vorige. Ernst im Frack.

ERNST Guten Abend. Du hast mich gewünscht, Mama? *Küßt ihr die Hand.*

FRAU MOSER Du siehst, wir haben schon Gäste.

ERNST Ach ja. Und der Sohn des Hauses sollte auch ein wenig die Honneurs machen.

MOSER Im allgemeinen ist das üblich.

ERNST Oh, ich habe gegen diese vernünftige Sitte durchaus nichts einzuwenden. Also, verehrtester Herr Doktor, ich bin entzückt, Sie bei uns zu sehen!

DR. FABLER *scherzhaft drohend* Einen so alten Freund muß man nicht aufziehen.

ERNST Du siehst, Mama, mir glaubt man den Anstand nicht.

DR. FABLER Ich bin übrigens sehr erfreut, Sie einmal lustig zu sehen.

ERNST Lustig? O nein; ich bin nur heiter, die stolze Heiterkeit nach getaner Arbeit. Ich habe heute meine Stelle in der Fabrik angetreten; ich weiß, wo ich hingehöre, ich habe einen Beruf!

DR. FABLER Davon wußte ich noch gar nichts, das ist ja ein Schritt!

ERNST – Zur Besserung! Ganz gewiß. Ich fühle mich auch schon geradezu geläutert.

DR. FABLER Scherzen Sie nicht darüber. Wenn Sie sich erst an die regelmäßige Arbeit gewöhnt haben, werden Sie sehen, wie wohl sie tut. Sie werden sich geradezu unbehaglich fühlen, wenn Sie auf Urlaub sind.

ERNST Sorgen Sie sich nicht, Herr Doktor, ich werde mich drein zu finden wissen.

DR. FABLER Nun, ich wette, Sie haben jetzt Ihre Sturm- und Drangperiode überstanden.

MOSER Es wäre hohe Zeit.

DR. FABLER Wir haben ja alle diese Zeit durchgemacht, da wir mit der Welt in Widerspruch standen, und schließlich hat sich immer ein Kompromiß finden lassen.

ERNST Natürlich!

DR. FABLER Man sieht endlich ein, daß die Zustände der Gesellschaft in gesetzmäßiger Entwicklung geworden sind und daß man als einzelner kein Recht hat, sich dagegen aufzulehnen.

ERNST Lieber Doktor, wenn das jeder einsähe, so stände die gesetzmäßige Entwicklung plötzlich still. Ohne abnorme Menschen gäbe es kein normales Weiterschreiten. Im übrigen: Sie sehen, ich lehne mich nicht auf. Ich bitte überhaupt, mich nicht für einen Revolutionär zu halten, ich bin nur ein Egoist.

MOSER Der aber selbst nicht einsieht, was ihm zum Guten gereicht.

DR. FABLER Zum Beispiel: Daß man einer Laune sein Lebensglück nicht opfern soll.

ERNST *ärgerlich* Es könnte wohl einmal sein, daß eine Laune zugleich das Glück bedeutet.

DR. FABLER An diesem Irrtum hat sich manches edle junge Herz verblutet.

ERNST Wollen wir dieses Thema nicht lassen?

MOSER Ich bin ganz zufrieden, daß wir drauf gekommen sind.

ERNST Warum? ... Ach so!

FRAU MOSER Es ist natürlich, daß man dir durchaus keinen Zwang antut.

MOSER Aber es ist ebenso unsinnig, irgendeiner Überspanntheit, einer Tollheit zuliebe ein entschiedenes Glück von der Hand zu weisen.

ERNST Für mich ist es kein Glück.

FRAU MOSER Liebes Kind, es ist eines. Minna ist schön, intelligent und reich.

MOSER Und das Wichtigste: Es ist eine anständige Familie.

ERNST Ja, das ist mir vollkommen gleichgültig. Was geht mich denn die Familie an?

MOSER Bei einer Liebschaft, ja; und auch da nur, wenn man nichts mit der Familie zu tun hat. In der Ehe aber ist sie die Hauptsache. Nur die gute Erziehung eines Mädchens ist die Gewähr dafür, daß sie eine brave Frau wird.

ERNST Es wird wohl noch manche andere geben.

MOSER In unsern modernen Verhältnissen, keine. Und da wir eben mit der traurigen Tatsache rechnen müssen, daß in den unteren Klassen die Mittel zur Beaufsichtigung der jungen Mädchen zu fehlen pflegen, so ist es auch vom moralischen Standpunkt das richtigste, ein Mädchen aus reicher Familie zu heiraten.

ERNST Im allgemeinen hast du immer recht.

MOSER Und der spezielle Fall, an den wir denken --

ERNST Überflüssig, darüber zu diskutieren. Ich heirate Fräulein Helder nicht, denn ich liebe sie nicht.

MOSER Man zwingt dich ja zu nichts. Der Einwurf aber ist kindisch. Die Liebe und die Ehe sind zwei ganz verschiedene Dinge.

DR. FABLER Man hat ja meist so viel geliebt, bevor man heiratet –

ERNST Aber unsere Bräute!

MOSER Überhaupt diese Liebesehen! Es kommt meist ein Unglück heraus. Die Leidenschaft verraucht, was bleibt übrig? Die guten Ehen werden auf freundschaftliche Neigung hin und auf Übereinstimmung der äußeren Verhältnisse gegründet.

ERNST Ich kann mir nun einmal nicht helfen, diese Art der Eheschließungen ist mir unsympathisch. Es liegt für mich eine gewisse Frivolität in der Umarmung eines Manns und eines Weibs, die sich kühl sagen: O bitte, es liegt uns nicht viel dran, wir wollen uns nur ein wenig fortpflanzen.

MOSER Es ist ekelhaft, so zu reden!

ERNST Ihr meint es ja selbst nicht ernst. Nein, ihr erinnert euch nur nicht; ihr wart ja auch einmal jung, nicht wahr? Ihr habt euch geliebt. Wie ihr geheiratet habt, habt ihr euch doch geliebt?

MOSER Geliebt? So wie du's meinst? Nein, gewiß nicht! Und gerade darum sind wir auch so glücklich geworden. Verrückt waren wir nie! Und nicht wahr, Eveline, wir haben uns immer sehr wohl befunden?

ERNST Wie? Niemals habt ihr euch geliebt? Nie?... So verrückt, so...

MOSER Nein, niemals.

ERNST Nun, dann schäme ich mich, auf die Welt gekommen zu sein.

MOSER *wütend* Das ist einfach – das ist...

FRAU MOSER Ernst!

MOSER Unzurechnungsfähig!

4. Auftritt

Vorige. Richard tritt ein. Allgemeine Begrüßung.

FRAU MOSER Guten Tag, Herr Doktor. Wo ist Ihre Frau?

RICHARD Sie läßt vielmals um Entschuldigung bitten: Im letzten Moment hat sie sich wieder von der Kleinen nicht trennen wollen.

FRAU MOSER Das ist aber schade! – Wollen Sie nicht weiterspazieren?

Herr und Frau Moser und Fabler ab.

5. Auftritt

Richard, Ernst.

RICHARD *befremdet* Was ist denn das? Habe ich euch in irgendeiner Unterredung gestört?

ERNST Ach nein, es kam nur zu einer kleinen Diskussion. Du weißt, wir sind alle ein wenig nervös in diesem Haus... nein, wirklich nichts von Bedeutung.

RICHARD So?

ERNST Im übrigen ist das ja auch ziemlich gleichgültig.

RICHARD Du siehst aber nicht so aus, als wenn dir das gleichgültig wäre.

ERNST Ich muß immer nur daran festhalten, daß ich jetzt in einer Übergangsperiode lebe, dann komme ich schon drüber weg.

RICHARD Du willst also wirklich wieder fort?

ERNST Ob ich will? Mehr denn je!

RICHARD Und wann? Und wohin?

ERNST Sobald ich eben kann. Ich suche nach einer überseeischen Stellung. Ich habe mich an Winter gewandt, der mit einigen Firmen drüben... langweilige Geschichten! Ich erzähle dir, wenn alles entschieden ist.

RICHARD Und sie?

ERNST Nun, sie geht selbstverständlich mit mir. – Ah, ich sage dir, eine Gefahr – eine so heimtückische Gefahr ist in diesem milden Hauch der Heimat, der einen umweht! Es scheint fast: Je weniger innere Berechtigung die Zusammengehörigkeit, umso zudringlicher und schmeichlerischer wirken die äußeren Zeichen ein.

RICHARD ?

ERNST Du weißt, wie sich alles in mir dagegen wehrte, Anna wieder im Kreise der Ihren zu wissen.

RICHARD Es war doch das Vernünftigste.

ERNST Ob gerade das Vernünftigste?... Nun ja, ein Heim... freilich hat sie jetzt ein Heim. Aber mit welchem Widerwillen ich das erste Mal die Treppe zu der Wohnung ihrer Eltern hinaufgestiegen bin und wie unbehaglich mir dort oben zumute war!

RICHARD Das kann ich mir wohl denken.

ERNST Was meinst du aber, worauf ich mich neulich ertappte? Denke dir nur: ich war wieder einmal oben in dem ganz gemütlichen Zimmer mit der Hängelampe und dem grünen Schirm, und eine Weile hatte ich mit Anna in der Fensternische geplaudert, wo noch der letzte Dämmerschein des Tages lag. Da setzten wir uns zu Tisch: die Mutter, Anna, ihre Schwester, die eine ganz brave Hausfrau geworden ist, und ihr Mann, ein sehr kleiner, höchst anständig aussehender Beamter; und alle Ecken des Zimmers lagen so im Dunkeln, nur auf dem geblümten Tischtuch mit den Tellern und dem Eßzeug drauf lag der ganze behagliche Schein von der Lampe. Da stand nun das kalte Nachtessen und das Bier, und ich aß mit und trank mit, und plötzlich war ich in ein Gespräch mit dem kleinen Beamten verwickelt, über Gehaltsaufbesserung und Lebensmittel und Landwohnungen; ich wollte anfangs den Reiz dieser Szene auskosten, Zuschauer und Schauspieler zugleich sein, um auch in diese Nichtigkeiten etwas Raffinement zu bringen. Und wir kamen auf allerlei Dinge des täglichen Lebens, und die Mutter redete auch mit, und die junge Frau und auch Anna, und es war mit einem Wort außerordentlich gemütlich. Nach dem Essen zündeten wir Herren uns die Zigarre an und streckten die Beine von uns, und mir war es unsäglich behaglich zumute, bis ich es merkte. Ich erschrak förmlich. Ich kam sozusagen zu Bewußtsein. Zu Hause hab' ich mich gefühlt. Einfach, weil da vier Wände um mich waren und neben mir ein Geschöpf, das mich liebte, und ein paar Menschen, die am selben Tisch mit mir aßen und tranken. Ich hatte gedacht, mich herabzulassen – ach, keine Ahnung! Ich gehörte zu ihnen, vollkommen! Meine Interessen waren die ihren, der Zauber der Familie hatte mich erfaßt, dort, unter diesen Leuten!

RICHARD Du legst dem eine zu große Bedeutung bei.

ERNST Die Gefahr hab' ich geahnt, das ist es. Wer weiß, ob ich mich nicht gerade deswegen nicht gegen diese sonderbaren Gefühle der Heirat wehre, weil mein Gemüt dazu veranlagt ist und nur meine Logik mich immer wieder davon errettet. Auch hier in diesem Hause, das für mich so viel Kaltes und Trauriges birgt, begann ich manchmal hinzudämmern und alles zu vergessen. Und darum muß ich fort! Ich will nicht dahin kommen, vor mir selbst Ekel zu empfinden, wie soll ich's denn Anna verdenken, daß sie beginnt, sich bei den Ihren wohl zu fühlen, wenn ich selbst ––

RICHARD Ich finde das Unglück nicht so groß.

ERNST Glaubst du?

RICHARD Wenn wirklich aus jenem Hause alles Gemeine verschwunden ist und es eine brave Bürgerfamilie geworden ist –

ERNST Aber merkst du's denn nicht? Schein ist es – dort wie hier! Mich wird der friedliche Glanz der milden Hängelampe nicht täuschen! Ich weiß, was gewesen ist, dort und hier.

6. Auftritt

Vorige. Herr und Frau Helder, sowie Minna, Helene, Herr und Frau Moser, Fabler aus dem Salon. Begrüßung.

HERR HELDER *zu Ernst* Aber lassen Sie sich doch einmal ansehen, Sie Columbus! Haha! – Na, die Reise hat recht gut angeschlagen, famos sieht er aus! – Na, haben Sie uns was aus Ostindien mitgebracht?

MINNA *die eben Ernst die Hand gab und ihn mit naiver Bewunderung betrachtet* So weit waren Sie?

FRAU HELDER Mein Mann hat Sie sehr beneidet.

FRAU MOSER *zu Helder* Seit wann sind Sie so für's Reisen eingenommen?

HELDER Seit wann? Das war ich immer!

MINNA Nur haben wir leider gar nichts davon. Ich bin noch immer nicht über Baden hinausgekommen.

HELDER Mit kleinen Kindern reise ich natürlich nicht.

HELENE Aber Minna ist doch kein kleines Kind mehr?

FRAU HELDER Sie dürfen nicht glauben, daß er mit mir je gereist ist.

HELDER Ah, eine Frau auf Reisen! Das bedeutet zehn Koffer und lauter Zugsverspätungen. Nicht wahr, Moser, mit einer Frau reist man nicht?

HELENE Und sind Sie schon viel allein gereist?

HELDER Allein?... Das ist ja tödlich! Da langweilt man sich ja zum Sterben!

DR. FABLER Also mit wem müßte man eigentlich reisen?

HELDER Da gibt's nur eins. Mit einem Freund – ja mit einem Freund muß man in der Welt herumsegeln!

DR. FABLER Nun, haben Sie das getan?

HELDER Wie konnt' ich denn? Ich bin ja verheiratet, ich kann doch nicht Weib und Kind hier zurücklassen und auf Reisen gehen. Das sehen Sie doch ein?

MINNA *zu Ernst* Sind Sie mit einem Freund gereist?

ERNST Nein.

HELDER Haben Sie ein Reisetagebuch geführt? »Am 16. von

Kalkutta abgereist, Datteln gepflückt. Bei frischer Brise segelten wir ab...«

ERNST Aber ich war ja in meinem Leben nicht in Kalkutta!

HELDER Ja, also wo waren Sie denn eigentlich, Sie Vasco da Gama?

ERNST Ich war in Italien.

HELDER Nur in Italien?

ERNST Nun ja.

HELDER Und das nennen Sie überhaupt eine Reise?

FRAU HELDER *zu Frau Moser* Ich wollte, wir wären je dahin gekommen.

HELDER Jetzt sagen Sie mir nur: Was macht man fünf Jahre in Italien?

ERNST Ich war ja nur anderthalb Jahre fort.

HELDER Nur anderthalb Jahre? Ja, sagen Sie, was erzählen Sie uns denn eigentlich für Geschichten? Sie imponieren mir gar nicht mehr!

MOSER Lieber Helder, wenn wir vielleicht vor dem Souper noch ein kleines Tarock –

HELDER Oh, ausgezeichnet! Und der dritte?

DR. FABLER Meine Wenigkeit, wenn Sie's erlauben.

FRAU HELDER Wie steht's denn mit dem Singen, Helene? Sehr fleißig?

HELENE Nein, ich bin nur sehr talentiert.

MINNA Sing uns doch ein Lied vor.

RICHARD Vielleicht Schubert.

HELENE Schubert sing' ich nicht mehr, ich halte bei Brahms.

MINNA *zu Ernst* Und Sie erzählen mir dann etwas von Italien! Mir imponiert nämlich auch Italien.

Alle ab.

7. Auftritt

Winter, Viktor treten auf.

WINTER Oh, Gesang! Den wollen wir doch lieber hier genießen.

VIKTOR Ganz Ihrer Ansicht. Die Genüsse des Ohrs immer möglichst aus der Ferne, die der Augen immer möglichst nah. Ich finde überhaupt, wir hätten noch im Zirkus bleiben können.

WINTER Na, ich habe eigentlich genug.

VIKTOR Sagen Sie, Herr Winter, kennen Sie diese Rotblonde – mit welchem Namen stand sie nur auf dem Zettel?

WINTER Miss Zenobia.

VIKTOR Ja, die Zenobia. Kennen Sie die schon lange?

WINTER Eine kleine Ewigkeit.

VIKTOR Aber der ganze Renz ist ja erst seit acht Tagen –

WINTER Sie wissen ja doch, wie rasch die Ewigkeiten der Liebe verstreichen.

VIKTOR Ach so, ach so!

WINTER Heute rot –

VIKTOR Ja – und morgen blond.

WINTER Hätte gewiß nichts dagegen.

VIKTOR Ich auch nicht, aber es hilft mir nichts.

WINTER Wieso?

VIKTOR Sehen Sie mich mal an.

WINTER Tu ich mit dem größten Vergnügen.

VIKTOR Sie sehen in mir einen Mann, der noch nie eine Geliebte losgeworden ist.

WINTER Sehr begreiflich. – Sie sind so jung, so hübsch, sowas verliert keine wieder gern.

VIKTOR Aber unangenehm ist's!

WINTER Manchmal.

VIKTOR Immer! Ich will nicht ewig geliebt werden, zum Teufel hinein! Was hab' ich denn von der ewigen Liebe!

WINTER Ach, die ewige Liebe, das ginge ja noch – aber schließlich ist es ja nicht mehr die Liebe.

VIKTOR Freilich, es ist nicht mehr die Liebe! Sehr richtig haben

Sie das bemerkt. – Im übrigen, wissen Sie, Herr Winter, hat es mich gewundert... Sie dürfen mich aber nicht für indiskret halten –

WINTER Aber!

VIKTOR Ihnen gegenüber hab' ich nämlich die Empfindung: Da kann ich was lernen.

WINTER Sehr verbunden.

VIKTOR Also es wundert mich, wie Sie – wie Sie zu dieser Miss Zenobia kommen.

WINTER Entschuldigen Sie, in den Anfangsgründen kann ich Sie nicht unterweisen; ich bin nur für Fortgeschrittene.

VIKTOR Ah, Sie haben mich mißverstanden. Ich weiß, wie das gemacht wird. Ich meine nur, wie Sie – ein Mann wie Sie – Sie haben ja einen gewissen Ruf – kurz und gut, ich verstehe nicht, wieso Sie noch bei der Sorte Miss Zenobia halten.

WINTER Oh, mein lieber Freund, ich bin wieder zurückgekehrt zu den Zenobias.

VIKTOR Ah, Sie sind wieder zurückgekehrt! Ah so! Ah so!

WINTER Miss Zenobia gehört nämlich einem Typus an, der mir vor allem lieb ist. Sie gehört zu jenen, die übermorgen wieder abreisen.

VIKTOR Ah, das lieben Sie also sehr, wenn sie übermorgen wieder abreisen! Das könnte einen eigentlich traurig stimmen. Da sieht man nun einen Mann vor sich, den sein Glück bei Frauen fast berühmt gemacht hat, und –

WINTER Ja, und das ist schließlich die Summe meiner Weisheit.

VIKTOR Ja, ja, aber mit dem Abreisen ist es nicht getan – durchaus nicht! Sie dürfen auch nicht zurückkommen.

WINTER Ah, darin ist keine große Gefahr, da lieben sie einen nicht mehr.

VIKTOR Glauben Sie? Mich lieben sie auch dann noch. – Da muß ich Ihnen eine Geschichte erzählen.

WINTER O hören Sie! Ich glaube wir müssen nun doch hinein.

VIKTOR Ich komme mir übrigens wirklich ganz zudringlich vor – ich Ihnen gegenüber – ich Ihnen! Nein, lachen Sie nicht. Ich habe nämlich für Sie ein Gefühl scheuer Bewunderung gehabt, seit ich Sie kenne, das heißt, seit man Sie mir auf einem Ball gezeigt hat. »Das ist der Herr Winter, der so viel Glück hat...« Mein Ehrgeiz von dem Moment an war, daß in zwanzig Jahren irgendein junger Mann auf seinem ersten Ball sagt: »Wer ist das?« und man erwidert: »Oh, das ist der Herr Mertens...«

WINTER »– mit dem vielen Glück.«

VIKTOR Ja.

WINTER Und nun enttäusch' ich Sie?

VIKTOR Nein, nicht das. Aber sehen Sie, mein Ideal in der Liebe, das wäre eine schöne Frau.

WINTER Heiraten Sie.

VIKTOR Aber nicht meine! Eine femme du monde. Schön, elegant, womöglich nicht mehr ganz jung. Und sehen Sie: Dazu hab' ich's noch nicht gebracht.

WINTER Geben Sie diese Sehnsucht nur wieder auf.

VIKTOR Das sagen Sie?

WINTER Bleiben Sie bei den Damen, die morgen abreisen.

VIKTOR Aber gerade verheiratete Frauen muß man ja meiner Ansicht nach am leichtesten wieder losbekommen.

WINTER Warum, wenn ich fragen darf?

VIKTOR Ich bitte Sie, eine verheiratete Frau kann doch keinen Skandal machen, der sind doch die Hände gebunden. Hingegen die Geschöpfe, bei denen ich jetzt das sogenannte Glück habe, die scheuen nötigenfalls auch vor einem Straßenauflauf nicht zurück.

WINTER Also Sie wollen eine Frau lieben, weil Ihnen da der Abschied mit den geringsten Unbequemlichkeiten verbunden scheint?

VIKTOR Sie finden das wahrscheinlich nicht sehr vornehm von mir?

WINTER Ach Gott, vornehm! In der Liebe gibt's überhaupt nur zwei Möglichkeiten: entweder man liebt oder man liebt nicht mehr. Es ist ganz überflüssig, die Sache zu komplizieren. Man muß rücksichtslos sein, man muß! Und wenn man nicht mehr liebt, sagt man adieu und schließt die Türe hinter sich und kommt nicht wieder.

VIKTOR *bewundernd* Und kommt nicht wieder!

WINTER *nach einer kleinen Pause* Man kommt eben manchmal doch wieder.

8. Auftritt

Vorige. Ernst, Richard.

ERNST Guten Abend. Warum treten Sie nicht ein; es wird nicht mehr gesungen.

WINTER *reicht Ernst die Hand und geht ins Zimmer.*

VIKTOR *zu Ernst* Ja richtig, dir muß ich was erzählen! Weißt du, wen ich vor zwei Stunden gesprochen habe?

ERNST Wahrscheinlich eine einstige Geliebte.

VIKTOR Einstige?... Wenn es das für mich gäbe! – Sag, erinnerst du dich an die drei Mäderln, mit denen wir vor zwei Jahren einmal beim Leidinger soupiert haben?

ERNST Welche?

VIKTOR Na, zwei waren Schwestern – angeblich, und eine war die Freundin. Erinnerst du dich nicht? Die Freundin ist zum Theater gegangen... so eine weiße Boa hat sie allerweil umgehabt...

ERNST Ja, ja.

VIKTOR Du hast mit der jüngern Schwester angebandelt, die sich so auf die Unschuld herausgespielt hat – na, vielleicht war's eine.

ERNST Nun also –?

VIKTOR Denk dir, wie ich vor zwei Stunden von der Wollzeile über den Ring einbieg', begegnet mir die Katharina. Also stell dir vor – Erkennungsszene – großartig – sie ist richtig engagiert gewesen, draußen wo in der Provinz, zuerst in... na, Nester halt. Ich hab' kein Gedächtnis für Städtenamen.

ERNST Nun, und was ist eigentlich das Interessante an der Geschichte?

VIKTOR Also denk dir, wir sprechen keine zwei Minuten: stellt sich heraus, daß sie mich noch immer liebt... liebt wie am ersten Tag... liebt wie damals beim Leidinger!

ERNST Gratuliere.

VIKTOR Was sagst du? Man sollte doch meinen, sie hätte reichlich Gelegenheit gehabt, mich zu vergessen!... Aber nein, man vergißt mich nicht.

ERNST Na, und hat die Geschichte irgendeine Pointe?

VIKTOR Ja freilich! Es handelt sich nämlich darum, ob du Lust hättest, den Leidinger-Abend von damals zu wiederholen?

ERNST Das heißt?...

VIKTOR Das heißt: Wir wollen wieder zusammen soupieren, ich mit der Katherin' und du mit deiner Unschuld von damals.

ERNST *will auffahren,* RICHARD *hält ihn zurück.*

VIKTOR Was hast du denn?

ERNST Ich finde es sonderbar, wie du über Personen verfügst, die du gar nicht kennst.

VIKTOR Aber die Katharina will ja das Ganze arrangieren! Die Schwester von der Unschuld hat nämlich geheiratet – alsdann mit der ist nichts...

ERNST Wie will denn die Katharina das arrangieren? Verkehrt sie denn noch mit der Anna?

VIKTOR Anna – richtig! Ich hab' mich an den Namen nimmer erinnert. – Freilich verkehrt s' noch mit ihr. Grad wie ich sie begegnet habe, ist sie von ihr gekommen. Sie ist ja erst seit gestern aus dem Engagement zurück und bleibt kaum vierzehn Tage da. Dann geht sie in ein Sommer-Engagement.

ERNST Und sie glaubt, daß die Anna ohneweiters dabei sein wird?

VIKTOR Freilich! – Mit der sind übrigens sehr geheimnisvolle Dinge vorgefallen. Die war verschollen.

ERNST So?

VIKTOR Hat mir wenigstens die Katharina erzählt. Gesellschaftsdame irgendwo. In der Fremde soll sie gewesen sein.

ERNST Das ist doch nicht verschollen!

VIKTOR Gesellschafterin! Wer glaubt denn das von der? – In

Gesellschaft wird s' schon gewesen sein, aber in wechselnder.

ERNST Ah, jetzt ist's aber genug!

VIKTOR Was hast du denn? – Ah so! – Mit dir also –? Mit ihr bist du auf Reisen gewesen! Ja, warum erzählst einem das nicht?

ERNST Jetzt weiß du's aber! Ja?

VIKTOR Jetzt weiß ich's natürlich! – Ja, warum hast du mir nichts gesagt? – Jetzt ist die Kleine mit ihm herumgereist! *Zu Richard* Haben Sie's gewußt, Doktor? – Nein, so was! Jetzt lad' ich ihn zu einem Souper mit seiner Geliebten ein! Ich hab's eigentlich dumm angestellt. Nichts hätt' ich dir sagen sollen und dich nur zum Leidinger hinbestellen. Die Augen –!

ERNST Jetzt wirst du dich vielleicht beruhigen?

VIKTOR Na, so ist die Sache also gemacht?

ERNST Welche Sache?

VIKTOR Wir soupieren also nächstens zusammen?

ERNST Nein.

VIKTOR Warum denn?

ERNST Weil meine... weil Anna kaum mehr Lust haben dürfte, mit Katharina zu verkehren.

VIKTOR Aber lächerlich! So hoch wird s' springen!

ERNST Genug! Lassen wir's endlich.

VIKTOR Ja, lieber Freund, du wirst zugeben, ich konnte nicht ahnen, daß aus so einer Abendliebelei eine ernste Affäre wird. Im übrigen, du hast ja gewiß recht: Unschuldig war sie ja schon damals. Im Ernst: Ich bin überzeugt, daß sie ein braves Mädel war.

ERNST Ich brauche keine Rechtfertigung, wenn es mir beliebt, etwas ernst zu nehmen, und ich kann es Menschen wie dir durchaus nicht verübeln, wenn sie nach der Schablone urteilen.

VIKTOR Ah, da muß ich bitten! Du willst mir vielleicht sagen, daß ich meine, nur Millionärstöchter können anständige Mädchen sein? Ah bitte, bitte! Ich habe schon einen gewissen Einblick ins Leben – o ja! Und eine Geliebte kann eine gradso brave Person sein wie eine Frau – entschieden! Das Ganze ist doch eigentlich mehr oder weniger eine soziale Frage – eigentlich eher mehr. Nicht wahr?

RICHARD Gewiß.

VIKTOR Ich habe eine besondere Hochachtung vor den Damen, welche nicht geheiratet werden wollen; und wenn ich heute eine Frau hab', ohne weiters lass' ich sie mit deiner Geliebten verkehren.

ERNST Ob ich nur meine Geliebte mit deiner Frau werde verkehren lassen?

9. Auftritt

Vorige. Frau Moser, Helene, Minna.

HELENE *zu Viktor* Na, das ist schön!

MINNA *zu Ernst* Haben Sie mir überhaupt zugehört?

RICHARD *mit Frau Moser nach hinten. Helene zu einem Tischchen links, Viktor folgt ihr. Ernst und Minna plaudern im Hintergrund.*

HELENE Was ist denn das für eine Manier, nicht einmal hineinkommen zuhören?

VIKTOR Haben Sie 's denn überhaupt bemerkt?

HELENE Nein; ich merke eben nur, daß Sie jetzt da sind.

VIKTOR Auch das sollte mich eigentlich schon glücklich machen.

HELENE Was ist denn das für ein dummer Ton?

VIKTOR Ah Fräulein, Sie haben wirklich alles, alles vergessen!

MINNA Also so weit? Haben Sie denn gar kein Heimweh gehabt?

ERNST O ja, in Rom nach Venedig, in Venedig nach Neapel.

MINNA Und echtes?

ERNST Das ist ja das echte: das nach dem Schönen, das man verlassen hat.

MINNA Ich würde sicher entsetzlich am Heimweh leiden.

ERNST Sie, kleine Minna? Wissen Sie denn überhaupt, was Heimweh ist?

MINNA O ja. Wenn wir im Sommer in Hietzing wohnen und ich

acht Tage nicht in die Stadt hereinkomme, spür' ich schon eine gewisse Sehnsucht. Und wenn wir im Oktober hereinziehen, bin ich gerührt. Ja wirklich, wenn ich wieder in mein Zimmer komme und da steht der Glasschrank und die Figuren drin, und in der Ecke der kleine Schreibtisch, auf dem man nicht schreiben kann... ganz gerührt bin ich da!

ERNST *lächelt.*

HELENE Damals, damals – ja! Aber jetzt bin ich eine junge Dame!

VIKTOR Umso besser.

HELENE *drohend* Sie!

VIKTOR Sehen Sie, Fräulein Helene, mit Ihnen zu reden, das war eben ein Vergnügen; Sie sind die einzige Dame meines Lebens, mit der ich mich unterhalten habe, die andern Mäderln [sind] alleweil so zimperlich und [wollen] nur von nichts reden, das sich nicht gehört, und immer als wenn die Mama zuhören könnt'.

HELENE Ich red' heut kein Wort mit Ihnen während des Soupers.

MINNA Und nicht einmal abends sind Sie traurig geworden? Da muß man sich ja in der Fremde so schrecklich allein fühlen. – Warum schauen Sie mich denn so mitleidig an?

ERNST Ich lächle ja.

MINNA Aber Sie lächeln mitleidig. Als dächten Sie: Na, großartig angelegt ist die eigentlich nicht!

ERNST Wie kommen Sie denn auf diese Idee, kleine Minna?

MINNA Nicht wahr, Sie bilden sich ein, daß Sie mich genau kennen?

ERNST Durchaus nicht!

MINNA Weil Sie mit mir einige Quadrillen getanzt haben. Und Sie haben ja eigentlich immer den mitleidigen Blick gehabt, wenn Sie mit mir plauderten.

ERNST Wie Sie nur auf diese Idee kommen!

MINNA Ich verzichte übrigens sowohl auf das Mitleid als auf den Blick. Und ich weiß ganz gut, warum Sie kein Heimweh gehabt haben. Sie sehen, ganz dumm ist man nicht!

VIKTOR Ich bitte Sie, Fräulein Helene, was soll man sich einen blauen Dunst vormachen? Man lebt ja schließlich doch nur einmal.

HELENE Sie sind ein Mann, Sie können tun, was Sie wollen.

VIKTOR Das könnten Sie auch, wenn Sie einmal verheiratet sind.

HELENE Wir sind wirklich bedauernswerte Geschöpfe: Sie alles und wir nichts.

VIKTOR Alles? Doch eigentlich nie, was wir wollen.

MINNA Und Sie glauben nicht, wie viel Zeit wir jungen Mädchen zum Nachdenken haben.

ERNST Und reden Sie denn nicht mit Ihrer Mama?

MINNA Nun ja, aber das füllt doch nicht ganz aus. Sie spricht über die neuen Kleider, über Dienstboten, und dann nimmt sie mir ab und zu ein Buch weg, das nicht für mich passen soll.

ERNST Nun, das füllt freilich nicht ganz aus. Und der Papa?

MINNA Ach, für den bin ich eine Puppe, mit der er sich spielt. Und für Sie doch auch!

ERNST Was veranlaßt Sie denn –

MINNA Übelnehmen kann ich Ihnen das freilich nicht. Und Sie haben ja das gute Recht herumzureisen, mit wem Sie wollen. Etwas muß ich Sie aber doch fragen.

ERNST Nun?

MINNA Diese Dame, mit der Sie gereist sind... warum hat's dieser Dame ihre Mutter erlaubt?

VIKTOR Wenn Sie ihn aber nicht lieben?

HELENE Ich werde nur einen Mann heiraten, den ich achte.

VIKTOR Achten! Das genügt nicht.

HELENE Ja, wofür halten Sie mich eigentlich?

VIKTOR Für das Beste, wofür man ein Mädchen halten kann.

HELENE Nun?

VIKTOR Für schön.

ERNST Das wäre auch das erste, was ich täte.

MINNA Das ist aber schrecklich!

ERNST Vielleicht ist es auch nur Eitelkeit; aber ich möchte meine Frau vollkommen unter meinem Einfluß haben. Und darum würde ich sie dem ihrer Eltern vollkommen entziehen.

MINNA Das wird sich keine Tochter gefallen lassen.

ERNST Glauben Sie das wirklich?

10. Auftritt

Vorige. Aus dem Salon Winter, Frau Moser, Richard, [Moser, Fabler].

FRAU MOSER Man wird gleich soupieren *Zu Minna* Nun, hat er Ihnen viel von Italien erzählt?

RICHARD *zu Ernst* Sie hat wirklich ein herziges Kopferl.

ERNST *mit leichter Zärtlichkeit* Ja.

RICHARD Sage, was tut Anna eigentlich an solchen Abenden, wenn du nicht mit ihr bist?

ERNST Sie ist zu Hause.

RICHARD Was täte sie nun, wenn sie nicht bei den Ihren wäre?

ERNST Solltest du's glauben: Mir selbst kommt in diesem Hause schon alles ganz natürlich und selbstverständlich vor. Ich denke nicht mehr darüber nach. Ich fühl' mich zuweilen sogar wohl. Ich muß fürchten, daß es ihr ähnlich ergeht, daß sie sich auch zu Hause zu fühlen beginnt bei dieser Mutter, die sie verkaufen wollte, bei dieser Schwester, die sich mit ihrem Schandgeld einen Mann gekauft hat, bei diesem Schwager, der mit diesem Geld den behaglichen Bürger spielt. Ohne daß wir es merken, drängt sich die Atmosphäre unseres Heims in uns, und jeder trägt den Duft seines Hauses in seinen Haaren.

RICHARD Du mußt dir diese Tragik doch immer vorkünsteln.

ERNST Du hast recht, und das ist traurig genug. In den zwei Wochen, die ich daheim bin, fass' ich hier wieder Wurzeln wie sie dort. Man kann den Leuten nicht völlig fremd sein, mit denen man täglich die Suppe am selben Tisch ißt. Ich sehe schon: Wenn ich nicht bald ein Ende mache, wird jenes Mädchen, das meine Freundin war, eines schönen Tages nicht mehr sein, als sie früher war: die Geliebte, und ich werde mich am Ende noch schämen, daß sie einmal meine Freundin gewesen ist.

RICHARD Warum denn wieder das?

ERNST O, wäre ich nie zurückgekommen! Mir ist so bang, von allen Seiten seh' ich Gefahren. Mir selbst kann ich kaum vertrauen.

DER DIENER Es ist serviert.

FRAU MOSER Du, Ernst, wirst Minna zu Tisch führen.

ERNST Mit dem größten Vergnügen. Aber ohne Zwang tät' ich's noch lieber.

DR. FABLER Sie sind immer ein Revolutionär.

WINTER Es liegt im Zwang zuweilen etwas sehr Schönes. Für Disziplin schwärmen lernt man, wenn man beim Militär war.

ERNST Was wissen Sie freiester Mann der Welt davon?

WINTER O genug. Und wenn's auch lang her ist.

ERNST Sie waren beim Militär?

WINTER Natürlich. Freiwilliger, und selbstverständlich Offizier in der Reserve.

FRAU MOSER *mit einer Erinnerung im Blick ihn betrachtend* Sogar ein sehr fescher.

ERNST *sieht seine Mutter an, versteht.*

WINTER *verbeugt sich scherzend.*

DIENER *öffnet die Portieren, man geht zum Essen.*

ERNST *zu Richard* Der also – der! Und du hast's gewußt!

RICHARD Gib doch Minna den Arm. Laß sie doch nicht allein stehen!

ERNST Und hast du ihren Blick gesehen? Was in dem alles aufwachte!

DIENER *mit Blumen und einem Brief, überreicht beides Ernst.*

ERNST *liest rasch, legt die Blumen auf einen Sessel.*

MOSER *zu Fabler* Haben Sie das gesehen? – Diese raffinierte Person schickt Blumen herauf – jetzt – heute! Sie wittert offenbar die Gefahr.

DR. FABLER Offenbar!

MOSER Dem muß ein Ende gemacht werden!

DR. FABLER Wie wollen Sie –

MOSER Lassen Sie das meine Sorge sein. Diese Personen kauft man sich, und man kauft sich schließlich wieder los.

MINNA *scherzend* Mein Herr, Sie vergessen mich ganz!

ERNST *reicht ihr den Arm* Verzeihen Sie!

RICHARD Ich habe die Ehre, an Ihrer andern Seite zu sitzen.

MINNA *weist auf die Blumen, die Ernst zu vergessen scheint* Ihre Blumen. *Sie gibt sie ihm.*

III. Akt

Ernstens Zimmer. Abend.

1. Auftritt

Ernst liest, auf dem Lehnstuhl sitzend. Es klopft. Helene tritt ein.

ERNST Ah, du bist's!

HELENE Bin so frei.

ERNST Womit kann ich dienen?

HELENE Leih mir was zu lesen.

ERNST *auf die Bibliothek weisend* Bitte, steht dir alles zur Verfügung.

HELENE Weißt du, ich langweil' mich nämlich fürchterlich.

ERNST Ich dachte, ihr seid alle im Theater?

HELENE Heute ist irgendwas für mich nicht Passendes. Mama ist gegangen und Tante Auguste.

ERNST Papa nicht?

HELENE Nein. Heut hab' ich überhaupt ein besonderes Pech. Ins Theater darf ich nicht mit, das Buch aus der Leihbibliothek, das drin liegt, paßt auch nicht für mich – und dann hab' ich's auch schon gelesen – und Minna, die ich besuchen sollte, hat mir absagen lassen.

ERNST Warum?

HELENE Sie ist im Quartett, das hatte sie ganz vergessen. – Was für ein Buch soll ich mir denn nun eigentlich nehmen? Du hast eigentlich auch gar nichts Gescheites.

ERNST Bedaure.

HELENE Sag, möchtest du nicht auch ins Quartett gehen?

ERNST Warum denn?

HELENE Na erstens bist du ja so musikalisch –

ERNST Und zweitens –?

HELENE Warum heiratest du sie eigentlich nicht?

ERNST Was ist das für eine sonderbare Frage?

HELENE Ich möchte eine Schwägerin haben, wär' sehr fesch.

ERNST Hast du dein Buch schon?

HELENE Warum willst du denn die Minna nicht heiraten? Papa wäre so froh – und Mama auch! Außerdem schreibt sie es jedesmal in ihr Tagebuch, wenn sie dich gesehen hat.

ERNST Woher weißt du das?

HELENE Ich hab's neulich bei ihr erwischt.

ERNST Was heißt das: erwischt?

HELENE Na, gefunden hab' ich's!

ERNST Man liest nicht in fremden Tagebüchern.

HELENE Wenn sie's herumliegen läßt?

2. Auftritt

Vorige. Richard. Begrüßung.

HELENE Du, Ernst, die zwei da nehm' ich mir. *Mit Büchern.*

RICHARD Ich will Sie nicht vertreiben, Fräulein Helene.

HELENE Ich hab' mir nur ein paar Bücher ausgeliehen. Adieu. *Ab.*

RICHARD Wolltest du nicht weggehen? Ich kann dich begleiten.

ERNST Sehr liebenswürdig; aber vorläufig laß uns ein paar Minuten plaudern.

RICHARD Daß du sie nicht meinetwegen warten läßt. Sie tut mir beinahe leid.

ERNST Kein Grund dazu. All diese Halbheit dauert ja nur mehr kurze Zeit hoffentlich. In wenigen Tagen schon wird alles entschieden sein. Du siehst jetzt wohl selbst ein, daß ich das nicht mehr mitansehen kann.

RICHARD Ja, irgend etwas muß geschehen. Aber es handelt sich vor allem darum, daß du einem falschen Stolz dein Glück nicht zum Opfer bringst.

ERNST Man kann mit Weibern spielen, und so lang, als es einem Vergnügen macht. Und wieder aufhören, wenn man eben nur gespielt hat, und sie in ihren eigenen Anschauungen und eigenen Kreisen gelassen hat. Hat man aber einmal eine bis zu sich heraufgezogen, so ist es ein Verbrechen, sie wieder fallen zu lassen.

RICHARD Nur glaubt man zuweilen, gehoben zu haben, und ist selbst gefallen.

ERNST Ich hatte das Glück, Anna zu einer Zeit zu begegnen, wo noch alles aus ihr zu machen war.

RICHARD Ob du nicht doch in ihr hauptsächlich dich liebst?

ERNST Ich hoffe, daß es so ist; dieser Stolz ist ein guter Funke, der weiterglimmen mag. Ich habe diese letzten drei Tage und Nächte viel überlegt. Wenn ich mich so sehr beeile, mit Anna vereint, unserer Heimat zu entfliehen, so weiß ich sehr gut, warum ich es tue. Ich habe mich zu retten vor mancherlei; und weil ich nun so fest entschlossen bin, bin ich ruhig.

RICHARD *unruhig im Zimmer hin und her* Ich fürchte sehr, daß gerade du, der die Pflichtlüge so sehr verachtet, nahe daran bist, dich einer eingebildeten Pflicht zu opfern.

ERNST Du irrst. Ich liebe Anna wie früher, und sie hat nicht aufgehört, es zu verdienen.

RICHARD Aber ein Leben, ein ganzes Leben... und alles hier, was du zurückläßt!

ERNST Ich lasse nichts zurück, du weißt es. Man wird mich sogar gerne gehen lassen, wenn man es auch nicht eingestehen – ja, wenn man es nicht einmal selbst glauben wird. Und ich gehe gern. Ich habe etwas Merkwürdiges erlebt. All das, was ich schon wußte, ist eigentlich jetzt erst Wahrheit geworden. Ja, Richard, seit jenem Abend erst ist es wahr – seit ich in dem einen Augenblick eine ganze Vergangenheit habe vor mir auferstehen sehen.

RICHARD Nun begreif' ich das eine nicht: Wenn dir wirklich alle Familienzusammengehörigkeit Lüge ist – wenn dir Vater und Mutter nichts anderes sind als Menschen, die ein Zufall der Natur mit dir in so nahe Verbindung brachte: Was kann dich an dieser Sache so tief erschüttern?

ERNST Erschüttern?... Du siehst doch, wie ruhig ich bin.

RICHARD Du leidest!

ERNST Nun ja denn: Ich leide. Aber es ist eben Schwäche. Elende Schwäche! Ich lasse nichts zurück als einen Irrtum. Ich weiß ja, wenn ich nur ein paar Tage wieder fort bin und mich die Luft der Fremde umweht, ist es wieder gut.

RICHARD Aber da drüben wirst du arbeiten müssen, tagelöhnen, wie ich hier! Keine Freiheit wie die letzten Jahre in Italien!

ERNST Wenn es sein muß – Nicht wahr, du bist doch im ganzen und großen recht glücklich.

RICHARD Nun ja, ich liebe meine Frau, und es ist keine Phrase, daß es schön ist, für Weib und Kind zu arbeiten, die man liebt.

ERNST Auch ich werde meine Frau lieben. Vielleicht werde ich als Vater empfinden, was mir als Sohn nicht vergönnt war: die Heiligkeit der Familie. Ja, sage nur, warum zweifelst du an meiner Liebe für Anna? Ich sehe es an deinem Blick. – Nein, Richard, Minna ist keine ernste Gefahr gewesen – keinen Moment lang. Sie bedeutete nur etwas: das Leben ohne Sorge, den Frieden mit den Meinen an der Seite eines lieben Wesens.

RICHARD Du bist so geneigt, die Menschen, die dir begegnen, symbolisch aufzufassen. Wer weiß, ob Anna nicht nur dein Trotz, dein Haß gegen das Hergebrachte, deine Neigung zur Einsamkeit ist.

3. Auftritt

Vorige. Anna.

ERNST Du? Du?

ANNA Ich habe dich erwartet.

ERNST Ja, ich wollte eben zu dir.

ANNA Ah, du wolltest!

RICHARD Ich habe ihn aufgehalten.

ERNST Es ist ja noch gar nicht so spät.

RICHARD Ich werde dich jetzt verlassen.

ERNST Aber es ist durchaus kein Grund – du störst durchaus nicht.

ANNA Ich möchte mit dir allein sprechen.

RICHARD Leb wohl, leb wohl!

ERNST Schau, Kind, ich habe doch ja gebeten – Du weißt ja, ich wohne nicht allein.

ANNA Du hast recht.

ERNST Was ist dir denn eigentlich?

ANNA Sieh mir ins Auge! Ist es wahr?

ERNST Was denn? Ich versteh' dich nicht.

ANNA Ist es wahr, daß du dich verloben willst?

ERNST Ja, bist du denn bei Sinnen?

ANNA Sag mir die Wahrheit!

ERNST Aber bei allem, was mir heilig ist... wie kommst du nur auf diese Idee?

ANNA Ja, aber warum erzählt man's denn? Vor einer Stunde haben sie mir's erzählt. Meiner Mutter haben sie's im Haus gesagt.

ERNST Und du – du glaubst so etwas?

ANNA Ja, warum erzählen sie's denn? Und warum hab' ich eine Stunde warten müssen, ohne daß du kommst? – In so einer Stunde kann man alles glauben!

ERNST Wahrhaftig, es ist rührend, wie du mir vertraust!

ANNA Du schwörst mir, daß es nicht wahr ist?

ERNST So komm doch zur Besinnung. Das ist ja ––

ANNA Nun ist's ja gut – nun bin ich bei dir und seh' dich und kann dir glauben!

ERNST Daß so etwas möglich ist!

ANNA Verzeih mir!

ERNST Du hast ja nichts Böses getan.

ANNA Denk nur, wie traurig das Leben jetzt für mich ist, wie sich alles geändert hat!

ERNST Es ist eine Übergangszeit, Anna.

ANNA Also du wärst jetzt gleich zu mir gekommen?

ERNST Ich sagt' es dir ja.

ANNA Ernst, ich beschwöre dich, laß diese Zeit nicht mehr lange währen – diese Übergangszeit, wie du sie nennst. Die macht mir angst!

ERNST Zur Angst ist doch kein Grund vorhanden.

ANNA Du magst sagen, was du willst: es ist nicht mehr, wie es war.

ERNST Anna!

ANNA Nun ja, willst du's leugnen? Tätest du's hier? Hast du's schon getan? – Was hilft mir alle deine Liebe, und warum erzählst du mir, daß ich deinesgleichen bin, wenn ich nicht Arm in Arm mit dir über die Straße gehen darf?

ERNST Würdest du es selbst wünschen – hier? Hab' ich dir nicht gesagt, daß ich das widerwärtige Gewäsch der Leute möglichst fern von uns halten will?

ANNA Warum sind wir nur zurückgekehrt ... o warum! Ich war deine Geliebte in der Fremde, und das war so viel. Ich war stolz, es zu sein, und jetzt sehe ich, wie wenig es eigentlich ist, deine Geliebte zu sein.

ERNST Anna!

ANNA Erinnerst du dich nicht, daß neulich abends zwei bekannte Damen, die du grüßen wolltest, weggeschaut haben?

ERNST Macht dich das zu weniger?

ANNA Und als wir neulich zusammen im Theater waren, mußten wir uns beim Ausgang treffen, du wolltest mit mir nicht über die Stiege gehen, weil zu viele Bekannte von dir da waren.

ERNST Du selbst warst es ja, die mir das vorschlug.

ANNA Nun ja, weil ich dir den Wunsch von den Lippen ablesen konnte. – Ah, das ist unerträglich!

ERNST Vergiß nicht, mein Kind, wir leben unter Lügnern und Buben. Dich verletzt nur ihr Lächeln, mich irritieren ihre albernen Fragen. Es scheint, wir sind beide noch nicht so weit, um alles an uns herabgleiten zu lassen, darum vermeiden wir's besser. Außerdem bin ich vorläufig in einer abhängigen Stellung.

ANNA Gut, gut! Ich frage nur: warum das alles? Warum lächelt man, wenn ich mit dir über die Straße gehe, warum wendet sich eine Dame fort, um dich nicht grüßen zu müssen – warum? Warum muß ich zu Hause sitzen und lange Abende auf dich warten, und warum bist du hier? Warum sind wir nicht zusammen, wenn wir zusammen gehören?

ERNST Das alles wird wiederkommen, du weißt es ja.

ANNA Ja, ich glaube dir. Aber so tu doch wenigstens, was du

kannst. Ist es notwendig, daß du immer eine Stunde später zu mir kommst, als du's versprichst?... Und erklär mir das Gerücht von deiner Verlobung.

ERNST Jetzt sag mir einmal, wer den Unsinn erzählt hat!

ANNA Der Mutter haben sie's erzählt, schadenfroh, im Haus.

ERNST Geschwätz unterm Haustor wahrscheinlich. Die Frau Mama hat versehentlich mit der Köchin von Frau von Müller getratscht, nicht wahr? – Ja, du hast recht, es ist höchste Zeit, daß wir uns aus dem Staub machen.

ANNA Und was hab' ich da wieder alles hören müssen! Von der Mutter und der Schwester – und vom Schwager auch; da bin ich zu dir gelaufen.

ERNST Nun, was haben sie dir denn gesagt? Daß du dumm bist – was? Und daß ich dich sitzen lassen werde, und noch dazu ohne eine Abfindung – wie? Und daß du gescheit sein sollst und lieber den oder den nehmen, der wenigstens... ah! – Im übrigen: Es ist ja dein Wille, in dieses Haus zurückzukehren; du hattest ja Sehnsucht nach Mutter und Schwester.

ANNA So nimm mich fort! Du hast ja recht, aber verlassen darfst du mich jetzt nicht. Heut hat mir wieder geschaudert, was aus mir ohne dich geworden wäre. Aber da hätt' ich nichts davon empfunden, da hätt' ich zu den andern gehört. Du hast mich alles Edle und Gute gelehrt; wenn du mich wieder unter diese Leute zurückstoßen willst, so hättest du mich mein Elend nicht dürfen erkennen lassen.

ERNST Meinst du, ich wüßte nicht, was ich dir schuldig bin?

ANNA Schuldig?... Du faßt es als Schuld auf?...

ERNST Schuldig, dir und mir! Quäl dich doch nicht, du weißt ja, wie's gemeint ist.

ANNA Ich quäl' dich ja nicht, nein, ich geh' ja schon.

ERNST Ich will mir meinethalben das Hirn zermartern, um nur einen Tag früher aus dieser verzweifelten Luft herauszukommen – aber wir können doch nicht weg, um übermorgen zu hungern, das geht doch nicht!

4. Auftritt

Vorige. Herr Moser.

MOSER Ah, das ist doch! – *Wendet sich zum Gehen – An der Türe* – Nein, Ernst, das geht nicht – das duld' ich nicht! Ah, das wird in meinem Haus nicht geduldet!

ERNST Vater, das ist mein Zimmer.

MOSER Es ist mein, wie alles in diesem Haus.

ERNST Wenn es auch deines ist, es ist ihm wahrhaftig keine Schande widerfahren.

MOSER Du weißt, wir haben da verschiedene Ansichten. Das eine Mal sei's verziehen.

ERNST Oh, hier gibt es durchaus nichts zu verzeihen!

MOSER Oh!

ERNST Und ich möchte dich bitten, diese junge Dame so zu grüßen, wie es üblich ist.

MOSER Wie es üblich ist – das habe ich ja getan. Adieu.

ANNA Ernst!

ERNST Vater, ich bitte dich sehr, es liegt für dich kein Grund vor, dieses Mädchen zu beleidigen.

MOSER Für mich liegt auch keiner vor, sie in meinem Haus zu empfangen. Es ist auch das Haus deiner Schwester und deiner Mutter!

ANNA Ernst!

ERNST Und dieses Mädchen ist nicht weniger. Es ist meine Braut, welche du beleidigst.

MOSER Du bist nicht bei Sinnen, Ernst.

ERNST Ich bin es – mehr denn je.

MOSER Wenn man einen so festen eigenen Willen hat, hat man gewiß auch die Kraft, sich ein eigenes Heim zu suchen. *Er wendet sich zum Gehen.*

ANNA *laut* Bleiben Sie!

MOSER *zuerst frappiert, dann will er wieder gehen.*

ANNA Bleiben Sie!

MOSER *bleibt stehen.*

ANNA Woher nehmen Sie das Recht? Was hab' ich Ihnen denn getan?... Was hab' ich Ihrem Hause getan?

MOSER Ich finde, daß man jedermann den Eintritt in ein gutes bürgerliches Haus verwehren kann, der nicht hereinpaßt.

ANNA Und darum – – und mir verwehrt man – – mir verwehren Sie – – So jagen Sie doch vor allem Ihre Frau hinaus!

MOSER *starr; dann auf sie zu* Was heißt das?

ERNST *entsetzt* Glaub ihr nicht, Vater!

ANNA Glauben Sie mir – ich weiß, was ich sage! Ich bin es satt, mich beleidigen zu lassen und zu schmähen, als hätt' ich der Himmel weiß was verbrochen! Jagen Sie Ihre Frau hinaus aus diesem guten bürgerlichen Haus, wenn Sie zwischen Würdigen und Unwürdigen so gut zu unterscheiden wissen!

ERNST Vater, sie lügt!

ANNA Ich spreche die Wahrheit! Sie haben kein Recht, auf mich herabzusehen! Kein Mensch auf der Welt hat ein Recht, auf mich herabzusehen – Sie am wenigsten! In Ihrem Haus schauen Sie sich um!... Ihre Frau jagen Sie hinaus, nicht mich!

ERNST Sie ist nicht bei Sinnen! Glaub ihr nicht, Vater!

ANNA Rufen Sie doch Ihre Frau – ihr ins Gesicht will ich's sagen – ihr ins Gesicht!

MOSER Sie sollen es vor ihr wiederholen!

5. Auftritt

Anna, Ernst.

ERNST *in Verzweiflung* Anna!

ANNA Ich hätte mich wohl hinausjagen lassen sollen wie eine Dirne, und du hättest zugesehen?

ERNST Es ist meine Mutter!

ANNA Was liegt denn dran? Das sind ja zufällige Bande! Das zwischen mir und dir ist wohl das heiligere, denk ich; du hast mir's ja tausendmal gepredigt! – Ah, man hat mich genug gepeinigt – oh genug! Genug! Zu viel! Und der durfte stolz sein – und ich gehöre nicht in dieses bürgerliche sittenreine Haus? – Ich, die dich geliebt... immer nur dich geliebt hat, und ein dummes Ding war... und wenn man mich auf den Tod beleidigt, da darf ich nun nicht einmal sagen: Du hast kein Recht dazu? Und er soll sich weiter brüsten: Ja, hier ist ein anständiges Haus – und eine solche Person wie Sie jagt man davon!... Ah nein, mir ist sehr wohl, daß ich's endlich gesagt habe! – Ah, es ist sehr gut, und ich bin froh, sehr froh!

ERNST Du wirst es zurücknehmen!

ANNA Ah!

ERNST Ja, du wirst sagen, daß du unter der furchtbaren, unverdienten Beleidigung meines Vaters die Besinnung verloren hast... daß du dich rächen wolltest...

ANNA Das werd' ich nicht sagen – nein! Und du wirst es auch nicht sagen, verstehst du mich? Du auch nicht!

ERNST Du mußt es sagen, ich bitte dich! Du richtest ihn zugrunde, sie zugrunde, du vernichtest den Frieden dieses Hauses, du legst auf uns beide eine furchtbare Schuld!

ANNA Ich werde sie tragen... mit Vergnügen tragen! Ah, wenn nur erst deine Mutter da wäre! Wie wird das wohltun, es ihr ins Gesicht zu sagen!... Wie muß sie mich verachten, die Maitresse ihres Herrn Sohns – ach Gott!... So eine Person, er wird sie schon satt werden! Heiraten tut man sie ja doch nicht! – Ah, da ist nun diese Person!... Und ich werde ihr sagen: Gnädige Frau, von Ihrem Herrn Gemahl lasse ich mich nicht hinausjagen, oder höchstens mit Ihnen!

ERNST Komm, Anna, komm! *Faßt sie am Arm* Komm! Es darf nicht geschehen! Wir wollen weg – ich mit dir – jetzt gleich – aber das darf nicht geschehen – nein, nein!

ANNA *im höchsten Zorn* Ich lasse mich nicht hinausjagen! Nein! Nein! Nein! Alle Pein, alle Schmach, die man mich erdulden läßt, ich bin sie müde! Die Freunde, die mich nicht grüßen, und die Leute, die wegschauen, und die Spaziergänge in den dunklen Seitenstraßen, und nun noch hinausgejagt – nein, o nein!

ERNST An all dem ist meine Mutter unschuldig, du hast kein Recht, dich an ihr zu rächen!

ANNA Ist mir gleich! Meine Schuld ist, bei Gott, auch nicht groß, und wie hab' ich zu leiden!

ERNST So sei edel, Anna, sei's um meinetwillen! Nimm's zurück, nimm's zurück!

ANNA Als wenn er mir's nun glauben würde!

ERNST Er wird es!

ANNA Ah, weil ja Weiber wie ich auch zu einer solchen Lüge fähig sind! Und auch das ließest du noch über mich kommen! Und dich – dich hab' ich geliebt!

ERNST Ein letztes Wort, Anna: Komm – komm, eh' es zu spät ist.

ANNA So geh doch und laß mich allein hier.

ERNST *zum Fenster* Der Wagen! Die Mutter! – Anna! Alles steht auf dem Spiel: Willst du es zurücknehmen, Anna? Unser Glück – Anna, wenn du es ihr ins Gesicht sagst... ich könnte dich nicht mehr... mir zuliebe – in der Erinnerung – *Klingel* Es ist ein Wort!... Wenn du es gesagt hast, verlaß ich mit dir das Haus, und wir kehren nie mehr hierher zurück! Auf immer sind wir dann zusammen! Ein Wort!

ANNA Nein! Nein! Nein!

ERNST *in Verzweiflung* Du mußt! Du mußt!

ANNA *wie jubelnd* Sie kommen! Kommen! Kommen!

ERNST Anna!

ANNA So geh doch, wenn du's nicht mitanhören kannst, wie ich deine Mutter aus dem Hause jage!

ERNST *reißt Anna mit sich.*

In dem Augenblick treten Moser und seine Frau ein. Ernst stürzt fort.

6. Auftritt

FRAU MOSER Ja, was gibt's denn eigentlich? Was soll denn das heißen? Was preßt du denn meine Hand so? – Ach so! *Sieht, daß Anna hier ist* Willst du mich dafür verantwortlich machen?

MOSER Wiederholen Sie!

ANNA Ah, er ist fort!

FRAU MOSER Nun, was soll denn das alles?

ANNA Ihr Herr Gemahl beliebte, mir die Türe zu weisen, und ich sagte – –

FRAU MOSER Nun?

ANNA Sehr gern, sagte ich, aber Sie, gnädige Frau, müßten mit.

FRAU MOSER Sind Sie toll?!

ANNA Sie wissen sehr gut, daß ich's nicht bin.

FRAU MOSER Und du glaubst ihr?

ANNA Oh, ich kann beweisen, was ich sage!

MOSER Nun?

FRAU MOSER Und du willst auf sie hören?

DIENER *rasch herein* Gnädiger Herr! Gnädiger Herr!

MOSER Was gibt's?

DIENER Der junge Herr – *Lärm im Stiegenhause.*

ANNA Um Gotteswillen!

DIENER Er ist –

FRAU MOSER So sprechen Sie doch!

DIENER Er ist hinunter in den Hof –

ANNA *schreit auf.*

FRAU MOSER *stürzt hinaus.*

MOSER Wie – hinuntergelaufen …?

DIENER Er liegt unten.

FRAU MOSER *wieder herein* Sie wollen mich nicht hinunterlassen!

ANNA *davon.*

MOSER *zu seiner Frau* Bleib, es ist zu spät!

Draußen ein Aufschrei Annas.

FRAU MOSER Er ist tot! … Ja, um Gotteswillen, was ist denn geschehen?

MOSER Also wahr – und mein Sohn hat es gewußt!

FRAU MOSER *versteht, sinkt aufs Knie.*

Schluß

Datierung: 1. Akt: 26. 3. 1892–2. 4. 1892
2. Akt (Erste Fassung): 5. 5. 1892–5. 6. 1892
2. Akt (Zweite Fassung): 19. 11. 1892–13. 12. 1892
3. Akt: 15. 12. 1892–24. 1. 1893.

Einfälle und Entwürfe

Der kleine Fritz: Wer war der Leutnant mit deiner Mutter? Und der kleine Max merkt sich das, ohne es zu verstehen. Wie er später einmal vernimmt, daß seine Mutter den Vater betrogen hat.

Oder der Vater: Denk an deine Mutter mit Liebe, ebenso an unsern Freund Hans.

Ja, der Leutnant.

Da fällt es ihm ein.

Im Wagen: der beste Freund des Vaters, der Geliebte der Mutter.

Und wie sie begraben wird und auch der Leutnant hinter dem Sarg geht, da ohrfeigt er ihn.

Ein Sohn wird von seinem Vater gequält: Lebenswandel, etc. Philisterhochmut, Größenwahn des Bourgeois. Lang hält der Sohn seinen Groll zurück.

Endlich schmäht der Vater die Geliebte des Sohns, die eine Gefallene ist.

Da bricht der Sohn in Wut aus: Meine Mutter, das keusche edle Weib hat dich betrogen.

Der Sohn erschießt sich dann.

Oder auch, er geht lange den Spuren nach, um endlich darauf zu kommen, daß die Mutter den Vater betrogen, erinnert sich an einen Klavierlehrer, der ihr die Hand geküßt hat, etc.

IV. Akt der ›Familie‹.

Bei der Geliebten Ernsts, er hat sie in einer bürgerlichen Familie einlogiert, als Lehrerin einlogiert. Die Leute sind beschränkt, kindisch, aber es ist ein Duft von Reinheit da. Die Geliebte ist nicht zu Hause; er empfängt sie mit Vorwürfen. Sie macht ihm klar, daß sie keine Verpflichtungen gegen ihn habe. Er ist entsetzt – er, der den Egoismus gepredigt. Sie liebt ihn ganz einfach nicht mehr. Er ist ratlos. Es geht mit der künstlichen Familie auch nicht. Es ist ganz gut, daß die Natur Bande gestiftet hat. Er wird sich eine Familie gründen.

IV. Akt.

Eine frühere Freundin Annas bei ihr. Versumpfte Vorstadtluft. Ernst kommt, ganz vernichtet von der Entdeckung. Er möchte nun auf und davon mit Anna. Sie will Sicherheit haben. Er geht. Er hat ja keine Verpflichtung gegen die Familie. Nach einiger Zeit kommt Moser. Er setzt Anna auseinander, daß sie eine Dirne ist, hört die Stimme seines Sohns aus ihren Worten. Er ist verrückt, mit ihm kann man nicht sprechen. Aber Sie, ich bitte Sie!... Nun wird sie wütend. »Ihre Frau ist um kein Haar besser als ich – nicht um ein Haar besser! Schlechter! Ich habe nie jemanden betrogen.« Der Vater, entsetzt, geht. Er glaubt's natürlich nicht. Es kommt eine Freundin, die ihr rät, ihm abzubitten. Oder der Sohn ist noch da, und der Vater sagt: »Du läßt von dieser Dirne deine Mutter beschimpfen?... Du schweigst?... Du schweigst?...«

V. Akt.

Gespräch. Zu Hause. Richard–Helene.

Frau Moser, die ihrem Sohn rät, diese oder jene zu heiraten.

Der Vater, der hereintritt. »Nun wirst du diese Person wohl verlassen, die sich nicht entblödet, deine eigene Mutter zu beschimpfen?«

Die Mutter wird blaß. Wie, ist es wahr? – Es ist wahr. Wer? – Der ist längst tot.

Winter kommt. – Der ist es!

Anna kommt, um Verzeihung zu bitten.

Moser, fünfundfünfzig Jahre, Fabrikant, erstgradig. Ist stolz auf alles, auch auf seine Fehler, die er für Tugenden hält. Hat selbst sein Geld erworben. Behauptet, man müsse einen Platz in der Gesellschaft einnehmen. Man erwartet Rücksichten und ist Rücksichten schuldig. Ist stolz, daß er seine Frau nicht aus Liebe geheiratet hat. Interessiert sich ja »auch« für alles, aber weiß immer genau, was das Wichtigste ist. Wirft dem Sohn vor, daß er keinen Beruf habe.

Frau Moser, gewöhnliche Frau, noch immer schön, die durchaus keine innere Reue über ihren Fehltritt empfindet. Ist aber selbst sehr geneigt, über unmoralische Weiber herzuziehen, im besten Glauben. Helene Moser, großes schönes Mädchen, das singt. Hat Stimme, aber keinen Ausdruck. Will einen reichen Mann heiraten. Ist auch, wie erwiesen wird, zu weiter nichts erzogen worden. Eigentlich korrumpiert.

Ernst Moser, hat keinen Beruf erwählt, aber überall hineingeschaut. Interesse für Leben, Kunst und Natur. Findet, daß dieses Interesse die Existenz ausfüllt. Will sich nicht binden; hat nun einmal keinen Familiensinn, wenn er ihn auch an andern begreift. Wieso begreife ich nur alles, und wieso begreifen mich so wenige? Hat kein Talent zum tragischen Helden. Der Fall seiner Mutter ist ihm gleichgültig, menschlich begreiflich. Seine Schwester ist ihm unsympathisch mit ihrer Koketterie und ihrer Leerheit. Er ist erbittert über den dünkelhaften Philisterhochmut des Vaters, der alle Weiber, die man nicht heiraten kann, »Menscher« nennt.

Richard Manzer, Poet, der es aber zu keiner Leistung gebracht hat. Er hat sich für seine Familie aufgeopfert, weniger materiell als geistig. Er mußte im Journalistischen verkommen, hat unter dem Luderleben seiner Schwester gelitten; nun ist sie fort. Sein Vater hat seine Mutter verlassen. Er hat noch jetzt die Sehnsucht nach der Hängelampe, sehnt sich nach Familie und Frieden. Es zeigt sich, wie der Mangel des Familiengefühls an seinem Vater die Familie, und wie der übertriebene Familiensinn ihn zugrunde richtet. Aus dem zerfahrenen Leben seiner Eltern erwächst ihm die Sehnsucht nach Familie.

Fritz W., ein Mensch, der früher in guten Verhältnissen war und dem man immer gesagt hat, er würde etwas leisten können, wenn er sich plagen müßte. »Nun, jetzt plage ich mich – was leiste ich? Das Stück, das ich zur Zeit der guten Verhältnisse schrieb, wird noch aufgeführt, und ich bin Lohnarbeiter, werde morgen vergessen sein.«
Viktor, der Scheinliberale, tut, als wäre er ohne Vorurteile, und steckt mitten drin. War früher frisch und geistreich.
Fabler, alter Philister, Junggeselle, haßt alles, was anders ist. Entrüstet über Parfüms, wütend, wenn einer elegant ist; weiß selbst nicht, warum. Arzt. Wenn er seine Memoiren schriebe – ja... Und erzählt immer die selbe Geschichte.
Winter, ein ziemlich gewöhnlicher Mensch, der noch im Hause Moser viel verkehrt; keine besonderen Kennzeichen des professionellen Verführers.
Die alte Berglein, ordinäre, dumme Person. Hat ihre Tochter verheiratet, die eine Abfindungssumme bekommen hat. Ärgert sich über die zweite. Ihr Prinzip: wenn eine schon schlecht ist, so soll sie was davon haben.
Die ältere Tochter, ordinär, aber jetzt ganz bourgeoise geworden, erinnert sich jetzt an nichts mehr.
Anna, gut angelegtes Wesen, die in ihrer Familie verkommen ist. Hat wenig Eigenart und steht rasch wieder unter dem Einfluß ihrer Mutter.
Zehrmann, Beamter, Mann der älteren Tochter; weiß nicht, woher die Mitgift kommt – oder will es nicht wissen; ist wütend, daß die jüngere so eine Schand' über die Familie bringt. »Ich bin ein Bürger.«
Ihr Bruder, hat ein Engagement, muß abends im Orpheum »Schrumm!« sagen.
Ein Freund, der Ernst sozusagen karikiert, der seine Planlosigkeit hat ohne seine Begabung, und kein Recht hat, individuell zu sein.
Richard mit seiner verschüchterten Frau.
Einer, dem man alles wegnimmt, wenn man ihm seine tägliche Arbeit wegnimmt.
Beispiel einer Liebesehe, wo die Eheleute zugrunde gingen.

Entwurf von 1894

Der Vater Ernstens behaglich, sympathisch, den Sohn nicht quälend. Es ist ihm ganz ernst, wenn er sagt: Heirate, laß doch die dummen Frauenzimmer laufen, schau dir unsern Freund Winter an; der hat dadurch sein Lebensglück verloren.
Die Mutter bedeutender.
Der Sohn findet die Mutter ganz gerechtfertigt, hat innerlich nichts gegen sie einzuwenden, ärgert sich nur, daß der Vater seine Mätresse beschimpft.
Er weiß, daß Winter der Liebhaber der Mutter war.
Die Szene, die jetzt den Schluß des III. Aktes bildet, schon am Ende des II.
Der Vater glaubt es nicht. Zu seinem Sohn: Siehst du, so sind diese Weiber. Erzähle deiner Mutter nichts.
Die Mutter kommt nach Hause, ist ganz die edle, geachtete Frau. Im III. Akt redet die Mutter dem Sohn zu, er soll heiraten.
Im Vater ist Verdacht erwacht. Vater: Du redest ihm zu, mit ihr zu brechen? Freilich! Eine solche Frau bietet keine Gewähr, nicht wahr?
Dann kommt Winter, der fesche Leutnant. Der Verdacht des Vaters wird zur Gewißheit.
Es ist ein Unsinn!
Der Vater: Die Geliebte deines Sohnes weiß es, alle wissen es! Wer weiß es nicht?
Er hat das Bedürfnis, alle Leute zu fragen. Alle wissen's.
Sie beschließen, ihn und Anna wegzuschicken.

Zwei Freunde, Alfred, Berthold.
Berthold hat geheiratet.
Alfred hat ein Verhältnis mit der Frau Bertholds gehabt.
Dann hat Alfred ein Verhältnis mit einem Mädchen, die durch Zufall von jenem früheren Verhältnis erfahren hat. (Sie hat ihn einmal mit ihr gesehen, auch hat sie ihm einmal ein Kleeblatt genommen, das er aufbewahrt hat.)
Berthold will nun Alfred mit einem braven jungen Mädchen verheiraten, mit seiner Schwester oder Schwägerin.

Er rät ihm ab, das Verhältnis mit jenem Mädchen weiterzuführen, er sieht darin nichts Gutes für ihn, er kennt seinen Freund als schwach, entschließt sich selbst, mit jenem Mädchen zu sprechen. Diese, in ihrer Wut, entdeckt ihm jenes Verhältnis.
Sie braucht gar nicht zu wissen, daß es sich um Bertholds Frau handelt. Das Kleeblatt führt darauf.
Berthold kommt nach Hause, eben als sich Alfred mit seiner Schwägerin verlobt hat. Da diese Schwägerin in ihn, Berthold, verliebt ist, wird ein Racheplan entworfen. Er sagt Alfred nichts von seinem Besuch bei Anna, er besitzt seine Schwägerin (es braucht auch keine Verwandte zu sein), ist entschlossen, es ihm zu sagen, wenn sie von der Hochzeitsreise zurückkommen.
– Wie Alfred zurückkommt, schwärmt er für seine junge Frau. Am Schluß jagt Berthold alle hinaus: Frau, Freund und Geliebte.

6./3.904

Berthold als naiver Mensch, mit der besten Absicht, geht zu Anna, von der er weiß, daß sie für Alfred nicht taugt. Überdies weiß er, daß seine Schwägerin Alfred liebt.
I. Akt. Bei Anna.
1./ Anna spricht mit jemanden, fühlt, Alfred wird sie verlassen, ist darauf gefaßt.
2./ Anna, Alfred. Er spricht von einer Reise, die er vorhat.
3./ Berthold, behaglicher Spießbürger, kommt zu Anna, die er schon kennt. Weiß, es ist mit Geld abzumachen. Berthold sehr großartig, philiströs.
Sie: Verheiratete Frauen, auch Alfred hat Verhältnisse mit verheirateten Frauen gehabt. Dieses Kleeblatt. Ich war eifersüchtig, verlangte es. (Es liegt heraußen, weil sie ihm eben alles zurückschicken wollte)
B. voll Verdacht ab.

II. Akt. Zu Hause. Alfred, das Mädchen, die Frau.
Alfred und das Mädchen spielen Klavier.
Berthold zurück.
Frau: Sie haben sich verlobt.
Er gibt ihm das Kleeblatt. Wo ist das deine?

Novellistisch.
Ein junger Mann hört als Bub von einem Schulkameraden:
Du, gestern hab ich deine Mama mit einem Leutnant im Fiaker gesehen.
Wie ihm erst allmählich die Bedeutung dieser Bemerkung klar wird.

Die überspannte Person

[Ein Akt]

Ein möbliertes Zimmer; geschmackvoll, aber nicht recht heimlich. – Vor den Fenstern sind Stores, die das Zimmer mäßig verdunkeln, die Dämmerung ist nahe, es ist fünf Uhr nachmittags Ende März. Sie sitzt auf einem Sessel und hat die Hände auf den Tisch gestützt. Sie hat noch den Hut auf; der schwarze Schleier und der schlanke Schirm liegen auf dem Sofa. Er tritt ein; Frühjahrsüberzieher, kleinen modernen Hut. Veilchenbouquet im Knopfloch; mit Zigarette, Spazierstock. Er ist gut gelaunt. Sie sieht auf, wie er kommt, steht langsam auf, reicht ihm die Lippen zum Kusse.

ER *während er sie küßt, nimmt den Hut ab und wirft ihn aufs Bett* Guten Abend, mein Herz! Schon früher da als ich! Das ist einmal lieb! – Was, das ist heut' ein entzückendes Wetter! – Schau – Überzieher! – *Legt ihn ab, gibt ihr das Veilchenbouquet.*

SIE *daran riechend und es dann an ihre Lippen haltend* Danke!

ER Ich bin spazierengegangen, über den Ring. Masse Leute! – *Setzt sich, nimmt sie bei der Hand* Wie geht's dir denn? – Was macht denn der Herr Gemahl? – *Da sie leicht zusammenzuckt* Pardon! – Aber ich kann mir nicht helfen; er ist mir gerad' zu sympathisch. Na, also erzähl, wie war's denn gestern im Theater?

SIE Es war ganz hübsch; wir sind aber nicht bis zum Schluß geblieben.

ER So. – Hast du an mich gedacht? – Viel? –

SIE *sieht ihm nur ins Auge, dann küßt sie ihn mit einem langen Kuß.*

ER *aufstehend* Weißt du, was eigentlich recht schade ist? – Daß wir die Fenster nicht aufmachen können und gemütlich hinunterschauen!

SIE Wie andere Menschen, die sich lieb haben.

ER Ja, und dann ist es sehr amüsant. Ich habe nämlich die Beobachtung gemacht, daß diese Gasse der Rendezvousplatz der Liebespaare von der ganzen Wieden ist... à propos, weißt du, wer heute auf dem Ring war? Das allerneueste Brautpaar, deine Cousine Elly mit Bräutigam! Und stolz, sag' ich dir! Immerfort hat sie so herumgeschaut: Was sagt ihr dazu – ich bin eine große Dame, ich habe mich verlobt!

SIE *lächelt.*

ER Vorm Hochleitner steh'n schon die Tische draußen – denk dir, im März, womit natürlich nicht gesagt ist, daß es morgen nicht wieder schneit. Mit dem Eislaufen wird es allerdings endgültig vorbei sein. – Im Zimmer ist es kühler als draußen; nicht? – Da hätte man wirklich einheizen können. – Ist dir nicht kalt, Schatz? –

SIE *ist bei ihm, an seine Brust gelehnt, nickt verneinend mit dem Kopf.*

ER Was bist du denn gar so still, Herzerl?

SIE *einfach* Ich muß dir was Ernstes sagen.

ER Na geh. Geht ihr am Ende wirklich über Ostern nach Abbazia? – Nein? – *Mit sehr korrekter Besorgnis* Oder geht's deiner Schwester schlechter?

SIE O nein, sie ist schon außer Bett. –

ER Da bin ich aber wirklich froh. – Was ist's denn also?

SIE *wie oben* Ich – werde Mutter.

ER Im Ernst? – Nein!

SIE *nickt.*

ER Was sagt denn der Herr Gemahl dazu?

SIE *leicht zurückweichend* Mein Mann –?

ER Hast du's ihm noch nicht gesagt? –

SIE *befremdet* Meinem Mann –?

ER Ja was hast du denn?

SIE Ob ich's meinem Mann gesagt habe? –

ER Nun ja! –

SIE Wie kann ich's ihm denn sagen?

ER Du wirst's ja doch wohl tun müssen.

SIE Ich werde es – tun – müssen –?

ER Natürlich wirst du's ihm anders mitteilen als mir. Seinem Ehemann flüstert man's ja errötend ins Ohr, nicht wahr? –

SIE *sieht ihn groß an.*

ER Er wird sich riesig freuen, wie? – Was regst du dich denn gar so sehr darüber auf! –

SIE Machst du dich über mich lustig?

ER Ich?

SIE Du glaubst – Du kannst glauben? Du glaubst, daß mein Mann –

ER *langsam beginnt er zu verstehen* Na, ja, du bist ja schließlich verheiratet, und da...

SIE *ausbrechend* Du kannst glauben, daß er mich berührt hat – seit ich dir gehöre –?

ER *befangen* Schau, Kind – ich weiß ja – ich habe ja nicht geahnt...

SIE Das hast du glauben können! –

ER *versucht sie zu beruhigen* Ja, siehst du – es ist ja – du bist wirklich ein Engel... daß eine Frau für einen Menschen, den sie lieb hat, so viel tun kann. – Ich hab' ja immer gewußt, daß du mich liebst – aber du bist kaum drei Jahre verheiratet, wie kann man einem Ehemann zumuten –

SIE Was für Frauen mußt du gekannt haben! –

ER Es ist ja – beinahe unerklärlich. – Was du mir beteuert hast, erzählen einem die Frauen immer – es ist halt eine Notlüge – man hört's ja auch gerne –

SIE *sieht ihn starr an.*

ER *durch ihren Blick immer befangener werdend* Freilich, du bist eben anders, ganz anders wie die übrigen alle. Aber man traut sich ja kaum, sowas anzunehmen. – Du mußt nur denken, was einem alles vorkommt in der Welt... Geh, gib mir deine Hand. *Nimmt die Willenlose und küßt sie* Du mußt mir verzeihen; – was du mir sagst, macht mich ja ganz glücklich. Ich hab' ja gar nicht geahnt, daß du mich so lieb hast –

SIE Warum bin ich denn deine Geliebte geworden?

ER Daß du mich gerne hast, das hab' ich ja vom ersten Tag an gewußt – und wenn eine Frau einen Mann gern hat, so hat sie ja sozusagen ein Bedürfnis, ihm treu zu bleiben – es gibt gewiß manche, denen ihr Gatte förmlich zuwider ist – aber manchmal kann man sich schwer helfen, nicht wahr?

SIE Du hast gemeint, ich belüge dich! –

ER Nein – ich hab' nur nicht, ja wie soll ich das sagen – ich hab' nur kaum zu träumen gewagt, daß du mir – die Wahrheit sagst –

SIE *schüttelt traurig den Kopf.*

ER Na... Du! – Sei nicht traurig...

SIE Du begreifst aber jetzt vielleicht – daß ich – nicht sehr lustig bin.

ER Ja, ja, ja... was machen wir jetzt nur mit deinem Mann? –

SIE Und du verstehst, daß ich dir's – zuerst gesagt habe.

ER Na geh – nicht mich so höhnisch behandeln...

SIE *ist zum Fenster gegangen; es dämmert immer mehr.*

ER *setzt sich nieder, dann steht er auf.*

SIE Nun? –

ER *verlegen* Daß du... daß du dich irrst, ist ausgeschlossen? –

SIE Vollkommen.

ER Hm... ja, ja, wenn ich schon meine Selbständigkeit hätte!...

SIE *wendet sich wieder zu ihm, er kann ihr Gesicht nicht mehr deutlich ausnehmen.*

ER *tritt näher zu ihr* Da könnten wir – einfach nach Amerika durchbrennen. –

SIE *nickt nur mit dem Kopf.*

ER Ach, in solchen Momenten spürt man erst, was die Abhängigkeit für ein furchtbares Los ist. Denn eigentlich, wenn ich auch im Bureau von Papa arbeite, ich bekomme ja doch eigentlich nur ein Taschengeld! –

SIE Mit Amerika ist's da freilich nichts! –

ER Ich bin eigentlich gefesselt, an Händen und Füßen. Ich komm' mir manchmal vor wie ein Sklave.

SIE Ich möcht' nur eines wissen... wirst du mich immer lieb haben?

ER *sie an sich ziehend* Aber, aber! – Wie kann man nur so fragen! Du hast ja gar keine Ahnung, wie gern ich dich hab' – jetzt beinahe noch mehr als früher.

SIE Jetzt darfst du mich nicht mehr verlassen!

ER Aber was redest du denn eigentlich... Na schau!... Du!... Na, nicht traurig sein! –

SIE *plötzlich wieder in Erregung* Ja, aber was ... ja was ...

ER Was zu tun ist! ... Ja, sag – wie lang ist's denn eigentlich? ... Es kann sich ja doch nur um ein paar Wochen handeln –

SIE *nickt.*

ER *mit Entschiedenheit* Herrgott, wenn ich nur mein eigener Herr wär'!

SIE Was wär' denn dann?

ER Da fragt sie noch! – Ich hab' dir's ja schon gesagt! Glaubst du, ich ließ' dich nur einen Moment bei deinem Mann? –

SIE *zärtlich an ihn sich schmiegend.*

ER Aber so, so! –

SIE Was also, was? Was? –

ER Man muß halt nachdenken. Vielleicht ließe sich jetzt ... wo's doch erst ein paar Wochen dauert –

SIE Du! – Kein Wort mehr davon! –

ER Ja freilich – du hast ganz recht. Entschuldige, daß ich nur einen Augenblick gedacht hab' ... Es fährt einem eben alles Mögliche durch den Kopf bei so einer *Sucht in der Befangenheit ein heitres Wort* festlichen Gelegenheiten. Es wär' auch ein Unsinn, es ist ja doch immer eine Gefahr dabei.

SIE Eine meiner Freundinnen wär' auf die Art beinahe gestorben.

ER Wie, eine Freundin – Eine verheiratete Frau?

SIE Natürlich!

ER Eine verheiratete Frau? – Da ist es aber doch wirklich geradezu ein Verbrechen. Also bei einem jungen Mädel aus anständiger Familie, wenn einmal so ein kleines Malheur passiert, da ist es ja begreiflich – aber wenn man einen Mann hat, da ist es einfach ein Leichtsinn! Rein nur, damit sie keine Unannehmlichkeiten hat! –

SIE *trüb lächelnd* Wenn man einen Mann hat!

ER Aber du hast ja einen –

SIE Ich hab' keinen, ich hab' nur dich!

ER Aber ... du ... etwas muß ja doch geschehen ... wegnehmen von deinem Herrn und Gebieter kann ich dich ja doch nicht –

SIE Nun?

ER *nahe zu ihr, es ist sehr dunkel* Na, ich möchte jetzt an deiner Stelle froh sein, daß ich einen Mann habe.

SIE *irritiert* Aber ich sagte dir doch schon –

ER Es wäre doch die einfachste Lösung –

SIE Was –?

ER Na, du verstehst mich ja, es ist doch nicht so schwer – – –

SIE Mich ihm ...

ER Na, nicht vielleicht wieder Flitterwochen mit ihm verleben, da tät' ich schon bitten –

SIE *schweigt, dann sieht sie ihn groß an* Aber – für – eine – Nacht –?

ER *gütig* Ja! –

SIE Ah! ... *Sie schlägt ihn ins Gesicht, nimmt Hut und Schleier; geht; schließt die Tür hinter sich.*

ER *bleibt wie gelähmt stehen* Du! ... *Will ihr nach.* Ah nein – *Mißlaunig* Überspannte Person! ... *Wütend* Überspannte Person ... Da gibt man einer einen ... guten Rat, und sie wird noch grob. Das ist dann die Liebe! ... Der Himmel schütze einen vor verliebten Weibern – Überspannte Person! ... Und folgen wird sie mir ja doch! ...

Halbzwei

Ein Akt

Es ist nachts, halb zwei Uhr. Bei ihr. Ein duftendes Zimmer, das beinahe ganz im Dunkel liegt. Nur die Ampel, ein mildes Licht. – Auf dem Nachtkästchen eine kleine Standuhr und eine Wachskerze in kleinem Leuchter, ziemlich tief herabgebrannt. Daneben liegt eine angeschnittene Birne und Zigaretten. – Er und Sie wachen eben beide nach leichtem Schlummer auf. Aber sie wissen nicht, daß sie geschlummert haben. –

ER *sehr sanft* Du... Kind...

SIE *küßt ihn.*

ER *küßt sie wieder* ...Du... Kind... nun... nun muß ich ja doch gehn.

SIE *plötzlich ganz fremd, kühl* Bitte, ich halte dich nicht.

ER *sehr mild* – Ich weiß, ich weiß: ich sag' dir's ja auch nur.

SIE Nun ja, ich halte dich ja nicht. Geh nur!

ER *antwortet nicht, macht aber keine Miene fortzugehen. Schweigen. Etwas seufzend* Na ja, ich muß ja doch gehn, es hilft nichts.

SIE Nun, bitte, bitte!

ER *nahe zu ihr* Schau... du bist wieder gereizt.

SIE *groß* Ich?

ER *immer mild* Es ist halb zwei! Morgen muß ich um acht aufstehn!

SIE Na ja, so geh nur.

ER *an ihren Lippen* Glaub mir, ich möchte lieber hierbleiben... bei dir... ah, das ist ja so gut – aber leider, leider, leider – *Bleibt bei ihr und drückt sie an sich.*

SIE *ihn küssend* Ah! – *Umarmung.*

ER *sich von ihr losmachend* Na, da ist ja nichts zu machen! Pah, Kind!

SIE *herb* A-dieu!

ER Du... Schatz! Du... das ist ja kindisch!... *Er ist über ihr Gesicht gebeugt, das er mit seinem Atem streift* Kindisch! – Das mußt du doch endlich einmal begreifen. Nicht?...

SIE Halt' ich dich denn? – Ich versteh' dich nicht!

ER Du bist beleidigt, ich merk's ja. Du meinst, ich hab' dich nicht lieb... Ich bete dich ja an!... Schau... das mußt du doch begreifen, nicht wahr? – Man kann jemanden wahnsinnig lieben und muß doch um acht Uhr früh aufstehn, nicht wahr?

SIE Na, so geh nur, es ist ja gleich acht.

ER *mit unvergleichlicher Milde* Ich habe ja nicht behauptet, daß es gleich acht ist. Aber bevor es acht wird, muß ich nämlich ein wenig geschlafen haben.

SIE Du hättest auch schon um zehn weggehen können.

ER *wie oben* Es war für mich durchaus kein Grund, um zehn wegzugehen; es genügt, wenn ich um halb zwei weggehe, oder auch um zwei. Denn... du, Schatz, hörst du...?

SIE Ja!...

ER Siehst du, wenn ich um zwei weggehe, komme ich um halb drei nach Hause; nicht wahr?... Denn ich hab' noch nie einen Wagen um zwei in der Nähe deines Hauses gefunden: ich muß also immer zu Fuß gehen.

SIE Oh, das sind Strapazen.

ER Ich sage ja nicht, daß das Strapazen sind... fällt mir gar nicht ein – obwohl ich dein Gesicht sehen möchte, wenn du jetzt auf die Straße hinaus müßtest!...

SIE Für dich?... Für dich?... Ach, da tät' ich wohl noch manches andere!

ER Ich wahrhaftig auch! Aber ich wollte nur sagen: um halb drei bin ich erst zu Hause. Bis ich mich dann niederlege, ein paar Seiten gelesen habe, das Licht auslösche, wird es doch regelmäßig halb vier.

SIE Daß du eine Stunde zum Lichtauslöschen brauchst!

ER *mild wie immer* Zum Lichtauslöschen brauch' ich nur eine Sekunde, aber, wie ich eben sagte, ich lese vorher –

SIE Ich möchte nur wissen, was du den ganzen Tag tust, daß du in der Nacht Bücher lesen mußt?!

ER Ich sage ja nicht, daß ich sie lesen m u ß; aber ich bin es so gewöhnt – sonst schlaf' ich überhaupt nicht ein... Da wird es halb vier. Und um halb acht – da hilft nun einmal nichts – um halb acht muß ich wieder heraus. Du siehst ein, daß ich da nicht recht frisch zum Arbeiten kommen kann. –

SIE Ja – ich weiß nicht, du tust, als wenn ich dich davon abhielte? – Hab' ich dich gebeten zu bleiben? – Du hättest mir ja auch abschreiben können, du hättest dich schon um acht Uhr zu Hause schlafen legen können... bitte... bitte. –

ER Schau, es ist wahrhaftig nicht notwendig, mich mißzuverstehen – nein! – Ich sag' auch nicht – daß man nicht zuweilen mit vier oder fünf Stunden Schlaf genug hat; aber, Kind, erinnere dich doch; gestern war's fünf, wie ich von dir weggegangen bin.

SIE Hab' ich dich vielleicht gestern zurückgehalten? – Und im übrigen hast du dich einfach verschlafen! – Ja, von eins bis fünf hast du geschlafen, so ruhig! – Das heißt, r u h i g kann ich nicht sagen, denn du hast geschnarcht.

ER Das ist ein Unsinn. Ich schnarche nie.

SIE Na ja, du hast's gut, du schläfst dabei, da kannst du's nicht hören. – Ich versichere dich, du schnarchst... So... hörst du? *Sie schnarcht* Wenn du glaubst, daß das sehr schön ist –

ER Ah, das ist eine Erfindung von dir! – Ich kenne dich! – Du willst mir das Schlafen verleiden. Oh, gewiß, gewiß! Noch niemand hat mir gesagt, daß ich schnarche... Und im übrigen... das von eins bis fünf – das ist auch so eine –

SIE Na, ich lüge, wie gewöhnlich...

ER Ich sagte nicht: Lüge. – Aber wenn du mich nur ein bißchen lieb hättest, würdest du dich vielleicht daran erinnern, daß wir um drei Uhr wach gewesen sind.

SIE Ich allerdings; – du warst es nicht besonders.

ER Gleichviel... geschlafen... weißt du – ruhig in meinem Bette geschlafen hab' ich gestern von halb sieben bis acht. Du wirst zugeben, daß das nicht sehr viel ist.

SIE Du hast von eins bis acht geschlafen.

ER Wenn du mir also schon die Zeit bis fünf abstreitest – das wirst du doch einsehen, daß ich, um von hier nach Hause zu kommen, wach sein mußte. – Es war auch ein solcher Schneesturm, daß ich im Nachhausegehen unmöglich schlafen konnte.

SIE Zuweilen tust du das auch im Nachhausegehen?!

ER *lächelnd* Na, das ist schon wahr, daß ich manchmal im Halbschlummer nach Hause spaziere.

SIE Du bist eigentlich ein sonderbarer Mensch – du tust überhaupt nichts als schlafen.

ER *erhebt sich ein wenig!!!*

SIE Du schläfst bei mir, du schläfst bei dir, du schläfst auf dem Weg –

ER *resigniert* Na... gut... da verlangst du wohl nicht, daß ich mich verteidige. Es verletzt dich, daß ich es überhaupt über mich bringe, von dir wegzugehen.

SIE Es verletzt mich durchaus nicht. Ich sage dir ja bereits seit zwei Stunden, daß du weggehen sollst.

ER Daß ich es kann, nicht daß ich es soll!

SIE Nun, warum gehst du nicht? Warum bist du nicht schon längst fort? Warum liegst du denn nicht schon eine Stunde lang in deinem geliebten Bett und schnarchst?

ER *ganz nahe* Kind – du siehst, wie schwer ich mich von dir trenne! Es kostet mich ja jedesmal eine Überwindung, einen Kampf... ich kann dir gar nicht sagen, wie mir dabei zu Mute ist, wenn ich aus diesem duftenden, halbdunklen Zimmer, aus deinen Armen fort muß, hinunter auf die Straße, in die Nacht, in die Einsamkeit – ach Schatz, ich sage dir, es ist geradezu ein Seelenschmerz.

SIE Schön – Ich versteh' dann nur eines nicht...

ER Was denn?

SIE Daß du dich so sehr nach diesem Schmerze sehnst. –

ER Ich sehne mich ja nicht nach ihm: ich nehme ihn auf mich, weil ich nicht anders kann. Es muß ja zu irgendeiner Stunde geschieden sein, das ist doch klar.

SIE Zu irgendeiner Stunde, ja... Aber warum denn gerade um halb zwei?

ER Aber schau!! – Ich bitte dich!... Du bist wirklich... nein, du bist wirklich manchmal – *Zärtlich* Ich hab' ja doch versucht, es dir so deutlich zu machen, nicht wahr? – Ich bin ja nun leider einmal ein Mensch, der einen Beruf hat – ich muß arbeiten! –

SIE *nervös, sich von ihm losmachend* Nun – so geh arbeiten... Geh! –

ER *sieht sie mehr traurig als ärgerlich an und sagt resigniert* Adieu! – *Er steht langsam auf.*

SIE *höhnisch, mehr vor sich hin* Arbeiten!... Es ist ja gar nicht wahr... Du gehst einfach schlafen. –

ER *sehr ruhig* Jetzt... ja! Aber ich tue das ausschließlich, um des Morgens erwachen zu können; – ich verbinde keinen anderen Zweck damit. – Ich tue es nicht, um ein besonderes Vergnügen zu haben – nein. Ich tue es auch nicht, um dich zu beleidigen. Ich unterwerfe mich einer allgemeinen menschlichen Notwendigkeit; einem Naturgesetz. – Begreifst du das? –

SIE *schaut mit großen Augen zur Zimmerdecke auf.*

ER Ich gebe dir mein Wort: es wäre mir tausendmal lieber, wenn ich hier bis zum Morgen bleiben könnte; – aber ich kann unmöglich die Naturgesetze umstoßen. –

SIE Oh, es gibt Männer, die mehr getan haben, wenn sie wirklich liebten.

ER Das ist ein Irrtum, mein Schatz. Man ist für Weiber in den Tod gegangen, bisweilen; aber man hat noch nie ein Naturgesetz für sie umgestoßen, das geht nämlich nicht!

SIE Also in den Tod gehen würdest du für mich? Dein Leben würdest du mir opfern? –

ER *bedeutende Bewegung.*

SIE Aber eine Stunde deines Schlafes, ein bißchen von deiner Bequemlichkeit bin ich dir nicht wert?!

ER *etwas verdüstert* Aber um Gotteswillen –

SIE O, du bist ja so falsch!...

ER Falsch! – Ja, sag mir nur – Ich möchte wissen, wie du zu diesem Worte kommst! Mit demselben Rechte könntest du mir sagen, daß ich die Gewohnheit habe, kleinen Kindern die Ohren abzuschneiden!

SIE Die Ohren! Oh, du bist brutal!

ER Brutal! – Ich brutal? – Ah! Ah! Ah! *Er steht auf und beginnt sich anzukleiden.*

SIE Das kannst du mir eben doch nicht abstreiten, daß du brutal bist. Da hilft dir deine ganze Falschheit nicht.

ER Du hast recht...

SIE Gewiß hab' ich recht!

ER Das sagt' ich ja eben. –

SIE Nun, so darf ich es doch selber sagen! Oder stört es dich, wenn ich rede? – Möchtest du schon schlummern, während du dir die Schuhe zuschnürst?

ER Das ist leider nicht möglich.

SIE Wer weiß? Für dich? Du bist ja ein förmlicher Kunstschläfer. –

ER *pfeift ganz leise vor sich hin.*

SIE Du würdest mir einen Gefallen erweisen, wenn du jetzt nicht sängest.

ER Ich hab' nicht gesungen, ich habe nur gepfiffen; wenn man das überhaupt pfeifen nennen kann.

SIE Nein, wahrhaftig, das kann man nicht pfeifen nennen! –

ER Sag, wo hast du denn eigentlich das Obst hingestellt?

SIE Was willst du? –

ER Ach, da ist es ja! – Du erlaubst. *Er nimmt eine Orange von dem Aufsatz, der auf einem kleinen Tischchen steht, und schält sie.*

SIE Zum Essen hast du natürlich noch Zeit. –

ER Du entschuldigst, liebes Kind, es ist eigentlich nur Durst... *Geht zu ihr und gibt ihr ein Stück Orange.*

SIE *indem sie das Orangenstückchen in den Mund nimmt* Schlafen... essen... Du wärst eigentlich der richtige Ehemann!

ER Findest du?

SIE Ja, so hab' ich mir immer die Ehemänner vorgestellt! – Das Unglaubliche ist nur – daß sich die dann wundern, wenn man sie betrügt.

ER Ach Gott, sie wundern sich gar nicht – sie ärgern sich nur.

SIE Wenn sie sich wunderten, so müßte man sie auch ins Narrenhaus sperren. –

ER Ja.

SIE Nicht ja! Es ist so.

ER Darum sagt' ich eben: »Ja« –

SIE *setzt sich auf und betrachtet ihn, wie er eben seine Weste zuknöpft* Egoist! –

ER Warum findest du denn plötzlich, daß ich ein Egoist bin! –

SIE Ach Gott ! – Ein Mann! – Ich bin eben nur immer die Dumme, die das noch nicht weghat, wie man euch behandeln muß!

ER Das kommt mir auch manchmal so vor! –

SIE Herzlos! Kalt! Dürr! Vertrocknet! *Schüttelt sich. Sie legt sich wieder nieder und vergräbt sich bis unter die Nase in die Decke.*

ER *ist vollkommen angekleidet und stellt sich vor sie hin* Also warum bin ich eigentlich ein Egoist?

SIE Frag mich nicht! –

ER Du willst mir nicht sagen, warum ich ein Egoist bin? – Weil ich eine Orange gegessen habe? – Weil ich dich jetzt verlasse?

SIE Du bist das Roheste, was mir in meinem Leben vorgekommen ist! –

ER *nimmt eine Zigarette aus seinem Etui und brennt sie sich an dem Licht auf dem Nachttischchen an* Pah, Schatz! –

SIE *antwortet nicht.*

ER *geht langsam bis zur Tür. Bei der Tür* Adieu! –

SIE Du!... Du!

ER Was willst du?

SIE So komm doch!

ER *geht ziemlich langsam zu ihr, die Zigarette im Mund.*

SIE Gib die Zigarrette weg!

ER *legt die Zigarette auf die Lichttasse.*

SIE *öffnet die Arme und zieht ihn zu sich herab, umarmt ihn lang, lang* Hast du mich lieb?

ER *einfach* Wahnsinnig.

SIE Wann kommst du morgen?

ER Na, wann willst du denn?

SIE Wann du kannst.

ER Du weißt ja – von sechs Uhr abends an steh' ich zu deiner Verfügung.

SIE Also um sechs Uhr...

ER Ja. –

SIE Hast du mich lieb? –

ER Ja. –

SIE Wie lieb hast du mich?

ER Wahnsinnig! – Also adieu! –

SIE Na – er kann's schon nicht mehr erwarten! – Gib mir noch einen Kuß!

ER *küßt sie* Pah! – *Nimmt die Zigarette und geht. Wie er bei der Tür ist:*

SIE Du! –

ER Was denn?

SIE Komm noch einen Moment! –

ER *zu ihr* Nun?

SIE Wirst du mir morgen auch wieder so bald davonlaufen? –

ER Nein. –

SIE Wirst du mich morgen wieder so roh behandeln?

ER Nein.

SIE *indem sie ihn heftig umarmt* Geh, geh! – *Sie hüllt sich in die Decke.*

ER *geht rasch; schließt die Tür. Er ist im Vorzimmer. Nachdem er Pelz und Hut genommen, zündet er ein kleines Wachskerzchen an, betritt das Stiegenhaus, geht die Treppen hinunter. Er läutet beim Portier; dieser ist taub und öffnet erst nach dreimaligem Läuten. Auf der Straße liegt der Schnee fußhoch, da die Schneeschaufler erst um sechs Uhr früh kommen. Weit und breit kein Wagen. Er hat seine Überschuhe oben vergessen, weil er das immer tut, und hat sehr dünne Lackschuhe an, weil sie ihn sonst nicht lieben würde.* Der Teufel soll mich holen, wenn ich morgen um eine Minute später als Mitternacht weggehe. *Er erinnert sich eben, daß er das die letzten vier Wochen allnächtlich auf derselben Stelle zwischen drei und sechs Uhr morgens gesagt hat und spaziert lächelnd weiter. Nach dreiviertel Stunden ist er vor seinem Tor angelangt; es fällt ihm ein, daß auch sein Portier taub ist und daß er eine Viertelstunde wird läuten müssen. – Da merkt er, daß das Tor schon geöffnet ist. – Ein Lächeln des Glücks zieht über sein Antlitz. – – –*

Ende

Liebelei

Schauspiel in drei Akten

Personen

Hans Weiring, *Violinspieler am Josefstädter Theater*
Christine, *seine Tochter*
Mizi Schlager, *Modistin*
Katharina Binder, *Frau eines Strumpfwirkers*
Lina, *ihre neunjährige Tochter*
Fritz Lobheimer, } *junge Leute*
Theodor Kaiser, }
Ein Herr

Ort: Wien. Zeit: Gegenwart [1896]

Erster Akt

Zimmer Fritzens. Elegant und behaglich.

FRITZ, THEODOR *Theodor tritt zuerst ein, er hat den Überzieher auf dem Arm, nimmt den Hut erst nach dem Eintritt ab, hat auch den Stock noch in der Hand.*

FRITZ *spricht draußen* Also es war niemand da?

STIMME DES DIENERS Nein, gnädiger Herr.

FRITZ *im Hereintreten* Den Wagen könnten wir eigentlich wegschicken?

THEODOR Natürlich. Ich dachte, du hättest es schon getan.

FRITZ *wieder hinausgehend, in der Tür* Schicken Sie den Wagen fort. Ja... Sie können übrigens jetzt auch weggehen, ich brauche Sie heute nicht mehr. *Er kommt herein. Zu Theodor* Was legst du denn nicht ab?

THEODOR *ist neben dem Schreibtisch* Da sind ein paar Briefe. *Er wirft Überzieher und Hut auf einen Sessel, behält den Spazierstock in der Hand.*

FRITZ *geht hastig zum Schreibtisch* Ah!...

THEODOR Na, na!... Du erschrickst ja förmlich.

FRITZ Von Papa... *Erbricht den anderen* von Lensky...

THEODOR Laß dich nicht stören.

FRITZ *durchfliegt die Briefe.*

THEODOR Was schreibt denn der Papa?

FRITZ Nichts Besonderes... Zu Pfingsten soll ich auf acht Tage aufs Gut.

THEODOR Wäre sehr vernünftig. Ich möchte dich auf ein halbes Jahr hinschicken.

FRITZ *der vor dem Schreibtisch steht, wendet sich nach ihm um.*

THEODOR Gewiß! – Reiten, kutschieren, frische Luft, Sennerinnen –

FRITZ Du, Sennhütten gibt's auf Kukuruzfeldern keine!

THEODOR Na ja also, du weißt schon, was ich meine...

FRITZ Willst du mit mir hinkommen?

THEODOR Kann ja nicht!

FRITZ Warum denn?

THEODOR Mensch, ich hab' ja Rigorosum zu machen! Wenn ich mit dir hinginge, wär' es nur, um dich dortzuhalten.

FRITZ Geh, mach dir um mich keine Sorgen!

THEODOR Du brauchst nämlich – das ist meine Überzeugung – nichts anderes als frische Luft! – Ich hab's heute gesehen. Da draußen, wo der echte grüne Frühling ist, bist du wieder ein sehr lieber und angenehmer Mensch gewesen.

FRITZ Danke.

THEODOR Und jetzt – jetzt knickst du natürlich zusammen. Wir sind dem gefährlichen Dunstkreis wieder zu nah.

FRITZ *macht eine ärgerliche Bewegung.*

THEODOR Du weißt nämlich gar nicht, wie fidel du da draußen gewesen bist – du warst geradezu bei Verstand – es war wie in den guten alten Tagen... – Auch neulich, wie wir mit den zwei herzigen Mäderln zusammen waren, bist du ja sehr nett gewesen, aber jetzt – ist es natürlich wieder aus, und du findest es dringend notwendig *Mit ironischem Pathos* – an jenes Weib zu denken.

FRITZ *steht auf, ärgerlich.*

THEODOR Du kennst mich nicht, mein Lieber. Ich habe nicht die Absicht, das länger zu dulden.

FRITZ Herrgott, bist du energisch!...

THEODOR Ich verlang' ja nicht von dir, daß du *Wie oben* jenes Weib vergißt... ich möchte nur, *Herzlich* mein lieber Fritz, daß dir diese unglückselige Geschichte, in der man ja immer für dich zittern muß, nicht mehr bedeutet als ein gewöhnliches Abenteuer... Schau Fritz, wenn du eines Tages »jenes Weib« nicht mehr anbetest, da wirst du dich wundern, wie sympathisch sie dir sein wird. Da wirst du erst drauf kommen, daß sie gar nichts Dämonisches an sich hat, sondern daß sie ein sehr liebes Frauerl ist, mit dem man sich sehr gut amüsieren kann, wie mit allen Weibern, die jung und hübsch sind und ein bißchen Temperament haben.

FRITZ Warum sagst du »für mich zittern«?

THEODOR Du weißt es... Ich kann dir nicht verhehlen, daß ich eine ewige Angst habe, du gehst eines schönen Tages mit ihr auf und davon.

FRITZ Das meintest du?...

THEODOR *nach einer kurzen Pause* Es ist nicht die einzige Gefahr.

FRITZ Du hast recht, Theodor – es gibt auch andere.

THEODOR Man macht eben keine Dummheiten.

FRITZ *vor sich hin* Es gibt andere...

THEODOR Was hast du?... Du denkst an was ganz Bestimmtes.

FRITZ Ach nein, ich denke nicht an Bestimmtes... *Mit einem Blick zum Fenster* Sie hat sich ja schon einmal getäuscht.

THEODOR Wieso?... Was?... Ich versteh' dich nicht.

FRITZ Ach nichts.

THEODOR Was ist das? So red doch vernünftig.

FRITZ Sie ängstigt sich in der letzten Zeit... zuweilen.

THEODOR Warum? – Das muß doch einen Grund haben.

FRITZ Durchaus nicht. Nervosität – *Ironisch* schlechtes Gewissen, wenn du willst.

THEODOR Du sagst, sie hat sich schon einmal getäuscht –

FRITZ Nun ja – und heute wohl wieder.

THEODOR Heute – Ja, was heißt denn das alles –?

FRITZ *nach einer kleinen Pause* Sie glaubt... man paßt uns auf.

THEODOR Wie?

FRITZ Sie hat Schreckbilder, wahrhaftig, förmliche Halluzinationen. *Beim Fenster* Sie sieht hier durch den Ritz des Vorhanges irgendeinen Menschen, der dort an der Straßenecke steht, und glaubt – *Unterbricht sich* Ist es überhaupt möglich, ein Gesicht auf diese Entfernung hin zu erkennen?

THEODOR Kaum.

FRITZ Das sag' ich ja auch. Aber das ist dann schrecklich. Da traut sie sich nicht fort, da bekommt sie alle möglichen Zustände, da hat sie Weinkrämpfe, da möchte sie mit mir sterben –

THEODOR Natürlich.

FRITZ *kleine Pause* Heute mußte ich hinunter, nachsehen. So gemütlich, als wenn ich eben allein von Hause wegginge; – es war natürlich weit und breit kein bekanntes Gesicht zu sehn...

THEODOR *schweigt.*

FRITZ Das ist doch vollkommen beruhigend, nicht wahr? Man versinkt ja nicht plötzlich in die Erde, was?... So antwort mir doch!

THEODOR Was willst du denn darauf für eine Antwort? Natürlich versinkt man nicht in die Erde. Aber in Haustore versteckt man sich zuweilen.

FRITZ Ich hab' in jedes hineingesehen.

THEODOR Da mußt du einen sehr harmlosen Eindruck gemacht haben.

FRITZ Niemand war da. Ich sag's ja, Halluzinationen.

THEODOR Gewiß. Aber es sollte dich lehren vorsichtiger sein.

FRITZ Ich hätt' es ja auch merken müssen, wenn er einen Verdacht hätte. Gestern habe ich ja nach dem Theater mit ihnen soupiert – mit ihm und ihr – und es war so gemütlich, sag' ich dir!... Lächerlich!

THEODOR Ich bitt' dich Fritz – tu mir den Gefallen, sei vernünftig. Gib diese ganze verdammte Geschichte auf – schon meinetwegen. Ich hab' ja auch Nerven... Ich weiß ja, du bist nicht der Mensch, dich aus einem Abenteuer ins Freie zu retten, drum hab' ich dir's ja so bequem gemacht und dir Gelegenheit gegeben, dich in ein anderes hineinzuretten...

FRITZ Du?...

THEODOR Nun, hab' ich dich nicht vor ein paar Wochen zu meinem Rendezvous mit Fräulein Mizi mitgenommen? Und hab' ich nicht Fräulein Mizi gebeten, ihre schönste Freundin mitzubringen? Und kannst du es leugnen, daß dir die Kleine sehr gut gefällt?...

FRITZ Gewiß ist die lieb!... So lieb! Und du hast ja gar keine Ahnung, wie ich mich nach so einer Zärtlichkeit ohne Pathos gesehnt habe, nach so was Süßem, Stillem, das mich umschmeichelt, an dem ich mich von den ewigen Aufregungen und Martern erholen kann.

THEODOR Das ist es, ganz richtig! Erholen! Das ist der tiefere Sinn. Zum Erholen sind sie da. Drum bin ich auch immer gegen die sogenannten interessanten Weiber. Die Weiber haben nicht interessant zu sein, sondern angenehm. Du mußt dein Glück suchen, wo ich es bisher gesucht und gefunden habe, dort, wo es keine großen Szenen, keine Gefahren, keine tragischen Verwicklungen gibt, wo der Beginn keine besonderen Schwierigkeiten und das Ende keine Qualen hat, wo man lächelnd den ersten Kuß empfängt und mit sehr sanfter Rührung scheidet.

FRITZ Ja, das ist es.

THEODOR Die Weiber sind ja so glücklich in ihrer gesunden Menschlichkeit – was zwingt uns denn, sie um jeden Preis zu Dämonen oder zu Engeln zu machen?

FRITZ Sie ist wirklich ein Schatz. So anhänglich, so lieb. Manchmal scheint mir fast, zu lieb für mich.

THEODOR Du bist unverbesserlich; scheint es. Wenn du die Absicht hast, auch die Sache wieder ernst zu nehmen –

FRITZ Aber ich denke nicht daran. Wir sind ja einig; Erholung.

THEODOR Ich würde auch meine Hände von dir abziehen. Ich hab' deine Liebestragödien satt. Du langweilst mich damit. Und wenn du Lust hast, mir mit dem berühmten Gewissen zu kommen, so will ich dir mein einfaches Prinzip für solche Fälle verraten: Besser ich als ein anderer. Denn der andere ist unausbleiblich wie das Schicksal.

Es klingelt.

FRITZ Was ist denn das?...

THEODOR Sieh nur nach. – Du bist ja schon wieder blaß! Also beruhige dich sofort. Es sind die zwei süßen Mäderln.

FRITZ *angenehm überrascht* Was?...

THEODOR Ich habe mir die Freiheit genommen, sie für heute zu dir einzuladen.

FRITZ *im Hinausgehen* Geh – warum hast du mir's denn nicht gesagt! Jetzt hab' ich den Diener weggeschickt.

THEODOR Um so gemütlicher.

FRITZENS STIMME *draußen* Grüß Sie Gott, Mizi! –

THEODOR, FRITZ, MIZI *tritt ein, trägt ein Paket in der Hand.*

FRITZ Und wo ist denn die Christin'? –

MIZI Kommt bald nach. Grüß dich Gott, Dori.

THEODOR *küßt ihr die Hand.*

MIZI Sie müssen schon entschuldigen, Herr Fritz; aber der Theodor hat uns einmal eingeladen –

FRITZ Aber das ist ja eine famose Idee gewesen. Nur hat er eines vergessen, der Theodor –

THEODOR Nichts hat er vergessen, der Theodor. *Nimmt der Mizi das Paket aus der Hand* Hast du alles mitgebracht, was ich dir aufgeschrieben habe? –

MIZI Freilich! *Zu Fritz* Wo darf ich's denn hinlegen?

FRITZ Geben Sie mir's nur, Mizi, wir legen's indessen da auf die Kredenz.

MIZI Ich hab' noch extra was gekauft, was du nicht aufgeschrieben hast, Dori.

FRITZ Geben Sie mir Ihren Hut, Mizi, so – *Legt ihn aufs Klavier, ebenso ihre Boa.*

THEODOR *mißtrauisch* Was denn?

MIZI Eine Mokkacremetorte.

THEODOR Naschkatz'!

FRITZ Ja, aber sagen Sie, warum ist denn die Christin' nicht gleich mitgekommen? –

MIZI Die Christin' begleitet ihren Vater zum Theater hin. Sie fährt dann mit der Tramway her.

THEODOR Das ist eine zärtliche Tochter ...

MIZI Na, und gar in der letzten Zeit, seit der Trauer.

THEODOR Wer ist ihnen denn eigentlich gestorben?

MIZI Die Schwester vom alten Herrn.

THEODOR Ah, die Frau Tant'!

MIZI Nein, das war eine alte Fräul'n, die schon immer bei ihnen gewohnt hat – Na, und da fühlt er sich halt so vereinsamt.

THEODOR Nicht wahr, der Vater von der Christin', das ist so ein kleiner Herr mit kurzem grauen Haar –

MIZI *schüttelt den Kopf* Nein, er hat ja lange Haar'.

FRITZ Woher kennst du ihn denn?

THEODOR Neulich war ich mit dem Lensky in der Josefstadt und da hab' ich mir die Leut' mit den Baßgeigen angeschaut.

MIZI Er spielt ja nicht Baßgeige, Violin' spielt er.

THEODOR Ach so – ich hab' gemeint, er spielt Baßgeige. *Zu Mizi, die lacht* Das ist ja nicht komisch; das kann ich ja nicht wissen, du Kind.

MIZI Schön haben Sie's, Herr Fritz – wunderschön! Wohin haben Sie denn die Aussicht?

FRITZ Das Fenster da geht in die Strohgasse, und im Zimmer daneben –

THEODOR *rasch* Sagt mir nur, warum seid ihr denn so gespreizt miteinander? Ihr könntet euch wirklich du sagen.

MIZI Beim Nachtmahl trinken wir Bruderschaft.

THEODOR Solide Grundsätze! Immerhin beruhigend. – – Wie geht's denn der Frau Mutter?

MIZI *wendet sich zu ihm, plötzlich mit besorgter Miene* Denk dir, sie hat –

THEODOR Zahnweh – ich weiß, ich weiß. Deine Mutter hat immer Zahnweh. Sie soll endlich einmal zu einem Zahnarzt gehen.

MIZI Aber der Doktor sagt, es ist nur rheumatisch.

THEODOR *lachend* Ja, wenn's nur rheumatisch ist –

MIZI *ein Album in der Hand* Lauter so schöne Sachen haben Sie da!... *Im Blättern* Wer ist denn das?... Das sind ja Sie, Herr Fritz... In Uniform!? Sie sind beim Militär?

FRITZ Ja.

MIZI Dragoner! – Sind Sie bei den gelben oder bei den schwarzen?

FRITZ *lächelnd* Bei den gelben.

MIZI *wie in Träume versunken* Bei den gelben.

THEODOR Da wird sie ganz träumerisch! Mizi, wach auf!

MIZI Aber jetzt sind Sie Leutnant der Reserve?

FRITZ Allerdings.

MIZI Sehr gut müssen Sie ausschaun mit dem Pelz.

THEODOR Umfassend ist dieses Wissen! – Du, Mizi, ich bin nämlich auch beim Militär.

MIZI Bist du auch bei den Dragonern?

THEODOR Ja. –

MIZI Ja, warum sagt ihr einem denn das nicht?...

THEODOR Ich will um meiner selbst willen geliebt werden.

MIZI Geh, Dori, da mußt du dir nächstens, wenn wir zusammen wohin gehen, die Uniform anziehn.

THEODOR Im August hab' ich sowieso Waffenübung.

MIZI Gott, bis zum August –

THEODOR Ja, richtig – so lange währt die ewige Liebe nicht.

MIZI Wer wird denn im Mai an den August denken. Ist's nicht wahr, Herr Fritz? – Sie, Herr Fritz, warum sind denn Sie uns gestern durchgegangen?

FRITZ Wieso...

MIZI Na ja – nach dem Theater.

FRITZ Hat mich denn der Theodor nicht bei euch entschuldigt?

THEODOR Freilich hab' ich dich entschuldigt.

MIZI Was hab' denn ich – oder vielmehr die Christin' von Ihrer Entschuldigung! Wenn man was verspricht, so halt man's.

FRITZ Ich wär' wahrhaftig lieber mit euch gewesen...

MIZI Is' wahr?...

FRITZ Aber, ich konnt' nicht. Sie haben ja gesehen, ich war mit Bekannten in der Loge, und da hab' ich mich nachher nicht losmachen können.

MIZI Ja, von den schönen Damen haben Sie sich nicht losmachen können. Glauben Sie, wir haben Sie nicht gesehen von der Galerie aus?

FRITZ Ich hab' euch ja auch gesehn...

MIZI Sie sind rückwärts in der Loge gesessen. –

FRITZ Nicht immer.

MIZI Aber meistens. Hinter einer Dame mit einem schwarzen Samtkleid sind Sie gesessen und haben immer *Parodierende Bewegung* so hervorgeguckt.

FRITZ Sie haben mich aber genau beobachtet.

MIZI Mich geht's ja nichts an! Aber wenn ich die Christin' wär'... Warum hat denn der Theodor nach dem Theater Zeit? Warum muß der nicht mit Bekannten soupieren gehn?

THEODOR *stolz* Warum muß ich nicht mit Bekannten soupieren gehn?...

Es klingelt.

MIZI Das ist die Christin'.

FRITZ *eilt hinaus.*

THEODOR Mizi, du könntest mir einen Gefallen tun.

MIZI *fragende Miene.*

THEODOR Vergiß – auf einige Zeit wenigstens – deine militärischen Erinnerungen.

MIZI Ich hab' ja gar keine.

THEODOR Na du, aus dem Schematismus hast du die Sachen nicht gelernt, das merkt man.

THEODOR, MIZI, FRITZ, CHRISTINE *mit Blumen in der Hand.*

CHRISTINE *grüßt mit ganz leichter Befangenheit* Guten Abend. *Begrüßung. Zu Fritz* Freut's dich, daß wir gekommen sind? – Bist nicht bös?

FRITZ Aber Kind! – Manchmal ist ja der Theodor gescheiter als ich. –

THEODOR Na, geigt er schon, der Herr Papa?

CHRISTINE Freilich; ich hab' ihn zum Theater hinbegleitet.

FRITZ Die Mizi hat's uns erzählt. –

CHRISTINE *zu Mizi* Und die Kathrin' hat mich noch aufgehalten.

MIZI O je, die falsche Person.

CHRISTINE Oh, die ist gewiß nicht falsch, die ist sehr gut zu mir.

MIZI Du glaubst auch einer jeden.

CHRISTINE Warum soll die denn gegen mich falsch sein?

FRITZ Wer ist denn die Kathrin'?

MIZI Die Frau von einem Strumpfwirker und ärgert sich alleweil, wenn wer jünger ist wie sie.

CHRISTINE Sie ist ja selbst noch eine junge Person.

FRITZ Lassen wir die Kathrin'. – Was hast du denn da?

CHRISTINE Ein paar Blumen hab' ich dir mitgebracht.

FRITZ *nimmt sie ihr ab und küßt ihr die Hand* Du bist ein Engerl. Wart, die wollen wir da in die Vase...

THEODOR Oh nein! Du hast gar kein Talent zum Festarrangeur. Die Blumen werden zwanglos auf den Tisch gestreut... Nachher übrigens, wenn aufgedeckt ist. Eigentlich sollte man das so arrangieren, daß sie von der Decke herunterfallen. Das wird aber wieder nicht gehen.

FRITZ *lachend* Kaum

THEODOR Unterdessen wollen wir sie doch da hineinstecken. *Gibt sie in die Vase.*

MIZI Kinder, dunkel wird's!

FRITZ *hat der Christine geholfen, die Überjacke auszuziehen, sie hat auch ihren Hut abgelegt, er gibt die Dinge auf einen Stuhl im Hintergrund* Gleich wollen wir die Lampe anzünden.

THEODOR Lampe! Keine Idee! Lichter werden wir anzünden. Das macht sich viel hübscher. Komm, Mizi, kannst mir helfen.

Er und Mizi zünden die Lichter an; die Kerzen in den zwei Armleuchtern auf dem Trumeau, eine Kerze auf dem Schreibtisch, dann zwei Kerzen auf der Kredenz.

Unterdessen sprechen Fritz und Christine miteinander.

FRITZ Wie geht's dir denn, mein Schatz?

CHRISTINE Jetzt geht's mir gut. –

FRITZ Na, und sonst?

CHRISTINE Ich hab' mich so nach dir gesehnt.

FRITZ Wir haben uns ja gestern erst gesehen.

CHRISTINE Gesehn... von weitem... *Schüchtern* Du, das war nicht schön, daß du...

FRITZ Ja, ich weiß schon; die Mizi hat's mir schon gesagt. Aber du bist ein Kind wie gewöhnlich. Ich hab' nicht los können. So was mußt du ja begreifen.

CHRISTINE Ja... du, Fritz... wer waren denn die Leute in der Loge?

FRITZ Bekannte – das ist doch ganz gleichgültig, wie sie heißen.
CHRISTINE Wer war denn die Dame im schwarzen Samtkleid?
FRITZ Kind, ich hab' gar kein Gedächtnis für Toiletten.
CHRISTINE *schmeichelnd* Na!
FRITZ Das heißt... ich hab' dafür auch schon ein Gedächtnis – in gewissen Fällen. Zum Beispiel an die dunkelgraue Bluse erinner' ich mich sehr gut, die du angehabt hast, wie wir uns das erste Mal gesehen haben. Und die weiß-schwarze Taille, gestern... im Theater –
CHRISTINE Die hab' ich ja heut auch an!
FRITZ Richtig... von weitem sieht die nämlich ganz anders aus – im Ernst! Oh, und das Medaillon, das kenn' ich auch!
CHRISTINE *lächelnd* Wann hab' ich's umgehabt?
FRITZ Vor – na, damals, wie wir in dem Garten bei der Linie spazierengegangen sind, wo die vielen Kinder gespielt haben... nicht wahr...?
CHRISTINE Ja... Du denkst doch manchmal an mich.
FRITZ Ziemlich häufig, mein Kind...
CHRISTINE Nicht so oft, wie ich an dich. Ich denke immer an dich... den ganzen Tag... und froh kann ich doch nur sein, wenn ich dich seh'!
FRITZ Sehn wir uns denn nicht oft genug? –
CHRISTINE Oft...
FRITZ Freilich. Im Sommer werden wir uns weniger sehn... Denk dir, wenn ich zum Beispiel einmal auf ein paar Wochen verreiste, was möchtest du da sagen?
CHRISTINE *ängstlich* Wie? Du willst verreisen?
FRITZ Nein... Immerhin wär' es aber möglich, daß ich einmal die Laune hätte, acht Tage ganz allein zu sein...
CHRISTINE Ja, warum denn?
FRITZ Ich spreche ja nur von der Möglichkeit. Ich kenne mich, ich hab' solche Launen. Und du könntest ja auch einmal Lust haben, mich ein paar Tage nicht zu sehn... das werd' ich immer verstehn.
CHRISTINE Die Laune werd' ich nie haben, Fritz.
FRITZ Das kann man nie wissen.

CHRISTINE Ich weiß es... Ich hab' dich lieb.

FRITZ Ich hab' dich ja auch sehr lieb.

CHRISTINE Du bist aber mein Alles, Fritz, für dich könnt' ich... *Sie unterbricht sich* Nein, ich kann mir nicht denken, daß je eine Stunde käm', wo ich dich nicht sehen wollte. Solang ich leb', Fritz – –

FRITZ *unterbricht* Kind, ich bitt' dich... so was sag lieber nicht... die großen Worte, die hab' ich nicht gern. Von der Ewigkeit reden wir nicht...

CHRISTINE *traurig lächelnd* Hab keine Angst, Fritz... ich weiß ja, daß es nicht für immer ist...

FRITZ Du verstehst mich falsch, Kind. Es ist ja möglich, *Lachend* daß wir einmal überhaupt nicht ohne einander leben können, aber wissen können wir's ja nicht, nicht wahr? Wir sind ja nur Menschen.

THEODOR *auf die Lichter weisend* Bitte sich das gefälligst anzusehen... Sieht das nicht anders aus, als wenn da eine dumme Lampe stünde?

FRITZ Du bist wirklich der geborene Festarrangeur.

THEODOR Kinder, wie wär's übrigens, wenn wir an das Souper dächten?...

MIZI Ja!... Komm, Christin'!...

FRITZ Wartet, ich will euch zeigen, wo ihr alles Notwendige findet.

MIZI Vor allem brauchen wir ein Tischtuch.

THEODOR *mit englischem Akzent, wie ihn die Clowns zu haben pflegen* »Eine Tischentuch.«

FRITZ Was?...

THEODOR Erinnerst dich nicht an den Clown im Orpheum? »Das ist eine Tischentuch«... »Das ist eine Blech.« »Das ist eine kleine piccolo.«

MIZI Du, Dori, wann gehst denn mit mir ins Orpheum? Neulich hast du mir's ja versprochen. Da kommt die Christin' aber auch mit, und der Herr Fritz auch. *Sie nimmt eben Fritz das Tischtuch aus der Hand, das dieser aus der Kredenz genommen* Da sind aber dann wir die Bekannten in der Loge...

FRITZ Ja, ja...

MIZI Da kann dann die Dame mit dem schwarzen Samtkleid allein nach Haus gehn.

FRITZ Was ihr immer mit der Dame in Schwarz habt, das ist wirklich zu dumm.

MIZI Oh, wir haben nichts mit ihr... So... Und das Eßzeug?... *Fritz zeigt ihr alles in der geöffneten Kredenz*
Ja... Und die Teller?... Ja, danke... So, jetzt machen wir's schon allein... Gehn Sie, gehn Sie, jetzt stören Sie uns nur.

THEODOR *hat sich unterdessen auf den Diwan der Länge nach hingelegt; wie Fritz zu ihm nach vorne kommt* Du entschuldigst... *Mizi und Christine decken auf.*

MIZI Hast du schon das Bild von Fritz in der Uniform gesehn?

CHRISTINE Nein.

MIZI Das mußt du dir anschaun. Fesch!... *Sie reden weiter.*

THEODOR *auf dem Diwan* Siehst du, Fritz, solche Abende sind meine Schwärmerei.

FRITZ Sind auch nett.

THEODOR Da fühl' ich mich behaglich... Du nicht?...

FRITZ Oh, ich wollte, es wär' mir immer so wohl.

MIZI Sagen Sie, Herr Fritz, ist Kaffee in der Maschin' drin?

FRITZ Ja... Ihr könnt auch gleich den Spiritus anzünden – auf der Maschin' dauert's sowieso eine Stund', bis der Kaffee fertig ist...

THEODOR *zu Fritz* Für so ein süßes Mäderl geb' ich zehn dämonische Weiber her.

FRITZ Das kann man nicht vergleichen.

THEODOR Wir hassen nämlich die Frauen, die wir lieben – und lieben nur die Frauen, die uns gleichgültig sind.

FRITZ *lacht.*

MIZI Was ist denn? Wir möchten auch was hören!

THEODOR Nichts für euch, Kinder. Wir philosophieren. *Zu Fritz* Wenn wir heut mit denen das letzte Mal zusammen wären, wir wären doch nicht weniger fidel, was?

FRITZ Das letzte Mal... Na, darin liegt jedenfalls etwas Melancholisches. Ein Abschied schmerzt immer, auch wenn man sich schon lange darauf freut!

CHRISTINE Du, Fritz, wo ist denn das kleine Eßzeug?

FRITZ *geht nach hinten, zur Kredenz.* Da ist es, mein Schatz.

MIZI *ist nach vorn gekommen, fährt dem Theodor, der auf dem Diwan liegt, durch die Haare.*

THEODOR Du Katz', du!

FRITZ *öffnet das Paket, das Mizi gebracht* Großartig...

CHRISTINE *zu Fritz* Wie du alles hübsch in Ordnung hast!

FRITZ Ja... *Ordnet die Sachen, die Mizi mitgebracht – Sardinenbüchse, kaltes Fleisch, Butter, Käse.*

CHRISTINE Fritz... willst du mir's nicht sagen?

FRITZ Was denn?

CHRISTINE *sehr schüchtern* Wer die Dame war?

FRITZ Nein; ärger mich nicht. *Milder* Schau, das haben wir ja so ausdrücklich miteinander ausgemacht: Gefragt wird nichts. Das ist ja gerade das Schöne. Wenn ich mit dir zusammen bin, versinkt die Welt – punktum. Ich frag' dich auch um nichts.

CHRISTINE Mich kannst du um alles fragen.

FRITZ Aber ich tu's nicht. Ich will ja nichts wissen.

MIZI *kommt wieder hin* Hergott, machen Sie da eine Unordnung – *übernimmt die Speisen, legt sie auf die Teller* So...

THEODOR Du, Fritz, sag, hast du denn irgend was zum Trinken zu Hause?

FRITZ Oh ja, es wird sich schon was finden. *Er geht ins Vorzimmer.*

THEODOR *erhebt sich und besichtigt den Tisch* Gut. –

MIZI So, ich denke, es fehlt nichts mehr!...

FRITZ *kommt mit einigen Flaschen zurück* So, hier wäre auch was zum Trinken.

THEODOR Wo sind denn die Rosen, die von der Decke herunterfallen?

MIZI Ja, richtig, die Rosen haben wir vergessen! *Sie nimmt die Rosen aus der Vase, steigt auf einen Stuhl und läßt die Rosen auf den Tisch fallen* So!

CHRISTINE Gott, ist das Mädel ausgelassen.

THEODOR Na, nicht in die Teller...

FRITZ Wo willst du sitzen, Christin'?

THEODOR Wo ist denn der Stoppelzieher?

FRITZ *holt einen aus der Kredenz* Hier ist einer.

MIZI *versucht, den Wein aufzumachen.*

FRITZ Aber geben Sie das doch mir.

THEODOR Laßt das mich machen... *Nimmt ihm Flasche und Stoppelzieher aus der Hand* Du könntest unterdessen ein bißchen... *Bewegung des Klavierspiels.*

MIZI Ja, ja, das ist fesch!... *Sie läuft zum Klavier, öffnet es, nachdem sie die Sachen, die darauf liegen, auf einen Stuhl gelegt hat.*

FRITZ *zu Christine* Soll ich?

CHRISTINE Ich bitt' dich, ja, so lang schon hab' ich mich danach gesehnt.

FRITZ *am Klavier* Du kannst ja auch ein bissel spielen?

CHRISTINE *abwehrend* Oh Gott.

MIZI Schön kann sie spielen, die Christin'... sie kann auch singen.

FRITZ Wirklich? Das hast du mir ja nie gesagt!...

CHRISTINE Hast du mich denn je gefragt?

FRITZ Wo hast du denn singen gelernt?

CHRISTINE Gelernt hab' ich's eigentlich nicht. Der Vater hat mich ein bissel unterrichtet – aber ich hab' nicht viel Stimme. Und weißt du, seit die Tant' gestorben ist, die immer bei uns gewohnt hat, da ist es noch stiller bei uns wie es früher war.

FRITZ Was machst du eigentlich so den ganzen Tag?

CHRISTINE Oh Gott, ich hab' schon zu tun! –

FRITZ So im Haus – wie? –

CHRISTINE Ja. Und dann schreib' ich Noten ab, ziemlich viel. –

THEODOR Musiknoten? –

CHRISTINE Freilich.

THEODOR Das muß ja horrend bezahlt werden. *Wie die anderen lachen* Na, ich würde das horrend bezahlen. Ich glaube, Notenschreiben muß eine fürchterliche Arbeit sein! –

MIZI Es ist auch ein Unsinn, daß sie sich so plagt. *Zu Christine* Wenn ich so viel Stimme hätte wie du, wär' ich längst beim Theater.

THEODOR Du brauchtest nicht einmal Stimme... Du tust natürlich den ganzen Tag gar nichts, was?

MIZI Na, sei so gut! Ich hab' ja zwei kleine Brüder, die in die Schul' gehn, die zieh' ich an in der Früh'; und dann mach' ich die Aufgaben mit ihnen –

THEODOR Da ist doch kein Wort wahr.

MIZI Na, wennst mir nicht glaubst! – Und bis zum vorigen Herbst bin ich sogar in einem Geschäft gewesen von acht in der Früh bis acht am Abend –

THEODOR *leicht spottend* Wo denn?

MIZI In einem Modistengeschäft. Die Mutter will, daß ich wieder eintrete.

THEODOR *wie oben* Warum bist du denn ausgetreten?

FRITZ *zu Christine* Du mußt uns dann was vorsingen!

THEODOR Kinder, essen wir jetzt lieber, und du spielst dann, ja?...

FRITZ *aufstehend, zu Christine* Komm, Schatz! *Führt sie zum Tisch hin.*

MIZI Der Kaffee! Jetzt geht der Kaffee über, und wir haben noch nichts gegessen!

THEODOR Jetzt ist's schon alles eins! –

MIZI Aber er geht ja über! *Bläst die Spiritusflamme aus. Man setzt sich zu Tisch.*

THEODOR Was willst du haben, Mizi? Das sag' ich dir gleich: Die Torte kommt zuletzt!... Zuerst muß du lauter ganz saure Sachen essen.

FRITZ *schenkt den Wein ein.*

THEODOR Nicht so: Das macht man jetzt anders. Kennst du nicht die neueste Mode? *Steht auf, affektiert Grandezza, die Flasche in der Hand, zu Christine* Vöslauer Ausstich achtzehnhundert... *Spricht die nächsten Zahlen unverständlich. Schenkt ein, zu Mizzi* Vöslauer Ausstich achtzehnhundert... *Wie früher. Schenkt ein, zu Fritz* Vöslauer Ausstich achtzehnhundert... *Wie früher. An seinen eigenen Platz* Vöslauer Ausstich... *Wie früher. Setzt sich.*

MIZI *lachend* Alleweil macht er Dummheiten.

THEODOR *erhebt das Glas, stoßen an* Prosit!

MIZI Sollst leben, Theodor!...

THEODOR *sich erhebend* Meine Damen und Herren...

FRITZ Na, nicht gleich!

THEODOR *setzt sich* Ich kann ja warten. *Man ißt.*

MIZI Das hab' ich so gern, wenn bei Tisch Reden gehalten werden. Also ich hab' einen Vetter, der redt immer in Reimen.

THEODOR Bei was für einem Regiment ist er?...

MIZI Geh, hör auf... Auswendig red't er und mit Reinem, aber großartig, sag' ich dir, Christin'. Und ist eigentlich schon ein älterer Herr.

THEODOR O, das kommt vor, daß ältere Herren noch in Reimen reden.

FRITZ Aber, ihr trinkt ja gar nicht. Christin'! *Er stößt mit ihr an.*

THEODOR *stößt mit Mizi an* Auf die alten Herren, die in Reimen reden.

MIZI *lustig* Auf die jungen Herren, auch wenn sie gar nichts reden... zum Beispiel auf den Herrn Fritz... Sie, Herr Fritz, jetzt trinken wir Bruderschaft, wenn Sie wollen – und die Christin' muß auch mit dem Theodor Bruderschaft trinken.

THEODOR Aber nicht mit dem Wein, das ist kein Bruderschaftswein. *Erhebt sich, nimmt eine andere Flasche – gleiches Spiel wie früher* Xeres de la Frontera mille huit cent cinquante – Xeres de la Frontera – Xeres de la Frontera – Xeres de la Frontera.

MIZI *nippt* Ah –

THEODOR Kannst du nicht warten, bis wir alle trinken?... Also, Kinder... bevor wir uns so feierlich verbrüdern, wollen wir auf den glücklichen Zufall trinken, der, der... und so weiter...

MIZI Ja, ist schon gut! *Sie trinken.*

Fritz nimmt Mizis, Theodor Christinens Arm, die Gläser in der Hand, wie man Bruderschaft zu trinken pflegt.

FRITZ *küßt Mizi.*

THEODOR *will Christine küssen.*

CHRISTINE *lächelnd* Muß das sein?

THEODOR Unbedingt, sonst gilt's nichts... *Küßt sie* So, und jetzt à place!...

MIZI Aber schauerlich heiß wird's in dem Zimmer.

FRITZ Das ist von den vielen Lichtern, die der Theodor angezündet hat.

MIZI Und von dem Wein. *Sie lehnt sich in das Fauteuil zurück.*

THEODOR Komm nur daher, jetzt kriegst du ja erst das Beste. *Er schneidet ein Stückchen von der Torte ab und steckt's ihr in den Mund* Da, du Katz' – gut? –

MIZI Sehr!... *Er gibt ihr noch eins.*

THEODOR Geh, Fritz, jetzt ist der Moment! Jetzt könntest du was spielen!

FRITZ Willst du, Christin'?

CHRISTINE Bitte! –

MIZI Aber was Fesches!

THEODOR *füllt die Gläser.*

MIZI Kann nicht mehr. *Trinkt.*

CHRISTINE *nippend* Der Wein ist so schwer.

THEODOR *auf den Wein weisend* Fritz!

FRITZ *leert das Glas, geht zum Klavier.*

CHRISTINE *setzt sich zu ihm.*

MIZI Herr Fritz, spielen S' den Doppeladler.

FRITZ Den Doppeladler – wie geht der?

MIZI Dori, kannst du nicht den Doppeladler spielen?

THEODOR Ich kann überhaupt nicht Klavier spielen.

FRITZ Ich kenne ihn ja; er fällt mir nur nicht ein.

MIZI Ich werd' ihn Ihnen vorsingen... La... La... lalalala... la...

FRITZ Aha, ich weiß schon. *Spielt aber nicht ganz richtig.*

MIZI *geht zum Klavier* Nein, so... *Spielt die Melodie mit einem Finger.*

FRITZ Ja, ja... *Er spielt, Mizi singt mit.*

THEODOR Das sind wieder süße Erinnerungen, was?...

FRITZ *spielt wieder unrichtig und hält inne* Es geht nicht. Ich hab' gar kein Gehör. *Er phantasiert.*

MIZI *gleich nach dem ersten Takt* Das ist nichts!

FRITZ *lacht* Schimpfen Sie nicht, das ist von mir! –

MIZI Aber zum Tanzen ist es nicht.

FRITZ Probieren Sie nur einmal...

THEODOR ZU MIZI Komm, versuchen wir's. *Er nimmt sie um die Taille, sie tanzen.*

CHRISTINE *steht am Klavier und schaut auf die Tasten. Es klingelt.*

FRITZ *hört plötzlich auf zu spielen; Theodor und Mizi tanzen weiter.*

THEODOR UND MIZI *zugleich* Was ist denn das? – Na!

FRITZ Es hat eben geklingelt... *Zu Theodor* Hast du denn noch jemanden eingeladen?

THEODOR Keine Idee – du brauchst ja nicht zu öffnen.

CHRISTINE *zu Fritz* Was hast du denn?

FRITZ Nichts...

Es klingelt wieder.

FRITZ *steht auf, bleibt stehen.*

THEODOR Du bist einfach nicht zu Hause.

FRITZ Man hört ja das Klavierspielen bis auf den Gang... Man sieht auch von der Straße her, daß es beleuchtet ist.

THEODOR Was sind denn das für Lächerlichkeiten? Du bist eben nicht zu Haus.

FRITZ Es macht mich aber nervös.

THEODOR Na, was wird's denn sein? Ein Brief! – Oder ein Telegramm – Du wirst ja um *Auf die Uhr sehend* um neun keinen Besuch bekommen.

Es klingelt wieder.

FRITZ Ach was, ich muß doch nachsehn – *Geht hinaus.*

MIZI Aber ihr seid auch gar nicht fesch – *Schlägt ein paar Tasten auf dem Klavier an.*

THEODOR Geh, hör jetzt auf! – *Zu Christine* Was haben Sie denn? Macht Sie das Klingeln auch nervös? –

FRITZ *kommt zurück, mit erkünstelter Ruhe.*

THEODOR UND CHRISTINE *zugleich* Na, wer war's? – Wer war's?

FRITZ *gezwungen lächelnd* Ihr müßt so gut sein, mich einen Moment zu entschuldigen. Geht unterdessen da hinein.

THEODOR Was gibt's denn?

CHRISTINE Wer ist's?

FRITZ Nichts, Kind, ich habe nur zwei Worte mit einem Herrn zu sprechen... *Hat die Tür zum Nebenzimmer geöffnet, geleitet die Mädchen hinein, Theodor ist der letzte, sieht Fritz fragend an.*

FRITZ *leise, mit entsetztem Ausdruck* Er!...

THEODOR Ah!...

FRITZ Geh hinein, geh hinein. –

THEODOR Ich bitt' dich, mach keine Dummheiten, es kann eine Falle sein...

FRITZ Geh... geh... – *Theodor ins Nebenzimmer. Fritz geht rasch durchs Zimmer auf den Gang, so daß die Bühne einige Augenblicke leer bleibt. Dann tritt er wieder auf, indem er einen elegant gekleideten Herrn von etwa fünfunddreißig Jahren voraus eintreten läßt. – Der Herr ist in gelbem Überzieher, trägt Handschuhe, hält den Hut in der Hand.*

FRITZ, DER HERR

FRITZ *noch im Eintreten* Pardon, daß ich Sie warten ließ... ich bitte...

DER HERR *in ganz leichtem Ton* Oh, das tut nichts. Ich bedaure sehr, Sie gestört zu haben.

FRITZ Gewiß nicht. Bitte wollen Sie nicht – *Weist ihm einen Stuhl an.*

DER HERR Ich sehe ja, daß ich Sie gestört habe. Kleine Unterhaltung, wie?

FRITZ Ein paar Freunde.

DER HERR *sich setzend, immer freundlich* Maskenscherz wahrscheinlich?

FRITZ *befangen* Wieso?

DER HERR Nun, Ihre Freunde haben Damenhüte und Mantillen.

FRITZ Nun ja... *Lächelnd* Es mögen ja Freundinnen auch dabei sein... *Schweigen.*

DER HERR Das Leben ist zuweilen ganz lustig... ja... *Er sieht den andern starr an.*

FRITZ *hält den Blick eine Weile aus, dann sieht er weg* ... Ich darf mir wohl die Frage erlauben, was mir die Ehre Ihres Besuches verschafft.

DER HERR Gewiß... *Ruhig* Meine Frau hat nämlich ihren Schleier bei Ihnen vergessen.

FRITZ Ihre Frau Gemahlin bei mir?... Ihren... *Lächelnd* Der Scherz ist ein bißchen sonderbar...

DER HERR *plötzlich aufstehend, sehr stark, fast wild, indem er sich mit der einen Hand auf die Stuhllehne stützt* Sie hat ihn vergessen.

FRITZ *erhebt sich auch, und die beiden stehen einander gegenüber.*

DER HERR *hebt die Faust, als wollte er sie auf Fritz niederfallen lassen; – in Wut und Ekel* Oh...!

FRITZ *wehrt ab, geht einen kleinen Schritt nach rückwärts.*

DER HERR *nach einer langen Pause* Hier sind Ihre Briefe. *Er wirft ein Paket, das er aus der Tasche des Überziehers nimmt, auf den Schreibtisch* Ich bitte um die, welche Sie erhalten haben...

FRITZ *abwehrende Bewegung.*

DER HERR *heftig, mit Bedeutung* Ich will nicht, daß man sie – später bei Ihnen findet.

FRITZ *sehr stark* Man wird sie nicht finden.

DER HERR *schaut ihn an. Pause.*

FRITZ Was wünschen Sie noch von mir?...

DER HERR *höhnisch* Was ich noch wünsche –?

FRITZ Ich stehe zu Ihrer Verfügung...

DER HERR *verbeugt sich kühl* Gut. – *Er läßt seinen Blick im Zimmer umhergehen; wie er wieder den gedeckten Tisch, die Damenhüte usw. sieht, geht eine lebhafte Bewegung über sein Gesicht, als wollte es zu einem neuen Ausbruch seiner Wut kommen.*

FRITZ *der das bemerkt, wiederholt* Ich bin ganz zu Ihrer Verfügung. – Ich werde morgen bis zwölf Uhr zu Hause sein.

DER HERR *verbeugt sich und wendet sich zum Gehen.*

FRITZ *begleitet ihn bis zur Tür, was der Herr abwehrt. Wie er weg ist, geht Fritz zum Schreibtisch, bleibt eine Weile stehen. Dann eilt er zum Fenster, sieht durch eine Spalte, die die Rouleaux gelassen, hinaus, und man merkt, wie er den auf dem Trottoir gehenden Herrn mit den Blicken verfolgt. Dann entfernt er sich vom Fenster, bleibt, eine Sekunde lang zur Erde schauend, stehen; dann geht er zur Tür des Nebenzimmers, öffnet sie zur Hälfte und ruft* Theodor... auf einen Moment.

FRITZ, THEODOR

Sehr rasch diese Szene.

THEODOR *erregt* Nun...

FRITZ Er weiß es.

THEODOR Nichts weiß er. Du bist ihm sicher hineingefallen. Hast am Ende gestanden. Du bist ein Narr, sag' ich dir... Du bist –

FRITZ *auf die Briefe weisend* Er hat mir meine Briefe zurückgebracht.

THEODOR *betroffen* Oh... *Nach einer Pause* Ich sag' es immer, man soll nicht Briefe schreiben.

FRITZ Er ist es gewesen, heute nachmittag, da unten.

THEODOR Also was hat's denn gegeben? – So sprich doch.

FRITZ Du mußt mir nun einen großen Dienst erweisen, Theodor.

THEODOR Ich werde die Sache schon in Ordnung bringen.

FRITZ Davon ist hier nicht mehr die Rede.

THEODOR Also...

FRITZ Es wird für alle Fälle gut sein... *Sich unterbrechend* – aber wir können doch die armen Mädchen nicht so lange warten lassen.

THEODOR Die können schon warten. Was wolltest du sagen?

FRITZ Es wird gut sein, wenn du heute noch Lensky aufsuchst.

THEODOR Gleich, wenn du willst.

FRITZ Du triffst ihn jetzt nicht... aber zwischen elf und zwölf kommt er ja sicher ins Kaffeehaus... vielleicht kommt ihr dann beide noch zu mir...

THEODOR Geh, so mach doch kein solches Gesicht... in neunundneunzig Fällen von hundert geht die Sache gut aus.

FRITZ Es wird dafür gesorgt sein, daß diese Sache nicht gut ausgeht.

THEODOR Aber ich bitt' dich, erinnere dich, im vorigen Jahr, die Affäre zwischen dem Doktor Billinger und dem Herz – das war doch genau dasselbe.

FRITZ Laß das, du weißt es selbst – er hätte mich einfach hier in dem Zimmer niederschießen sollen – es wär' aufs gleiche herausgekommen.

THEODOR *gekünstelt* Ah, das ist famos! Das ist eine großartige Auffassung... Und wir, der Lensky und ich, wir sind nichts? Du meinst, wir werden es zugeben – –

FRITZ Bitt' dich, laß das!... Ihr werdet einfach annehmen, was man proponieren wird.

THEODOR Ah! –

FRITZ Wozu das alles, Theodor. Als wenn du's nicht wüßtest.

THEODOR Unsinn. Überhaupt, das Ganze ist Glückssache... Ebenso gut kannst du ihn...

FRITZ *ohne darauf zu hören* Sie hat es geahnt. Wir beide haben es geahnt. Wir haben es gewußt...

THEODOR Geh, Fritz...

FRITZ *zum Schreibtisch, sperrt die Briefe ein* Was sie in diesem Augenblick nur macht. Ob er sie... Theodor... das mußt du morgen in Erfahrung bringen, was dort geschehen ist.

THEODOR Ich werd' es versuchen...

FRITZ ... Sieh auch, daß kein überflüssiger Aufschub...

THEODOR Vor übermorgen früh wird's ja doch kaum sein können.

FRITZ *beinahe angstvoll* Theodor!

THEODOR Also... Kopf hoch. – Nicht wahr, auf innere Überzeugungen ist doch auch etwas zu geben – und ich hab' die feste Überzeugung, daß alles... gut ausgeht. *Redet sich in Lustigkeit hinein* Ich weiß selbst nicht warum, aber ich hab' einmal die Überzeugung!

FRITZ *lächelnd* Was bist du für ein guter Kerl! – Aber was sagen wir nur den Mädeln?

THEODOR Das ist wohl sehr gleichgültig. Schicken wir sie einfach weg.

FRITZ Oh nein. Wir wollen sogar möglichst lustig sein. Christine darf gar nichts ahnen. Ich will mich wieder zum Klavier setzen; ruf du sie indessen herein. *Theodor wendet sich, unzufriedenen Gesichts, das zu tun* Und was wirst du ihnen sagen?

THEODOR Daß sie das gar nichts angeht.

FRITZ *der sich zum Klavier gesetzt hat, sich nach ihm umwendend* Nein, nein –

THEODOR Daß es sich um einen Freund handelt – das wird sich schon finden.

FRITZ *spielt ein paar Töne.*

THEODOR Bitte, meine Damen. *Hat die Tür geöffnet.*

FRITZ, THEODOR, CHRISTINE, MIZI

MIZI Na endlich! Ist der schon fort?

CHRISTINE *zu Fritz eilend* Wer war bei dir, Fritz?

FRITZ *am Klavier, weiterspielend* Ist schon wieder neugierig.

CHRISTINE Ich bitt' dich, Fritz, sag's mir.

FRITZ Schatz, ich kann's dir nicht sagen, es handelt sich wirklich um Leute, die du gar nicht kennst.

CHRISTINE *schmeichelnd* Geh, Fritz, sag' mir die Wahrheit!

THEODOR Sie läßt dich natürlich nicht in Ruh'... Daß du ihr nichts sagst! Du hast's ihm versprochen!

MIZI Geh, sei doch nicht so fad, Christin', laß ihnen die Freud'! Sie machen sich eh' nur wichtig!

THEODOR Ich muß den Walzer mit Fräulein Mizi zu Ende tanzen. *Mit der Betonung eines Clowns* Bitte, Herr Kapellmeister – eine kleine Musik.

FRITZ *spielt. Theodor und Mizi tanzen; nach wenigen Takten:*

MIZI Ich kann nicht! *Sie fällt in einen Fauteuil zurück.*

THEODOR *küßt sie, setzt sich auf die Lehne des Fauteuils zu ihr.*

FRITZ *bleibt am Klavier, nimmt Christine bei beiden Händen, sieht sie an.*

CHRISTINE *wie erwachend* Warum spielst du nicht weiter?

FRITZ *lächelnd* Genug für heut...

CHRISTINE Siehst du, so möcht' ich spielen können...

FRITZ Spielst du viel?...

CHRISTINE Ich komme nicht viel dazu; im Haus ist immer was zu tun. Und dann, weißt, wir haben ein so schlechtes Pianino.

FRITZ Ich möcht's wohl einmal versuchen. Ich möcht' überhaupt gern dein Zimmer einmal sehn.

CHRISTINE *lächelnd* 's ist nicht so schön wie bei dir!...

FRITZ Und noch eins möcht' ich: Daß du mir einmal viel von dir erzählst... recht viel... ich weiß eigentlich so wenig von dir.

CHRISTINE Ist wenig zu erzählen. – Ich hab' auch keine Geheimnisse – wie wer anderer...

FRITZ Du hast noch keinen lieb gehabt?

CHRISTINE *sieht ihn nur an.*

FRITZ *küßt ihr die Hände.*

CHRISTINE Und werd' auch nie wen andern lieb haben...

FRITZ *mit fast schmerzlichem Ausdruck* Sag das nicht... sag's nicht... was weißt du denn?... Hat dich dein Vater sehr gern, Christin'? –

CHRISTINE O Gott!... Es war auch eine Zeit, wo ich ihm alles erzählt hab'. –

FRITZ Na, Kind, mach dir nur keine Vorwürfe... Ab und zu hat man halt Geheimnisse – das ist der Lauf der Welt.

CHRISTINE ... Wenn ich nur wüßte, daß du mich gern hast – da wär' ja alles ganz gut.

FRITZ Weißt du's denn nicht?

CHRISTINE Wenn du immer in dem Ton zu mir reden möchtest, ja dann...

FRITZ Christin'! Du sitzt aber recht unbequem.

CHRISTINE Ach laß nur – es ist da ganz gut. *Sie legt den Kopf aufs Klavier.*

FRITZ *steht auf und streichelt ihr die Haare.*

CHRISTINE O, das ist gut.

Stille im Zimmer.

THEODOR Wo sind die Zigarren, Fritz? –

FRITZ *kommt zu ihm hin, der bei der Kredenz steht und schon gesucht hat.*

MIZI *ist eingeschlummert.*

FRITZ *reicht ihm ein Zigarrenkistchen.* Und der schwarze Kaffee! *Er schenkt zwei Tassen ein.*

THEODOR Kinder, wollt ihr nicht auch schwarzen Kaffee haben?

FRITZ Mizi, soll ich dir eine Tasse...

THEODOR Lassen wir sie schlafen... – Du, trink übrigens keinen Kaffee heut. Du solltest dich möglichst bald zu Bette legen und schauen, daß du ordentlich schläfst.

FRITZ *sieht ihn an und lacht bitter.*

THEODOR Na ja, jetzt stehn die Dinge nun einmal so wie sie stehn... und es handelt sich jetzt nicht darum, so großartig oder so tiefsinnig, sondern so vernünftig zu sein als möglich... darauf kommt es an... in solchen Fällen.

FRITZ Du kommst noch heute nacht mit Lensky zu mir, ja?...

THEODOR Das ist ein Unsinn. Morgen früh ist Zeit genug.

FRITZ Ich bitt' dich drum.

THEODOR Also schön...

FRITZ Begleitest du die Mädeln nach Hause?

THEODOR Ja, und zwar sofort... Mizi!... Erhebe dich! –

MIZI Ihr trinkt da schwarzen Kaffee –! Gebt's mir auch einen! –

THEODOR Da hast du, Kind...

FRITZ *zu Christine hin* Bist müd', mein Schatz?...

CHRISTINE Wie lieb das ist, wenn du so sprichst.

FRITZ Sehr müd'? –

CHRISTINE *lächelnd* – Der Wein. – Ich hab' auch ein bissel Kopfweh...

FRITZ Na, in der Luft wird dir das schon vergehn!

CHRISTINE Gehn wir schon? – Begleitest du uns?

FRITZ Nein, Kind. Ich bleib' jetzt schon zu Haus... Ich hab' noch einiges zu tun.

CHRISTINE *der wieder die Erinnerung kommt* Jetzt... Was hast du denn jetzt zu tun? –

FRITZ *beinahe streng* Du, Christin', das mußt du dir abgewöhnen! – *Mild* Ich bin nämlich wie zerschlagen... wir sind heut, der Theodor und ich, draußen auf dem Land zwei Stunden herumgelaufen –

THEODOR Ah, das war entzückend. Nächstens fahren wir alle zusammen hinaus aufs Land.

MIZI Ja, das ist fesch! Und ihr zieht euch die Uniform dazu an.

THEODOR Das ist doch wenigstens Natursinn!

CHRISTINE Wann sehen wir uns denn wieder?

FRITZ *etwas nervös* Ich schreib's dir schon.

CHRISTINE *traurig* Leb wohl. *Wendet sich zum Gehen.*

FRITZ *bemerkt ihre Traurigkeit* Morgen sehn wir uns, Christin'.

CHRISTINE *froh* Ja?

FRITZ In dem Garten... dort bei der Linie wie neulich... um – sagen wir, um sechs Uhr... ja? Ist's dir recht?

CHRISTINE *nickt.*

MIZI *zu Fritz* Gehst mit uns, Fritz?

THEODOR Die hat ein Talent zum Dusagen –!

FRITZ Nein, ich bleib' schon zu Haus.

MIZI Der hat's gut! Was wir noch für einen Riesenweg nach Haus haben...

FRITZ Aber, Mizi, du hast ja beinah' die ganze gute Torte stehen lassen. Wart, ich pack' sie dir ein – ja?

MIZI *zu Theodor* Schickt sich das?

FRITZ *schlägt die Torte ein.*

CHRISTINE Die ist wie ein kleines Kind...

MIZI *zu Fritz* Wart, dafür helf' ich dir die Lichter auslöschen. *Löscht ein Licht nach dem andern aus, das Licht auf dem Schreibtisch bleibt.*

CHRISTINE Soll ich dir nicht das Fenster aufmachen? – Es ist so schwül. *Sie öffnet das Fenster, Blick auf das gegenüberliegende Haus.*

FRITZ So, Kinder. Jetzt leucht' ich euch.

MIZI Ist denn schon ausgelöscht auf der Stiege?

THEODOR Na, selbstverständlich.

CHRISTINE Ah, die Luft ist gut, die da hereinkommt!...

MIZI Mailüfterl... *bei der Tür, Fritz hat den Leuchter in der Hand* Also, wir danken für die freundliche Aufnahme! –

THEODOR *sie drängend* Geh, geh, geh, geh...

FRITZ *geleitet die andern hinaus. Die Tür bleibt offen, man hört die Personen draußen reden. Man hört die Wohnungstür aufschließen.*

MIZI Also pah! –

THEODOR Gib acht, da sind Stufen.

MIZI Danke schön für die Torte...

THEODOR Pst, du weckst ja die Leute auf! –

CHRISTINE Gute Nacht!

THEODOR Gute Nacht!

Man hört, wie Fritz die Türe draußen schließt und versperrt. – Während er hereintritt und das Licht auf den Schreibtisch stellt, hört man das Haustor unten öffnen und schließen.

FRITZ *geht zum Fenster und grüßt hinunter.*

CHRISTINE *von der Straße* Gute Nacht!

MIZI *ebenso, übermütig* Gute Nacht, du mein herziges Kind...

THEODOR *scheltend* Du, Mizi...

Man hört seine Worte, ihr Lachen, die Schritte verklingen. Theodor pfeift die Melodie des »Doppeladlers«, die am spätesten verklingt. Fritz sieht noch ein paar Sekunden hinaus, dann sinkt er auf den Fauteuil neben dem Fenster.

Vorhang

Zweiter Akt

Zimmer Christinens. Bescheiden und nett.

CHRISTINE *kleidet sich eben zum Weggehen an.* KATHARINA *tritt auf, nachdem sie draußen angeklopft hat.*

KATHARINA Guten Abend, Fräulein Christin'.

CHRISTINE *die vor dem Spiegel steht, wendet sich um* Guten Abend.

KATHARINA Sie wollen grad' weggehn?

CHRISTINE Ich hab's nicht so eilig.

KATHARINA Ich komm' nämlich von meinem Mann, ob Sie mit uns nachtmahlen gehen wollen in' Lehnergarten, weil heut dort Musik ist.

CHRISTINE Danke sehr, Frau Binder... Ich kann heut nicht... ein anderes Mal, ja? – Aber Sie sind nicht bös?

KATHARINA Keine Spur... warum denn? Sie werden sich schon besser unterhalten können als mit uns.

CHRISTINE *Blick.*

KATHARINA Der Vater ist schon im Theater?...

CHRISTINE O nein; er kommt noch früher nach Haus. Jetzt fangt's ja erst um halb acht an!

KATHARINA Richtig, das vergess' ich alleweil. Da werd' ich gleich auf ihn warten, weil ich ihn schon lang bitten möcht' wegen Freikarten zu dem neuen Stück... Jetzt wird man s' doch schon kriegen?...

CHRISTINE Freilich... es geht ja jetzt keiner mehr hinein, wenn einmal die Abende so schön werden.

KATHARINA Unsereins kommt ja sonst gar nicht dazu... wenn man nicht zufällig Bekannte bei einem Theater hat... Aber halten Sie sich meinetwegen nicht auf, Fräulein Christin', wenn Sie wegmüssen. Meinem Mann wird's freilich sehr leid sein... und noch wem andern auch...

CHRISTINE Wem?

KATHARINA Der Cousin vom Binder ist mit, natürlich... Wissen Sie, Fräulein Christin', daß er jetzt fix angestellt ist?

CHRISTINE *gleichgültig* Ah. –

KATHARINA Und mit einem ganz schönen Gehalt. Und so ein honetter junger Mensch. Und eine Verehrung hat er für Sie –

CHRISTINE Also – auf Wiedersehn, Frau Binder.

KATHARINA Dem könnt' man von Ihnen erzählen, was man will – der möcht' kein Wort glauben...

CHRISTINE *Blick.*

KATHARINA Es gibt schon solche Männer...

CHRISTINE Adieu, Frau Binder.

KATHARINA Adieu... *Nicht zu boshaft im Ton* Daß Sie nur zum Rendezvous nicht zu spät kommen, Fräul'n Christin'!

CHRISTINE Was wollen Sie eigentlich von mir? –

KATHARINA Aber nichts, Sie haben ja recht! Man ist ja nur einmal jung.

CHRISTINE Adieu.

KATHARINA Aber einen Rat, Fräulein Christin', möcht' ich Ihnen doch geben: Ein bissel vorsichtiger sollten Sie sein!

CHRISTINE Was heißt denn das?

KATHARINA Schaun Sie – Wien ist ja eine so große Stadt... Müssen Sie sich Ihre Rendezvous grad hundert Schritt weit vom Haus geben?

CHRISTINE Das geht wohl niemanden was an.

KATHARINA Ich hab's gar nicht glauben wollen, wie mir's der Binder erzählt hat. Der hat Sie nämlich gesehn... Geh, hab' ich ihm gesagt, du wirst dich verschaut haben. Das Fräulein Christin', die ist keine Person, die mit eleganten jungen Herren am Abend spazierengeht, und wenn schon, so wird's doch so gescheit sein und nicht grad in unserer Gassen! Na, sagt er, kannst sie ja selber fragen! Und, sagt er, ein Wunder ist's ja nicht – zu uns kommt sie gar nimmermehr; aber dafür läuft sie in einer Tour mit der Schlager Mizi herum, ist das eine Gesellschaft für ein anständiges junges Mädel? – Die Männer sind ja so ordinär, Fräul'n Christin'! – Und dem Franz hat er's natürlich auch gleich erzählen müssen, aber der ist schön bös worden – und für die Fräul'n Christin' legt er die Hand ins Feuer, und wer was über sie sagt, der hat's mit ihm zu tun. Und wie Sie so für's Häusliche sind und wie lieb Sie alleweil mit der alten Fräul'n Tant' gewesen sind – Gott schenk' ihr die ewige Ruh – und wie bescheiden und wie eingezogen als Sie leben und so weiter... *Pause* Vielleicht kommen S' doch mit zur Musik?

CHRISTINE Nein...

KATHARINA, CHRISTINE; WEIRING *tritt auf. Er hat einen Fliederzweig in der Hand.*

WEIRING Guten Abend... Ah, die Frau Binder. Wie geht's Ihnen denn?

KATHARINA Dank' schön.

WEIRING Und das Linerl? – Und der Herr Gemahl?...

KATHARINA Alles gesund, Gott sei Dank.

WEIRING Na, das ist schön. – *Zu Christine* Du bist noch zu Haus bei dem schönen Wetter –?

CHRISTINE Grad hab' ich fortgehn wollen.

WEIRING Das ist gescheit! – Eine Luft ist heut draußen, was, Frau Binder, das ist was Wunderbar's. Ich bin jetzt durch den Garten bei der Linie gegangen – da blüht der Flieder – es ist eine Pracht! Ich hab' mich auch einer Übertretung schuldig gemacht! *Gibt den Fliederzweig der Christine.*

CHRISTINE Dank' dir, Vater.

KATHARINA Sein S' froh, daß Sie der Wächter nicht erwischt hat.

WEIRING Gehn S' einmal hin, Frau Binder – es riecht noch genau so gut dort, als wenn ich das Zweigerl nicht abgepflückt hätt'.

KATHARINA Wenn sich das aber alle dächten –

WEIRING Das wär' freilich g'fehlt!

CHRISTINE Adieu, Vater!

WEIRING Wenn du ein paar Minuten warten möchtest, so könntest du mich zum Theater hinbegleiten.

CHRISTINE Ich... ich hab' der Mizi versprochen, daß ich sie abhol'...

WEIRING Ah so. – Ist auch gescheiter. Jugend gehört zur Jugend. Adieu, Christin'...

CHRISTINE *küßt ihn. Dann* Adieu, Frau Binder! – *Ab; Weiring sieht ihr zärtlich nach.*

KATHARINA, WEIRING

KATHARINA Das ist ja jetzt eine sehr intime Freundschaft mit der Fräul'n Mizi.

WEIRING Ja. – Ich bin wirklich froh, daß die Tini eine Ansprach' hat und nicht in einem fort zu Hause sitzt. Was hat denn das Mädel eigentlich von ihrem Leben!...

KATHARINA Ja freilich.

WEIRING Ich kann Ihnen gar nicht sagen, Frau Binder, wie weh mir's manchmal tut, wenn ich so nach Haus komm', von der Prob' – und sie sitzt da und näht – und nachmittag, kaum stehn wir vom Tisch auf, so setzt sie sich schon wieder hin und schreibt ihre Noten...

KATHARINA Na ja, die Millionäre haben's freilich besser wie unsereins. Aber was ist denn eigentlich mit ihrem Singen? –

WEIRING Das heißt nicht viel. Fürs Zimmer reicht die Stimme ja aus, und für ihren Vater singt sie schön genug – aber leben kann man davon nicht.

KATHARINA Das ist aber schad'.

WEIRING Ich bin froh, daß sie's selber einsieht. Werden ihr wenigstens die Enttäuschungen erspart bleiben. – Zum Chor von unserm Theater könnt' ich sie natürlich bringen –

KATHARINA Freilich, mit der Figur!

WEIRING Aber da sind ja gar keine Aussichten.

KATHARINA Man hat wirklich Sorgen mit einem Mädel! Wenn ich denk', daß meine Linerl in fünf, sechs Jahren auch eine große Fräul'n ist –

WEIRING Aber was setzen Sie sich denn nicht, Frau Binder?

KATHARINA Oh, ich dank' schön, mein Mann holt mich gleich ab – ich bin ja nur heraufgekommen, die Christin' einladen!...

WEIRING Einladen –?

KATHARINA Ja, zur Musik im Lehnergarten. Ich hab' mir auch

gedacht, daß sie das ein bissel aufheitern wird – sie braucht's ja wirklich.

WEIRING Könnt' ihr wahrhaftig nicht schaden – besonders nach dem traurigen Winter. Warum geht sie denn nicht mit Ihnen –?

KATHARINA Ich weiß nicht... Vielleicht weil der Cousin vom Binder mit ist.

WEIRING Ah, schon möglich. Den kann s' nämlich nicht ausstehn. Das hat sie mir selber erzählt.

KATHARINA Ja warum denn nicht? Der Franz ist ein sehr anständiger Mensch – jetzt ist er sogar fix angestellt, das ist doch heutzutag ein Glück für ein...

WEIRING Für ein... armes Mädel –

KATHARINA Für ein jedes Mädel ist das ein Glück.

WEIRING Ja, sagen Sie mir, Frau Binder, ist denn so ein blühendes Geschöpf wirklich zu nichts anderem da als für so einen anständigen Menschen, der zufällig eine fixe Anstellung hat?

KATHARINA Ist doch das Gescheiteste! Auf einen Grafen kann man ja doch nicht warten, und wenn einmal einer kommt, so empfiehlt er sich dann gewöhnlich, ohne daß er einen geheiratet hat... *Weiring ist beim Fenster. Pause* Na ja... Deswegen sag' ich auch immer, man kann bei einem jungen Mädel nicht vorsichtig genug sein – besonders mit dem Umgang –

WEIRING Ob's nun dafür steht, seine jungen Jahre so einfach zum Fenster hinauszuwerfen? – Und was hat denn so ein armes Geschöpf schließlich von ihrer ganzen Bravheit, wenn schon – nach jahrelangem Warten – richtig der Strumpfwirker kommt!

KATHARINA Herr Weiring, wenn mein Mann auch ein Strumpfwirker ist, er ist ein honetter und ein braver Mann, über den ich mich nie zu beklagen gehabt hab'...

WEIRING *begütigend* Aber, Frau Binder – geht denn das auf Sie!... Sie haben ja auch Ihre Jugend nicht zum Fenster hinausgeworfen.

KATHARINA Ich weiß von der Zeit nichts mehr.

WEIRING Sagen S' das nicht – Sie können mir jetzt erzählen, was

Sie wollen – die Erinnerungen sind doch das Beste, was Sie von Ihrem Leben haben.

KATHARINA Ich hab' gar keine Erinnerungen.

WEIRING Na, na...

KATHARINA Und was bleibt denn übrig, wenn eine schon solche Erinnerungen hat, wie Sie meinen?... Die Reu.

WEIRING Na, und was bleibt denn übrig – wenn sie – nicht einmal was zum Erinnern hat –? Wenn das ganze Leben nur so vorbeigegangen ist *Sehr einfach, nicht pathetisch* ein Tag wie der andere, ohne Glück und ohne Liebe – dann ist's vielleicht besser?

KATHARINA Aber, Herr Weiring, denken Sie doch nur an das alte Fräul'n – an Ihre Schwester!... Aber es tut Ihnen noch weh, wenn man von ihr red't, Herr Weiring...

WEIRING Es tut mir noch weh, ja...

KATHARINA Freilich... wenn zwei Leut' so aneinander gehängt haben... ich hab's immer gesagt, so einen Bruder wie Sie find't man nicht bald.

WEIRING *abwehrende Bewegung.*

KATHARINA Es ist ja wahr. Sie haben ihr doch als ein ganz junger Mensch Vater und Mutter ersetzen müssen.

WEIRING Ja, ja –

KATHARINA Das muß ja doch wieder eine Art Trost sein. Wenn man so weiß, daß man immer der Wohltäter und Beschützer von so einem armen Geschöpf gewesen ist –

WEIRING Ja, das hab' ich mir früher auch eingebildet – wie sie noch ein schönes junges Mädel war – und bin mir selber weiß Gott wie gescheit und edel vorgekommen. Aber dann, später, wie so langsam die grauen Haar' gekommen sind und die Runzeln, und es ist ein Tag um den andern hingegangen – und die ganze Jugend – und das junge Mädel ist so allmählich – man merkt ja so was kaum – das alte Fräulein geworden, – da hab' ich erst zu spüren angefangen, was ich eigentlich getan hab'!

KATHARINA Aber, Herr Weiring –

WEIRING Ich seh' sie ja noch vor mir, wie sie mir oft gegenübergesessen ist am Abend, bei der Lampe, in dem Zimmer da, und hat mich so angeschaut mit ihrem stillen Lächeln, mit dem gewissen gottergebenen, – als wollt' sie mir noch für was danken; – und ich – ich hätt' mich ja am liebsten vor ihr auf die Knie hingeworfen, sie um Verzeihung bitten, daß ich sie so gut behütet hab' vor allen Gefahren – und vor allem Glück! *Pause.*

KATHARINA Und es wär' doch manche froh, wenn sie immer so einen Bruder an der Seite gehabt hätt'... und nichts zu bereuen...

KATHARINA, WEIRING; MIZI *tritt ein.*

MIZI Guten Abend!... Da ist aber schon ganz dunkel... man sieht ja gar nichts mehr. – Ah, die Frau Binder. Ihr Mann ist unten, Frau Binder, und wart' auf Sie... Ist die Christin' nicht zu Haus?...

WEIRING Sie ist vor einer Viertelstunde weggegangen.

KATHARINA Haben Sie sie denn nicht getroffen? Sie hat ja mit Ihnen ein Rendezvous gehabt?

MIZI Nein... wir haben uns jedenfalls verfehlt... Sie gehn mit Ihrem Mann zur Musik, hat er mir gesagt –?

KATHARINA Ja, er schwärmt so viel dafür. Aber hören Sie, Fräulein Mizi, Sie haben ein reizendes Hüterl auf. Neu, was?

MIZI Aber keine Spur. – Kennen Sie denn die Form nimmer? Vom vorigen Frühjahr; nur aufgeputzt ist er neu.

KATHARINA Selber haben Sie sich ihn neu aufgeputzt?

MIZI Na, freilich.

WEIRING So geschickt!

KATHARINA Natürlich – ich vergess' immer, daß Sie ein Jahr lang in einem Modistengeschäft waren.

MIZI Ich werd' wahrscheinlich wieder in eins gehn. Die Mutter will's haben – da kann man nichts machen.

KATHARINA Wie geht's denn der Mutter?

MIZI Na gut – ein bissel Zahnweh hat s' – aber der Doktor sagt, es ist nur rheumatisch...

WEIRING Ja, jetzt ist es aber für mich die höchste Zeit...

KATHARINA Ich geh' gleich mit Ihnen hinunter, Herr Weiring...

MIZI Ich geh' auch mit... Aber nehmen Sie sich doch den Überzieher, Herr Weiring, es wird später noch recht kühl.

WEIRING Glauben Sie?

KATHARINA Freilich... Wie kann man denn so unvorsichtig sein.

VORIGE – CHRISTINE

MIZI Da ist sie ja...

KATHARINA Schon zurück vom Spaziergang?

CHRISTINE Ja. Grüß dich Gott, Mizi... Ich hab' so Kopfweh... *Setzt sich.*

WEIRING Wie?...

KATHARINA Das ist wahrscheinlich von der Luft...

WEIRING Geh, was hast denn, Christin'!... Bitt' Sie, Fräulein Mizi, zünden S' die Lampe an.

MIZI *macht sich bereit.*

CHRISTINE Aber das kann ich ja selber.

WEIRING Ich möcht' dein Gesicht sehn, Christin'!...

CHRISTINE Aber Vater, es ist ja gar nichts, es ist gewiß von der Luft draußen.

KATHARINA Manche Leut' können grad das Frühjahr nicht vertragen.

WEIRING Nicht wahr, Fräulein Mizi, Sie bleiben noch bei der Christin'?

MIZI Freilich bleib' ich da...

CHRISTINE Aber es ist ja gar nichts, Vater.

MIZI Meine Mutter macht nicht so viel Geschichten mit mir, wenn ich Kopfweh hab'...

WEIRING *zu Christine, die noch sitzt* Bist du so müd?...

CHRISTINE *vom Sessel aufstehend* Ich steh' schon wieder auf. *Lächelt.*

WEIRING So – jetzt schaust du schon wieder ganz anders aus. –

Zu Katharina Ganz anders schaut sie aus, wenn sie lacht, was...? Also Adieu, Christin'... *Küßt sie.* Und daß der Kopf nimmer weh tut, wenn ich nach Haus komm'!... *Ist bei der Tür.*

KATHARINA *leise zu Christine* Habt's ihr euch gezankt?

Unwillige Bewegung Christinens.

WEIRING *bei der Tür* Frau Binder...!

MIZI Adieu!...

Weiring und Katharina ab.

MIZI, CHRISTINE

MIZI Weißt, woher die Kopfweh kommen? Von dem süßen Wein gestern. Ich wunder' mich so, daß ich gar nichts davon gespürt hab'... Aber lustig ist's gewesen, was...?

CHRISTINE *nickt.*

MIZI Sind sehr fesche Leut', beide – kann man gar nichts sagen, was? – Und schön eingerichtet ist der Fritz, wirklich prachtvoll! Beim Dori... *Unterbricht sich* Ah nichts... – Geh, hast noch immer so starke Kopfschmerzen? Warum red'st denn nichts?... Was hast denn?...

CHRISTINE Denk dir – er ist nicht gekommen.

MIZI Er hat dich aufsitzen lassen? Das geschieht dir recht!

CHRISTINE Ja, was heißt denn das? Was hab' ich denn getan? –

MIZI Verwöhnen tust du ihn, zu gut bist du zu ihm. Da muß ja ein Mann arrogant werden.

CHRISTINE Aber du weißt ja nicht, was du sprichst.

MIZI Ich weiß ganz gut, was ich red'. – Schon die ganze Zeit ärger' ich mich über dich. Er kommt zu spät zu den Rendezvous, er begleit' dich nicht nach Haus, er setzt sich zu fremden Leuten in die Log' hinein, er laßt dich einfach aufsitzen – das laßt du dir alles ruhig gefallen und schaust ihn noch dazu *Sie parodierend* mit so verliebten Augen an. –

CHRISTINE Geh, sprich nicht so, stell dich doch nicht schlechter als du bist. Du hast ja den Theodor auch gern.

MIZI Gern – freilich hab' ich ihn gern. Aber das erlebt der Dori nicht, und das erlebt überhaupt kein Mann mehr, daß ich mich um ihn kränken tät' – das sind sie alle zusamm' nicht wert, die Männer.

CHRISTINE Nie hab' ich dich so reden gehört, nie! –

MIZI Ja, Tinerl – früher haben wir doch überhaupt nicht so miteinander gered't. – Ich hab' mich ja gar nicht getraut. Was glaubst denn, was ich für einen Respekt vor dir gehabt hab'!... Aber siehst, das hab' ich mir immer gedacht: Wenn's einmal über dich kommt, wird's dich ordentlich haben. Das erste Mal beutelt's einen schon zusammen! – Aber dafür kannst du auch froh sein, daß du bei deiner ersten Liebe gleich eine so gute Freundin zum Beistand hast.

CHRISTINE Mizi!

MIZI Glaubst mir's nicht, daß ich dir eine gute Freundin bin? Wenn ich nicht da bin und dir sag': Kind, er ist ein Mann wie die andern und alle zusammen sind's nicht eine böse Stund' wert, so setzt du dir weiß Gott was für Sachen in den Kopf. Ich sag's aber immer: Den Männern soll man überhaupt kein Wort glauben.

CHRISTINE Was red'st du denn – die Männer – was gehn mich denn die Männer an! – Ich frag' ja nicht nach den anderen. – In meinem ganzen Leben werd' ich nach keinem andern fragen!

MIZI ...Ja, was glaubst du denn eigentlich... hat er dir denn...? Freilich – es ist schon alles vorgekommen; aber da hättest du die Geschichte anders anfangen müssen...

CHRISTINE Schweig endlich!

MIZI Na, was willst denn von mir? Ich kann ja nichts dafür – das muß man sich früher überlegen. Da muß man halt warten, bis einer kommt, dem man die ernsten Absichten gleich am Gesicht ankennt...

CHRISTINE Mizi, ich kann solche Worte heute nicht vertragen, sie tun mir weh. –

MIZI *gutmütig* Na, geh –

CHRISTINE Laß mich lieber... sei nicht bös... laß mich lieber allein!

MIZI Warum soll ich denn bös sein? Ich geh' schon. Ich hab' dich nicht kränken wollen, Christin', wirklich... *Wie sie sich zum Gehen wendet* Ah, der Herr Fritz.

VORIGE – FRITZ *ist eingetreten.*

FRITZ Guten Abend!

CHRISTINE *aufjubelnd* Fritz, Fritz! *Ihm entgegen, in seine Arme.*

MIZI *schleicht sich hinaus, mit einer Miene, die ausdrückt: Da bin ich überflüssig.*

FRITZ *sich losmachend* Aber –

CHRISTINE Alle sagen, daß du mich verlassen wirst! Nicht wahr, du tust es nicht – jetzt noch nicht – jetzt noch nicht...

FRITZ Wer sagt denn das?... Was hast du denn... *Sie streichelnd* Aber Schatz... Ich hab' mir eigentlich gedacht, daß du recht erschrecken wirst, wenn ich plötzlich da hereinkomme. –

CHRISTINE Oh – daß du nur da bist!

FRITZ Geh, so beruhig' dich doch – hast du lang auf mich gewartet?

CHRISTINE Warum bist du denn nicht gekommen?

FRITZ Ich bin aufgehalten worden, hab' mich verspätet. Jetzt bin ich im Garten gewesen und hab' dich nicht gefunden – und hab' wieder nach Haus gehen wollen. Aber plötzlich hat mich eine solche Sehnsucht gepackt, eine solche Sehnsucht nach diesem lieben süßen Gesichtel...

CHRISTINE *glücklich* Is' wahr?

FRITZ Und dann hab' ich auch plötzlich eine so unbeschreibliche Lust bekommen zu sehen, wo du eigentlich wohnst – ja im Ernst – ich hab' das einmal sehen müssen – und da hab' ich's nicht ausgehalten und bin da herauf... es ist dir also nicht unangenehm?

CHRISTINE O Gott!

FRITZ Es hat mich niemand gesehn – und daß dein Vater im Theater ist, hab' ich ja gewußt.

CHRISTINE Was liegt mir an den Leuten!

FRITZ Also da –? *Sieht sich im Zimmer um* Das also ist dein Zimmer? Sehr hübsch...

CHRISTINE Du siehst ja gar nichts. *Will den Schirm von der Lampe nehmen.*

FRITZ Nein, laß nur, das blendet mich, ist besser so... Also da? Das ist das Fenster, von dem du mir erzählt hast, an dem du immer arbeitest, was? – Und die schöne Aussicht! *Lächelnd* Über wieviel Dächer man da sieht... Und da drüben – ja, was ist denn das, das Schwarze, das man da drüben sieht?

CHRISTINE Das ist der Kahlenberg!

FRITZ Richtig! Du hast's eigentlich schöner als ich.

CHRISTINE Oh!

FRITZ Ich möchte gern so hoch wohnen, über alle Dächer sehn, ich finde das sehr schön. Und auch still muß es in der Gasse sein?

CHRISTINE Ach, bei Tag ist Lärm genug.

FRITZ Fährt denn da je ein Wagen vorbei?

CHRISTINE Selten, aber gleich im Haus drüben ist eine Schlosserei.

FRITZ O, das ist sehr unangenehm. *Er hat sich niedergesetzt.*

CHRISTINE Das gewöhnt man! Man hört's gar nicht mehr.

FRITZ *steht rasch wieder auf* Bin ich wirklich zum erstenmal da –? Es kommt mir alles so bekannt vor!... Genau so hab' ich mir's eigentlich vorgestellt. *Wie er Miene macht, sich näher im Zimmer umzusehn:*

CHRISTINE Nein, anschaun darfst du dir da nichts. –

FRITZ Was sind denn das für Bilder?...

CHRISTINE Geh!...

FRITZ Ah, die möcht' ich mir ansehn. *Er nimmt die Lampe und beleuchtet die Bilder.*

CHRISTINE ... Abschied – und Heimkehr!

FRITZ Richtig – Abschied und Heimkehr!

CHRISTINE Ich weiß schon, daß die Bilder nicht schön sind. – Beim Vater drin hängt eins, das ist viel besser.

FRITZ Was ist das für ein Bild?

CHRISTINE Das ist ein Mädel, die schaut zum Fenster hinaus, und draußen, weißt, ist der Winter – und das heißt »Verlassen«. –

FRITZ So... *Stellt die Lampe hin* Ah, und da ist deine Bibliothek. *Setzt sich neben die kleine Bücherstellage.*

CHRISTINE Die schau' dir lieber nicht an –

FRITZ Warum denn? Ah! – Schiller... Hauff... Das Konversationslexikon... Donnerwetter! –

CHRISTINE Geht nur bis zum G...

FRITZ *lächelnd* Ach so... Das Buch für Alle... Da schaust du dir die Bilder drin an, was?

CHRISTINE Natürlich hab' ich mir die Bilder angeschaut.

FRITZ *noch sitzend* – Wer ist denn der Herr da auf dem Ofen?

CHRISTINE *belehrend* Das ist doch der Schubert.

FRITZ *aufstehend* Richtig –

CHRISTINE Weil ihn der Vater so gern hat. Der Vater hat früher auch einmal Lieder komponiert, sehr schöne.

FRITZ Jetzt nimmer?

CHRISTINE Jetzt nimmer. *Pause.*

FRITZ *setzt sich* So gemütlich ist es da! –

CHRISTINE Gefällt's dir wirklich?

FRITZ Sehr... Was ist denn das? *Nimmt eine Vase mit Kunstblumen, die auf dem Tisch steht.*

CHRISTINE Er hat schon wieder was gefunden!...

FRITZ Nein, Kind, das gehört nicht da herein... das sieht verstaubt aus.

CHRISTINE Die sind aber gewiß nicht verstaubt.

FRITZ Künstliche Blumen sehen immer verstaubt aus... In deinem Zimmer müssen wirkliche Blumen stehn, die duften und frisch sind. Von jetzt an werde ich dir... *Unterbricht sich, wendet sich ab, um seine Bewegung zu verbergen.*

CHRISTINE Was denn?... Was wolltest du denn sagen?

FRITZ Nichts, nichts...

CHRISTINE *steht auf, zärtlich* Was? –

FRITZ Daß ich dir morgen frische Blumen schicken werde, hab' ich sagen wollen...

CHRISTINE Na, und reut's dich schon? – Natürlich! Morgen denkst du ja nicht mehr an mich.

FRITZ *abwehrende Bewegung.*

CHRISTINE Gewiß, wenn du mich nicht siehst, denkst du nicht an mich.

FRITZ Aber was red'st du denn?

CHRISTINE O ja, ich weiß es. Ich spür's ja.

FRITZ Wie kannst du dir das nur einbilden.

CHRISTINE Du selbst bist schuld daran. Weil du immer Geheimnisse vor mir hast!... Weil du mir gar nichts von dir erzählst. – Was tust du so den ganzen Tag?

FRITZ Aber Schatz, das ist ja sehr einfach. Ich geh' in Vorlesungen – zuweilen – dann geh' ich ins Kaffeehaus... dann les' ich... manchmal spiel' ich auch Klavier – dann plauder' ich mit dem oder jenem – dann mach' ich Besuche... das ist doch alles ganz belanglos. Es ist ja langweilig, davon zu reden. – Jetzt muß ich übrigens gehn, Kind...

CHRISTINE Jetzt schon –

FRITZ Dein Vater wird ja bald da sein.

CHRISTINE Noch lange nicht, Fritz. – Bleib noch – eine Minute – bleib noch –

FRITZ Und dann hab' ich... der Theodor erwartet mich... ich hab' mit ihm noch was zu sprechen.

CHRISTINE Heut?

FRITZ Gewiß heut.

CHRISTINE Wirst ihn morgen auch sehn!

FRITZ Ich bin morgen vielleicht gar nicht in Wien.

CHRISTINE Nicht in Wien? –

FRITZ *ihre Ängstlichkeit bemerkend, ruhig – heiter* Nun ja, das kommt ja vor! Ich fahr' übern Tag weg – oder auch über zwei, du Kind. –

CHRISTINE Wohin?

FRITZ Wohin!... Irgendwohin – Ach Gott, so mach' doch kein solches Gesicht... Aufs Gut fahr' ich zu meinen Eltern... na... ist das auch unheimlich?

CHRISTINE Auch von denen, schau, erzählst du mir nie!

FRITZ Nein, was du für ein Kind bist... Du verstehst gar nicht, wie schön das ist, daß wir so vollkommen mit uns allein sind. Sag, spürst du denn das nicht?

CHRISTINE Nein, es ist gar nicht schön, daß du mir nie was von dir erzählst... Schau, mich interessiert ja alles, was dich angeht, ach ja... alles – ich möcht' mehr von dir haben als die eine Stunde am Abend, die wir manchmal beisammen sind. Dann bist du ja wieder fort, und ich weiß gar nichts... Da geht dann die ganze Nacht vorüber und ein ganzer Tag mit den vielen Stunden – und nichts weiß ich. Darüber bin ich oft so traurig.

FRITZ Warum bist du denn da traurig?

CHRISTINE Ja, weil ich dann so eine Sehnsucht nach dir hab', als wenn du gar nicht in derselben Stadt, als wenn du ganz woanders wärst! Wie verschwunden bist du da für mich, so weit weg...

FRITZ *etwas ungeduldig* Aber...

CHRISTINE Na schau, es ist ja wahr!

FRITZ Komm daher, zu mir *Sie ist bei ihm* Du weißt ja doch nur eins, wie ich – daß du mich in diesem Augenblicke liebst... *Wie sie reden will* Sprich nicht von Ewigkeit. *Mehr für sich* Es gibt ja vielleicht Augenblicke, die einen Duft von Ewigkeit um sich sprühen. – ... Das ist die einzige, die wir verstehen können, die einzige, die uns gehört... *Er küßt sie. – Pause. – Er steht auf. – Ausbrechend* O, wie schön ist es bei dir, wie schön!... *Er steht beim Fenster* So weltfern ist man da, mitten unter den vielen Häusern... so einsam komm' ich mir vor, so mit dir allein... *Leise* so geborgen...

CHRISTINE Wenn du immer so sprächst... da könnt' ich fast glauben...

FRITZ Was denn, Kind?

CHRISTINE Daß du mich so lieb hast, wie ich's mir geträumt hab' – an dem Tag, wo du mir den ersten Kuß gegeben hast... erinnerst du dich daran?

FRITZ *leidenschaftlich* Ich hab' dich lieb! – *Er umarmt sie; reißt sich los* Aber jetzt laß mich fort –

CHRISTINE Reut's dich denn schon wieder, daß du mir's gesagt hast? Du bist ja frei, du bist ja frei – du kannst mich ja sitzen lassen, wann du willst... Du hast mir nichts versprochen –

und ich hab' nichts von dir verlangt... Was dann aus mir wird – es ist ja ganz einerlei – ich bin doch einmal glücklich gewesen, mehr will ich ja vom Leben nicht. Ich möchte nur, daß du das weißt und mir glaubst: Daß ich keinen lieb gehabt vor dir, und daß ich keinen lieb haben werde – wenn du mich einmal nimmer willst –

FRITZ *mehr für sich* Sag's nicht, sag's nicht – es klingt... zu schön...

Es klopft.

FRITZ *schrickt zusammen* Es wird Theodor sein...

CHRISTINE *betroffen* Er weiß, daß du bei mir bist –?

CHRISTINE, FRITZ; THEODOR *tritt ein.*

THEODOR Guten Abend. – Unverschämt, was?

CHRISTINE Haben Sie so wichtige Dinge mit ihm zu besprechen? –

THEODOR Gewiß – und hab' ihn schon überall gesucht.

FRITZ *leise* Warum hast du nicht unten gewartet?

CHRISTINE Was flüsterst du ihm zu?

THEODOR *absichtlich laut* Warum ich nicht unten gewartet habe? ...Ja, wenn ich bestimmt gewußt hätte, daß du da bist... Aber da ich das nicht habe riskieren können, unten zwei Stunden auf und ab zu spazieren...

FRITZ *mit Beziehung* Also... du fährst morgen mit mir?

THEODOR *verstehend* Stimmt!...

FRITZ Das ist gescheit...

THEODOR Ich bin aber so gerannt, daß ich um die Erlaubnis bitten muß, mich auf zehn Sekunden niederzusetzen.

CHRISTINE Bitte sehr – *macht sich beim Fenster zu schaffen.*

FRITZ *leise* Gibt's was Neues? – Hast du etwas über sie erfahren?

THEODOR *leise zu Fritz* Nein. Ich hol' dich nur da herunter, weil du leichtsinnig bist. Wozu noch diese überflüssigen Aufregungen? Schlafen sollst du dich legen... Ruhe brauchst du!... *Christine wieder bei ihnen.*

FRITZ Sag, findest du das Zimmer nicht wunderlieb?

THEODOR Ja, es ist sehr nett... *Zu Christine* Stecken Sie den ganzen Tag da zu Haus? – Es ist übrigens wirklich sehr wohnlich. Ein bißchen hoch für meinen Geschmack.

FRITZ Das find' ich grad so hübsch.

THEODOR Aber jetzt entführ' ich Ihnen den Fritz, wir müssen morgen früh aufstehn.

CHRISTINE Also du fährst wirklich weg?

THEODOR Er kommt wieder, Fräulein Christin'!

CHRISTINE Wirst du mir schreiben?

THEODOR Aber wenn er morgen wieder zurück ist –

CHRISTINE Ach, ich weiß, er fährt auf länger fort...

FRITZ *zuckt zusammen.*

THEODOR *der es bemerkt* Muß man denn da gleich schreiben? Ich hätte Sie gar nicht für so sentimental gehalten... Dich will ich sagen – wir sind ja per Du... Also... gebt euch nur den Abschiedskuß, da ihr auf so lang... *Unterbricht sich* Na, ich bin nicht da.

Fritz und Christine küssen einander.

THEODOR *nimmt eine Zigarettentasche hervor und steckt eine Zigarette in den Mund, sucht in seiner Überziehertasche nach einem Streichholz. Wie er keines findet* Sagen Sie, liebe Christine, haben Sie kein Zündholz?

CHRISTINE O ja, da sind welche! *Auf ein Feuerzeug auf der Kommode deutend.*

THEODOR Da ist keins mehr. –

CHRISTINE Ich bring' Ihnen eins. *Läuft rasch ins Nebenzimmer.*

FRITZ *ihr nachsehend, zu Theodor* O Gott, wie lügen solche Stunden!

THEODOR Na, was für Stunden denn!

FRITZ Jetzt bin ich nahe dran zu glauben, daß hier mein Glück wäre, daß dieses süße Mädel – *Er unterbricht sich* aber diese Stunde ist eine große Lügnerin...

THEODOR Abgeschmacktes Zeug... Wie wirst du darüber lachen. –

FRITZ Dazu werd' ich wohl keine Zeit mehr haben.

CHRISTINE *kommt zurück mit Zündhölzchen* Hier haben Sie!

THEODOR Danke sehr... Also adieu. – *Zu Fritz* Na, was willst du denn noch? –

FRITZ *sieht im Zimmer hin und her, als wollte er noch einmal alles in sich aufnehmen* Da kann man sich kaum trennen.

CHRISTINE Geh, mach dich nur lustig.

THEODOR *stark* Komm. – Adieu, Christine.

FRITZ Leb wohl...

CHRISTINE Auf Wiedersehn! – *Theodor und Fritz gehen.*

CHRISTINE *bleibt beklommen stehen, dann geht sie bis zur Tür, die offen steht; halblaut* Fritz...

FRITZ *kommt noch einmal zurück und drückt sie an sein Herz* Leb wohl!...

Vorhang

Dritter Akt

Dasselbe Zimmer wie im vorigen. Es ist um die Mittagsstunde.

CHRISTINE *allein. Sie sitzt am Fenster; – näht; legt die Arbeit wieder hin.*

LINA *die neunjährige Tochter Katharinens, tritt ein* Guten Tag, Fräul'n Christin'!

CHRISTINE *sehr zerstreut* Grüß dich Gott, mein Kind, was willst denn?

LINA Die Mutter schickt mich, ob ich die Karten fürs Theater gleich mitnehmen darf. –

CHRISTINE Der Vater ist noch nicht zu Haus, Kind; willst warten?

LINA Nein, Fräul'n Christin', da komm' ich nach dem Essen wieder her.

CHRISTINE Schön. –

LINA *schon gehend, wendet sich wieder um* Und die Mutter laßt das Fräulein Christin' schön grüßen, und ob's noch Kopfweh hat?

CHRISTINE Nein, mein Kind.

LINA Adieu, Fräul'n Christin'!

CHRISTINE Adieu! –

Wie Lina hinausgeht, ist Mizi an der Tür.

LINA Guten Tag, Fräul'n Mizi.

MIZI Servus, kleiner Fratz!

LINA *ab.*

CHRISTINE, MIZI

CHRISTINE *steht auf, wie Mizi kommt, ihr entgegen* Also sind sie zurück?

MIZI Woher soll ich denn das wissen?

CHRISTINE Und du hast keinen Brief, nichts –?

MIZI Nein.

CHRISTINE Auch du hast keinen Brief?

MIZI Was sollen wir uns denn schreiben?...

CHRISTINE Seit vorgestern sind sie fort!

MIZI Na ja, das ist ja nicht so lang! Deswegen muß man ja nicht solche Geschichten machen. Ich versteh' dich gar nicht... Wie du nur aussiehst. Du bist ja ganz verweint. Dein Vater muß dir ja was anmerken, wenn er nach Haus kommt.

CHRISTINE *einfach* Mein Vater weiß alles. –

MIZI *fast erschrocken* Was? –

CHRISTINE Ich hab' es ihm gesagt.

MIZI Das ist wieder einmal gescheit gewesen. Aber natürlich, dir sieht man ja auch gleich alles am Gesicht an. – Weiß er am End' auch, wer's ist?

CHRISTINE Ja.

MIZI Und hat er geschimpft?

CHRISTINE *schüttelt den Kopf.*

MIZI Also was hat er denn gesagt? –

CHRISTINE Nichts... Er ist ganz still weggegangen, wie gewöhnlich. –

MIZI Und doch war's dumm, daß du was erzählt hast. Wirst schon sehn... Weißt, warum dein Vater nichts darüber geredet hat –? Weil er sich denkt, daß der Fritz dich heiraten wird.

CHRISTINE Warum sprichst du denn davon! –

MIZI Weißt du, was ich glaub'?

CHRISTINE Was denn?

MIZI Daß die ganze Geschicht' mit der Reise ein Schwindel ist.

CHRISTINE Was?

MIZI Sie sind vielleicht gar nicht fort.

CHRISTINE Sie sind fort – ich weiß es. – Gestern abend bin ich an seinem Hause vorbei, die Jalousien sind heruntergelassen; er ist nicht da. –

MIZI Das glaub' ich schon. Weg werden sie ja sein. – Aber zurückkommen werden sie halt nicht – zu uns wenigstens nicht. –

CHRISTINE *angstvoll* Du –

MIZI Na, es ist doch möglich! –

CHRISTINE Das sagst du so ruhig –

MIZI Na ja – ob heut oder morgen – oder in einem halben Jahr, das kommt doch schon auf eins heraus.

CHRISTINE Du weißt ja nicht, was du sprichst ... Du kennst den Fritz nicht – er ist ja nicht so, wie du dir denkst – neulich hab' ich's ja gesehn, wie er hier war, in dem Zimmer. Er stellt sich nur manchmal gleichgültig – aber er hat mich lieb ... *Als würde sie Mizis Antwort erraten* – Ja, ja – nicht für immer, ich weiß ja – aber auf einmal hört ja das nicht auf –!

MIZI Ich kenn' ja den Fritz nicht so genau.

CHRISTINE Er kommt zurück, der Theodor kommt auch zurück, gewiß!

MIZI *Geste, die ausdrückt: ist mir ziemlich gleichgültig.*

CHRISTINE Mizi ... Tu mir was zulieb'.

MIZI Sei doch nicht gar so aufgeregt – also was willst denn?

CHRISTINE Geh du zum Theodor, es ist ja ganz nah, schaust halt vorüber ... Du fragst bei ihm im Haus, ob er schon da ist, und wenn er nicht da ist, wird man im Haus vielleicht wissen, wann er kommt.

MIZI Ich werd' doch einem Mann nicht nachlaufen.

CHRISTINE Er braucht's ja gar nicht zu erfahren. Vielleicht triffst ihn zufällig. Jetzt ist bald ein Uhr; – jetzt geht er grad zum Speisen –

MIZI Warum gehst denn du nicht, dich im Haus vom Fritz erkundigen?

CHRISTINE Ich trau' mich nicht – Er kann das so nicht leiden ... Und er ist ja sicher noch nicht da. Aber der Theodor ist vielleicht schon da und weiß, wann der Fritz kommt. Ich bitt' dich, Mizi!

MIZI Du bist manchmal so kindisch –

CHRISTINE Tu's mir zuliebe! Geh hin! Es ist ja doch nichts dabei. –

MIZI Na, wenn dir soviel daran liegt, so geh' ich ja hin. Aber nützen wird's nicht viel. Sie sind sicher noch nicht da.

CHRISTINE Und du kommst gleich zurück ... ja? ...

MIZI Na ja, soll die Mutter halt mit dem Essen ein bissel warten.

CHRISTINE Ich dank' dir, Mizi, du bist so gut...

MIZI Freilich bin ich gut; – jetzt sei aber du vernünftig... ja?... Also grüß dich Gott!

CHRISTINE Ich dank' dir! –

Mizi geht.

CHRISTINE, *später* WEIRING

CHRISTINE *allein. Sie macht Ordnung im Zimmer. Sie legt das Nähzeug zusammen usw. Dann geht sie zum Fenster und sieht hinaus. Nach einer Minute kommt Weiring herein, den sie anfangs nicht sieht. Er ist in tiefer Erregung, betrachtet angstvoll seine Tochter, die am Fenster steht.*

WEIRING Sie weiß noch nichts, sie weiß noch nichts... *Er bleibt an der Tür stehen und wagt keinen Schritt weiter zu machen.*

CHRISTINE *wendet sich um, bemerkt ihn, fährt zusammen.*

WEIRING *versucht zu lächeln. Er tritt weiter ins Zimmer herein* Na Christin'... *Als riefe er sie zu sich.*

CHRISTINE *auf ihn zu, als wollte sie vor ihm niedersinken.*

WEIRING *läßt es nicht zu* Also... was glaubst du, Christin'? Wir *Mit einem Entschluß* wir werden's halt vergessen, was? –

CHRISTINE *erhebt den Kopf.*

WEIRING Na ja... ich – und du!

CHRISTINE Vater, hast du mich denn heut früh nicht verstanden?...

WEIRING Ja, was willst denn, Christin'?... Ich muß dir doch sagen, was ich drüber denk'! Nicht wahr? Na also...

CHRISTINE Vater, was soll das bedeuten?

WEIRING Komm her, mein Kind... hör mir ruhig zu. Schau, ich hab' dir ja auch ruhig zugehört, wie du mir's erzählt hast. – Wir müssen ja –

CHRISTINE Ich bitt' dich, sprich nicht so zu mir, Vater... wenn du jetzt darüber nachgedacht hast und einsiehst, daß du mir nicht verzeihen kannst, so jag' mich davon – aber sprich nicht so...

WEIRING Hör mich nur ruhig an, Christin'! Du kannst ja dann noch immer tun, was du willst... Schau, du bist ja so jung, Christin'. – Hast denn noch nicht gedacht... *Sehr zögernd* daß das Ganze ein Irrtum sein könnt' –

CHRISTINE Warum sagst du mir das, Vater? – Ich weiß ja, was ich getan hab' – und ich verlang' ja auch nichts – von dir und von keinem Menschen auf der Welt, wenn's ein Irrtum gewesen ist... Ich hab' dir ja gesagt – jag mich davon, aber...

WEIRING *sie unterbrechend* Wie kannst denn so reden... Wenn's auch ein Irrtum war, ist denn da gleich eine Ursach' zum verzweifelt sein für so ein junges Geschöpf, wie du eins bist? – Denk doch nur, wie schön, wie wunderschön das Leben ist. Denk nur, an wie vielen Dingen man sich freuen kann, wie viel Jugend, wie viel Glück noch vor dir liegt... Schau, ich hab' doch nicht mehr viel von der ganzen Welt, und sogar für mich ist das Leben noch schön – und auf so viel Sachen kann ich mich noch freuen. Wie du und ich zusammen sein werden – wie wir uns das Leben einrichten wollen – du und ich... wie du wieder – jetzt, wenn die schöne Zeit kommt, anfangen wirst zu singen, und wie wir dann, wenn die Ferien da sind, aufs Land hinausgehen werden ins Grüne, gleich auf den ganzen Tag – ja – oh, so viele schöne Sachen gibt's... so viel. – Es ist ja unsinnig, gleich alles aufzugeben, weil man sein erstes Glück hingeben muß oder irgend was, das man dafür gehalten hat –

CHRISTINE *angstvoll* Warum... muß ich's denn hingeben...?

WEIRING War's denn eins? Glaubst denn wirklich, Christin', daß du's deinem Vater erst heut hast sagen müssen? Ich hab's längst gewußt! – Und auch, daß du mir's sagen wirst, hab' ich gewußt. Nein, nie war's ein Glück für dich!... Kenn' ich denn die Augen nicht? Da wären nicht so oft Tränen drin gewesen und die Wangen da wären nicht so blaß geworden, wenn du einen lieb gehabt hättest, der's verdient.

CHRISTINE Wie kannst du das... Was weißt du... Was hast du erfahren?

WEIRING Nichts, gar nichts... aber du hast mir ja selbst erzählt, was er ist... So ein junger Mensch – Was weiß denn der? – Hat denn der nur eine Ahnung von dem, was ihm so in den Schoß fällt – weiß denn der den Unterschied von echt und unecht – und von deiner ganzen unsinnigen Lieb' – hat er denn von der was verstanden?

CHRISTINE *immer angstvoller* Du hast ihn... – Du warst bei ihm?

WEIRING Aber was fällt dir denn ein! Er ist ja weggefahren, nicht? Aber Christin', ich hab' doch noch meinen Verstand, ich hab' ja meine Augen im Kopf! Schau, Kind, vergiß drauf! Vergiß drauf! Deine Zukunft liegt ja ganz woanders! Du kannst, du wirst noch so glücklich werden, als du's verdienst. Du wirst auch einmal einen Menschen finden, der weiß, was er an dir hat –

sehr rasch

CHRISTINE *ist zur Kommode geeilt, ihren Hut zu nehmen.*

WEIRING Was willst du denn? –

CHRISTINE Laß mich, ich will fort...

WEIRING Wohin willst du?

CHRISTINE Zu ihm... zu ihm...

WEIRING Aber was fällt dir denn ein...

CHRISTINE Du verschweigst mir irgend was – laß mich hin –

WEIRING *sie fest zurückhaltend* So komm doch zur Besinnung, Kind. Er ist ja gar nicht da... Er ist ja vielleicht auf sehr lange fortgereist... Bleib doch bei mir, was willst du dort... Morgen oder am Abend schon geh' ich mit dir hin. So kannst du ja nicht auf die Straße... weißt du denn, wie du ausschaust...

CHRISTINE Du willst – mit mir hingehn –?

WEIRING Ich versprech' dir's. – Nur jetzt bleib schön da, setz dich nieder und komm wieder zu dir. Man muß ja beinah lachen, wenn man dich so anschaut... für nichts und wieder nichts. – Hältst du's denn bei deinem Vater gar nimmer aus?

CHRISTINE Was weißt du?

WEIRING *immer ratloser* Was soll ich denn wissen... ich weiß, daß ich dich lieb hab', daß du mein einziges Kind bist, daß du bei mir bleiben sollst – daß du immer bei mir hättest bleiben sollen –

CHRISTINE Genug – – – laß mich – *Sie reißt sich von ihm los, macht die Tür auf, in der Mizi erscheint.*

WEIRING, CHRISTINE, MIZI, *dann* THEODOR

MIZI *schreit leise auf, wie Christine ihr entgegenstürzt* Was erschreckst mich denn so...

CHRISTINE *weicht zurück, wie sie Theodor sieht.*

THEODOR *in der Tür stehen bleibend, er ist schwarz gekleidet.*

CHRISTINE Was... was ist denn... *Sie erhält keine Antwort; sie sieht Theodor ins Gesicht, der ihren Blick vermeiden will* Wo ist er, wo ist er?... *In höchster Angst – sie erhält keine Antwort, sieht die verlegenen und traurigen Gesichter* Wo ist er? *Zu Theodor* So sprechen Sie doch!

THEODOR *versucht zu reden.*

CHRISTINE *sieht ihn groß an, sieht um sich, begreift den Ausdruck der Mienen und stößt, nachdem in ihrem Gesicht sich das allmähliche Verstehen der Wahrheit kundgegeben, einen furchtbaren Schrei aus...* Theodor!... Er ist...

THEODOR *nickt.*

CHRISTINE *sie greift sich an die Stirn, sie begreift es nicht, sie geht auf Theodor zu, nimmt ihn beim Arm – wie wahnsinnig...* Er ist... tot...? *Als frage sie sich selbst.*

WEIRING Mein Kind –

CHRISTINE *wehrt ihn ab* So sprechen Sie doch, Theodor!

THEODOR Sie wissen alles.

CHRISTINE Ich weiß nichts... Ich weiß nicht, was geschehen ist... glauben Sie... ich kann jetzt nicht alles hören... wie ist das gekommen... Vater... Theodor... *Zu Mizi* Du weißt's auch...

THEODOR Ein unglücklicher Zufall –

CHRISTINE Was, was?

THEODOR Er ist gefallen.

CHRISTINE Was heißt das: Er ist...

THEODOR Er ist im Duell gefallen.

CHRISTINE *Aufschrei* Ah!... *Sie droht umzusinken, Weiring hält sie auf, gibt dem Theodor ein Zeichen, er möge jetzt gehen.*

CHRISTINE *merkt es, faßt Theodor* Bleiben Sie... Alles muß ich wissen. Meinen Sie, Sie dürfen mir jetzt noch etwas verschweigen...

THEODOR Was wollen Sie weiter wissen?...

CHRISTINE Warum – warum hat er sich duelliert?

THEODOR Ich kenne den Grund nicht.

CHRISTINE Mit wem, mit wem –? Wer ihn umgebracht hat, das werden Sie ja doch wohl wissen... Nun, nun –

THEODOR Niemand, den Sie kennen...

CHRISTINE Wer, wer?

MIZI Christin'!

CHRISTINE Wer? Sag du mir's *Zu Mizi*... Du, Vater, *Keine Antwort. Sie will fort. Weiring hält sie zurück.* Ich werde doch erfahren dürfen, wer ihn umgebracht hat, und wofür –!

THEODOR Es war... ein nichtiger Grund...

CHRISTINE Sie sagen nicht die Wahrheit... Warum, warum...

THEODOR Liebe Christine...

CHRISTINE *als wollte sie unterbrechen, geht sie auf ihn zu – spricht anfangs nicht, sieht ihn an und schreit dann plötzlich* Wegen einer Frau?

THEODOR Nein –

CHRISTINE Ja – für eine Frau... *Zu Mizi gewendet* für diese Frau, für diese Frau, die er geliebt hat – Und ihr Mann – ja, ja, ihr Mann hat ihn umgebracht... Und ich... was bin denn ich? Was bin denn ich ihm gewesen...? Theodor... haben Sie denn gar nichts für mich... hat er nichts niedergeschrieben...? Hat er Ihnen kein Wort für mich gesagt... haben Sie nichts gefunden... einen Brief... einen Zettel –

THEODOR *schüttelt den Kopf.*

CHRISTINE Und an dem Abend... wo er da war, wo Sie ihn da abgeholt haben... da hat er's schon gewußt, da hat er gewußt, daß er mich vielleicht nie mehr... Und er ist von da weggegangen, um sich für eine andere umbringen zu lassen – Nein, nein – es ist ja nicht möglich... hat er denn nicht gewußt, was er für mich ist... hat er...

THEODOR Er hat es gewußt. – Am letzten Morgen, wie wir hinausgefahren sind... hat er auch von Ihnen gesprochen.

CHRISTINE Auch von mir hat er gesprochen! Auch von mir! Und von was denn noch? Von wie viel andern Leuten, von wie viel anderen Sachen, die ihm grad so viel gewesen sind wie ich? – Von mir auch! Oh Gott!... Und von seinem Vater und von seiner Mutter und von seinen Freunden und von seinem Zimmer und vom Frühling und von der Stadt und von allem, von allem, was so mit dazu gehört hat zu seinem Leben und was er grad so hat verlassen müssen wie mich... von allem hat er mit Ihnen gesprochen... und auch von mir...

THEODOR *bewegt* Er hat Sie gewiß lieb gehabt.

CHRISTINE Lieb! – Er? – Ich bin ihm nichts gewesen als ein Zeitvertreib – und für eine andere ist er gestorben –! Und ich – hab' ihn angebetet! – Hat er denn das nicht gewußt?... Daß ich ihm alles gegeben hab', was ich ihm hab' geben können, daß ich für ihn gestorben wär' – daß er mein Herrgott gewesen ist und meine Seligkeit – hat er das gar nicht bemerkt? Er hat von mir fortgehn können, mit einem Lächeln, fortgehn aus dem Zimmer und sich für eine andere niederschießen lassen... Vater, Vater – verstehst du das?

WEIRING Christin'! *Bei ihr.*

THEODOR *zu Mizi* Schau, Kind, das hättest du mir ersparen können...

MIZI *sieht ihn bös an.*

THEODOR Ich hab' genug Aufregung gehabt... diese letzten Tage...

CHRISTINE *mit plötzlichem Entschluß* Theodor, führen Sie mich hin – ich will ihn sehn – noch einmal will ich ihn sehn – das Gesicht – Theodor, führen Sie mich hin.

THEODOR *wehrt ab, zögernd* Nein...

CHRISTINE Warum denn nein? – Das können Sie mir doch nicht verweigern? – Sehn werd' ich ihn doch noch einmal dürfen –?

THEODOR Es ist zu spät.

CHRISTINE Zu spät? – Seine Leiche zu sehn... ist es zu spät? Ja... ja – *Sie begreift nicht.*

THEODOR Heut früh hat man ihn begraben.

CHRISTINE *mit dem höchsten Ausdrucke des Entsetzens* Begraben...

Und ich hab's nicht gewußt? Erschossen haben sie ihn ... und in den Sarg haben sie ihn gelegt und hinausgetragen haben sie ihn und in die Erde haben sie ihn eingegraben – und ich hab' ihn nicht noch einmal sehen dürfen? – Zwei Tage lang ist er tot – und Sie sind nicht gekommen und haben's mir gesagt –?

THEODOR *sehr bewegt* Ich hab' in diesen zwei Tagen ... Sie können nicht ahnen, was alles in diesen zwei Tagen ... Bedenken Sie, daß ich auch die Verpflichtung hatte, seine Eltern zu benachrichtigen – ich mußte an sehr viel denken – und dazu noch meine Gemütsstimmung ...

CHRISTINE Ihre ...

THEODOR Auch hat das ... es hat in aller Stille stattgefunden ... Nur die allernächsten Verwandten und Freunde ...

CHRISTINE Nur die nächsten –! Und ich –? ... Was bin denn ich? ...

MIZI Das hätten die dort auch gefragt.

CHRISTINE Was bin denn ich –? Weniger als alle andern –? Weniger als seine Verwandten, weniger als ... Sie?

WEIRING Mein Kind, mein Kind. Zu mir komm, zu mir ... *Er umfängt sie. Zu Theodor* Gehen Sie ... lassen Sie mich mit ihr allein!

THEODOR Ich bin sehr ... *Mit Tränen in der Stimme* Ich hab' das nicht geahnt ...

CHRISTINE Was nicht geahnt? – Daß ich ihn geliebt habe? – *Weiring zieht sie an sich; Theodor sieht vor sich hin. Mizi steht bei Christine.*

CHRISTINE *sich von Weiring losmachend* Führen Sie mich zu seinem Grab!

WEIRING Nein, nein –

MIZI Geh nicht hin, Christin' –

THEODOR Christine ... später ... morgen ... bis Sie ruhiger geworden sind –

CHRISTINE Morgen? – Wenn ich ruhiger sein werde?! – Und in einem Monat ganz getröstet, wie? – Und in einem halben Jahr kann ich wieder lachen, was –? *Auflachend* Und wann kommt denn der nächste Liebhaber? ...

WEIRING Christin'...

CHRISTINE Bleiben Sie nur... ich find' den Weg auch allein...

{ WEIRING Geh nicht.
{ MIZI Geh nicht.

CHRISTINE Es ist sogar besser... wenn ich... Laßt mich, laßt mich.

WEIRING Christin', bleib...

MIZI Geh nicht hin! – Vielleicht findest du grad die andere dort – beten.

CHRISTINE *vor sich hin, starren Blickes* Ich will dort nicht beten... nein... *Sie stürzt ab... die anderen anfangs sprachlos.*

WEIRING Eilen Sie ihr nach.

Theodor und Mizi ihr nach.

WEIRING Ich kann nicht, ich kann nicht... *Er geht mühsam von der Tür bis zum Fenster* Was will sie... was will sie... *Er sieht durchs Fenster ins Leere* Sie kommt nicht wieder – sie kommt nicht wieder! – *Er sinkt laut schluchzend zu Boden.*

Vorhang

Freiwild

Schauspiel in drei Akten

Personen

Oberleutnant Karinski
Oberleutnant Rohnstedt, } *beide im gleichen Kavallerieregiment*
Paul Rönning
Poldi Grehlinger
Doktor Albert Wellner, *Arzt*
Vogel, *Husarenleutnant*
Schneider, *Direktor des Sommertheaters*
Finke, *Regisseur*
Balduin, *Liebhaber und Heldendarsteller*
Enderle, *Komiker*
Anna Riedel, *Naive*
Pepi Fischer, *Soubrette*
Käthchen Schütz, *zweite Liebhaberin*
Kohn, *Kassier*
Kellner
Piccolo

Ort der Handlung: Ein kleiner Badeort nicht allzuweit von Wien.
Zeit: Gegenwart [1898]

Erster Akt

Eine parkartige Anlage, die hügelig gegen den Hintergrund zu ansteigt. Alleen mit Bänken. Rechts ein kleines Sommertheater, dessen Front dem Zuschauerraum zugekehrt ist; die rechte Wand verschwindet in den Kulissen, links ziemlich vorn der Bühneneingang. Nahe diesem die Theaterkasse, deren Fensterchen nach vorn sieht. – Links ein Kiosk mit Kaffeewirtschaft; um den Kiosk herum eine Anzahl kleiner, runder Tische. Sehr weit im Hintergrunde ein Kiosk für die Kurmusikkapelle.

Ein Juliabend, etwa 6 Uhr. Die Szene ist ziemlich belebt: Spaziergänger in den Alleen, einige sitzen auf den Bänken, stehen im Verlauf des Aktes wieder auf, anderen Platz zu machen. An den Tischen um den Kiosk Gäste, die gleichfalls wechseln, Keller gehen hin und her und bedienen. Durch die Glasfenster des Kiosk sieht man hinter dem Büfett die Kassiererin sitzen, in entsprechender Weise beschäftigt, zuweilen mit einem Gaste plaudernd. – Am Theater gehen Leute vorbei; der Kassier ist hinter seinem Fensterchen sichtbar, einige Leute lösen Billetts; betrachten den Theaterzettel. Vor der Bühnentüre stehen zu Beginn des Aktes einige Theaterarbeiter, die bald ins Theater hinein verschwinden. Später erscheinen dort Choristen und Choristinnen, auch Schauspieler und Schauspielerinnen, von denen einige später näher bezeichnet werden. Die Bewegung der nicht in die Handlung einbezogenen Personen auf der Bühne ist von Szene zu Szene in solcher Weise zu regeln, daß sie nie völlig innehält, aber auch niemals die Aufmerksamkeit von den dramatischen Vorgängen abzieht.

LEUTNANT VOGEL, *etwa 23 Jahre; Kavallerieuniform, Spazierstock. Sympathisches, rotbackiges Gesicht mit kleinem blonden Schnurrbart. Leicht ungarischer, etwas affektierter Akzent, wie ihn geborene Österreicher bekommen, die in ungarischen Regimentern dienen; kommt von rechts. – Von links* PEPERL FISCHER, *die Soubrette des Sommertheaters, klein, ziemlich üppig, hübsches, ordinäres Gesicht, Frisur mit Sechsern, blaue Türkisen als Ohrringe, rotes Kleid, weißer*

Strohhut mit Federn und Blumen. Spricht rasch, gschnappig, zuweilen mit boshaftem Ton. Die beiden begegnen einander in der Mitte der Bühne.

VOGEL *zwinkert ihr zu* Servus!

PEPI Grüß dich Gott!

VOGEL Na, bist du ausgeschlafen?

PEPI Oh, ich weiß schon gar nimmer, daß ich geschlafen hab'. Um zehn hab' ich ja schon bei der Prob' sein müssen.

VOGEL *bedauernd* Armes Mäderl!

PEPI Wann bist denn du aufgestanden?

VOGEL Um fünf Uhr Nachmittag – grad vor einer Stund'.

PEPI Das ist halt das Leben!

VOGEL Heut abend sind wir doch wieder zusamm' nach der Komödi?... In der ›Krone‹–? Die ganze Banda?

PEPI Ich weiß nicht, ob ich werd' kommen können.

VOGEL Ja warum denn?

PEPI Ja, ich...

VOGEL Aha! Ich weiß schon, Peperl. Er ist eifersüchtig.

PEPI Wer soll auf mich eifersüchtig sein? Hat keiner's Recht.

VOGEL Aber Peperl! – Na wie heißt er nur, der bei Euch immer 'n Hauptwurstl macht?

PEPI Ah, den Enderle meinst! Was dir net einfällt!

VOGEL Na, na!

PEPI Aber was glaubst denn? Für was haltst mich denn? *Zärtlich* Rudi! *Rasch* Auf so 'was denkt man ja gar nicht bei ein' Kollegen.

VOGEL Was geht's mich an!

PEPI Verdienen tätst du's. Grüß dich Gott.

VOGEL Also auf Wiederschaun heut abends. Und schön Komödi spielen, daß du mir keine Schand' machst, ja!

PEPI Kommst hinein?

VOGEL Na, natürlich. Servus! *Salutiert nachlässig.*

PEPI *salutiert, macht ein militärisches Kehrt und wendet sich dem Theater zu; am Bühneneingang bleibt sie stehen, redet mit einigen dort Stehenden, entfernt sich dann durch den Bühneneingang. Unterdessen ist Vogel dem Doktor Wellner begegnet.*

VOGEL, DOKTOR ALBERT WELLNER, *30 Jahre alt, groß, kräftig; Schnurrbart; Zwicker ohne Band; dunkelgrauer Sakkoanzug; brauner, weicher Hut. Raucht eine Zigarre.*

VOGEL *behandelt Wellner wie später auch die anderen Zivilisten mit leichter, etwas ironischer Herablassung* Servus, Doktór! *Er betont immer scherzend Doktór.*

WELLNER *höflich, manchmal leicht spöttisch, was von dem Leutnant nicht bemerkt wird* Guten Abend, Herr Leutnant! Wo sind Sie denn heute den ganzen Tag gesteckt? – Ich hab' Sie bei der Musik vermißt!

VOGEL Ich bin grad aufg'standen!

WELLNER Nicht möglich! Wir sind doch gestern schon um eins alle nach Haus gegangen.

VOGEL Ja – Sie sind nach Haus gegangen. Aber ich nicht.

WELLNER *mit vielsagender Miene* Hm?

VOGEL Oh, ganz solid! Eine Mondscheinpartie haben wir g'macht – der Karinski und ich und – halt noch einige menschliche Wesen. In' Wald sind wir g'fahren, mitten in die Natur hinein – sehr schön ist's g'wesen! Also heut hab' ich alles verschlafen, die Frühmusik und die Promenad' im Wald und die Tennispartie mit die Grehlingers und die Musik zu Mittag. Sagen S', Doktór, ist der Karinski vielleicht zu Mittag bei der Musik g'wesen?

WELLNER Ich hab' den Herrn Oberleutnant heut noch nicht gesehen.

VOGEL Ob er schon weiß, daß der Rohnstedt ankommen ist.

WELLNER Wer?

VOGEL Der Rohnstedt. Sie kennen ihn ja nicht: im selben Regiment wie der Karinski – Adjutant vom Obersten... wird eine große Überraschung für Karinski sein, weil er keine Ahnung g'habt hat. Na, was ist, Doktór, gehn wir heut abend *aufs Theater weisend* zum Wurstl?

WELLNER Wenn ich Zeit hab'. – Was gibt man denn eigentlich?

VOGEL Das ist ja egal! Kommt doch nur darauf an, was für Weiber mitspielen, und was das anbelangt, also da rückt heut alles aus! Die Bendner und die Schütz und die kleine Peperl Fischer dorten, und dann – glaub' ich – die – na, wie heißt sie nur, die, die noch nicht mit uns soupiert hat.

WELLNER Die heißt Anna Riedel.

VOGEL Richtig. Ich hab' so ein schlechtes Namensgedächtnis.

WELLNER Für die Damen, die nicht mit Ihnen soupieren!

VOGEL *scherzhaft drohend* Doktór, Doktór! Na, Karinski wird schon durchsetzen, daß sie auch einmal mit die anderen in die ›Krone‹ kommt.

WELLNER Liegt denn dem Herrn Oberleutnant so viel daran?

VOGEL Na also, er fliegt ja damisch auf sie, schaun S' ihn doch nur einmal an, wenn sie aus den Kulissen hervorkommt – es ist ja unheimlich.

WELLNER Ja, der Herr Oberleutnant ist sehr unheimlich!

VOGEL Also er ist wirklich unheimlich. *Ironisch* Also ich hab' nicht so die Wörter, weil ich nicht so gelehrt bin, wie Sie, Doktór – aber sagen S' selbst, haben S'schon so ein' Menschen gesehn, der zehnmal in einer Stund' anders ist, fidel und traurig und freundlich und hát also gar nicht freundlich–?

WELLNER Also der Herr Oberleutnant verehrt das Fräulein Riedel sehr?

VOGEL *lacht* Verehrt? Also mit so feine Wörter bin ich riesig sparsam. Zum Beispiel die Frau von mein' Major oder die Baronin Tessi verehr' ich – auf die Weiber vom Theater hab' ich eine Schneid!

WELLNER Kommt aufs selbe heraus, ohne der Frau Majorin zu nahe treten zu wollen.

VOGEL Doktór! Doktór! – Aber was man so sagt: eine Nasen hat das Fräulein, das nicht mit uns soupieren will.

WELLNER Wieso?

VOGEL Na, der Karinski hat nix, und der andere soll ja sehr bedeutende Moneten haben!

WELLNER Welcher andere?

VOGEL Na, sein S' nur nicht gar so diskret, weil's ihr Freund ist. Also in der Früh' geht er immer im Wald spazieren mit der Kleinen.

WELLNER Ach ja, das hab' ich ihm verordnet – die Spaziergänge wenigstens.

VOGEL Werd' ich mich auch von Ihnen behandeln lassen, Doktór!

VOGEL, WELLNER, POLDI GREHLINGER *kommt. Hübscher, schlanker, junger Mensch von 23 Jahren, mit einer ims Geckenhafte spielenden Eleganz gekleidet. Grauer Schlußrock. Weiße Flanellhose. Schwarze Plastronkrawatte mit Perlnadel. Kleiner, schwarzer, steifer Hut. Monokel. Spazierstock.*

POLDI Guten Tag.
VOGEL Servus
WELLNER Servus.
} *Händereichen*

POLDI Ja sagt's mir, wo steckt's denn ihr den ganzen Tag? Habt's ihr denn an unsere Tennispartie vergessen? Na das ist heut eine schöne Spielerei gewesen. Meine Schwester war so bös! – Aus Verzweiflung haben wir den Müller mitspielen lassen von vis-à-vis, der hat ein grünes Lodeng'wandl ang'habt wie auf dem Rigi – zum Tennis! Bitte! Und was ist denn mit dem Paul? Auf den ist überhaupt kein Verlaß! Wo ist er denn? Wo steckt er denn? Ist er am End' schon abgereist? Er hat ja fort wollen?

WELLNER Da hätt' er uns wohl Adieu gesagt.

POLDI Beim Paul kann man das nicht wissen! Der hat sich überhaupt merkwürdig verändert in der letzten Zeit.

WELLNER Wieso denn?

POLDI Na, es gibt da verschiedene Sachen, die mir gar nicht gefallen! So zum Beispiel: Kaum hat sein Alter die Augen geschlossen, tritt er aus dem Staatsdienst aus.

WELLNER Dazu hätt' er gewiß nicht getaugt.

POLDI Aber schließlich war es doch der Wunsch von seinem Alten! So was ist und bleibt pietätlos. Zum Malen hätt' er ja auch nachmittag genug Zeit gehabt. Überhaupt wenn ich fragen darf: muß denn g'malt werden?

VOGEL *lacht*

POLDI Na, ja, ich sag' immer, es gibt schon genug Bilder auf der Welt. In den Galerieen hängt eins neben dem andern.

WELLNER Auffassungssache.

POLDI Auffassung hin – Auffassung her – der Paul ist nimmer, was er war. Und den ganzen Winter hat er sich bei uns nicht anschaun lassen. Meine Schwester war so bös'. Und mit was für Leuten er verkehrt hat! Hast denn du eine Idee? In schöne Häuser! Weißt, wo zum Beispiel? In der Familie Riedel!

VOGEL Oh, kennt er die Kleine also schon von Wien her?

WELLNER Na und –?

POLDI Aber ich bitt' dich: verkehrt hat er mit ihnen – wie mit wirkliche Leut' – einmal ist er in Wien mit ihr und ihrer Mutter am Ring spazierengegangen. – Meine Mama und meine Schwester sind ihm begegnet – er grüßt und das Mädel grüßt mit – meine Schwester war so bös'.

WELLNER, POLDI, VOGEL, PAUL RÖNNING, *etwas blaß, schlank, elegant. Schwarzer Schnurrbart.*

PAUL Guten Abend.

POLDI Grad sag' ich, ich hab' geglaubt, du bist schon abgereist.

PAUL Vorläufig noch nicht. Übrigens hängt das ganz vom Doktor ab. *Auf Wellner weisend.*

POLDI Ja, der wird grad seinen einzigen Patienten fortschicken.

WELLNER Von mir aus bist du längst entlassen.

POLDI Kannst froh sein, daß du aus dem Nest fortkommst.

VOGEL Nest sagt er, und er ist alle Sommer da.

POLDI Na, wenn wir unsre Villa nicht da hätten mit dem schönen Tennisplatz –

VOGEL Gehn die Herren auch noch ein bissel spazieren, bevor die Komödi angeht?

POLDI Ja, ich muß übrigens zur Kassa hin, damit ich mein' gewöhnlichen Sitz krieg'. Neulich hat mir der Kohn einen andern 'geben, da bin ich ganz schwindlig worden. Kommst mit, Paul? Nimmst dir auch gleich ein' Sitz? Obzwar – die heutige Vorstellung wird für dich nichts Fesselndes bieten.

PAUL Ich geh' heut auch nicht hinein. Wir sehn uns vielleicht nachher im Kaffeehaus?

POLDI Wenn du Zeit für uns hast. Also auf Wiederschaun! *Ab. Mit Vogel zur Kasse hin, wo er sich ein Billett löst. Kohn sehr höflich mit ihm. Vogel und Poldi ab.*

WELLNER, PAUL

WELLNER Also jetzt wird's ernst mit der Abreise?

PAUL Ja. Du hast doch nichts mehr dagegen? Und ich bin recht froh, aus der Gesellschaft wieder fortzukommen.

WELLNER Warum verkehrst du nur mit den Leuten, wenn du so wenig von ihnen hältst.

PAUL Manchmal kann ich sie ganz gut leiden. Als Atmosphäre sozusagen, in der ich mich gelegentlich gern aufhalte. Aber als Menschen bedeuten sie mir gar nichts, und meine Seele hat nicht das Geringste mit ihnen zu tun.

WELLNER Wohin willst du denn jetzt? Nach Hause?

PAUL Nach Hause? Was nennst du so? Für mich gibt's das nicht. Ich habe keine Familie; ich habe kein Heim. Herumreisen werd' ich!

WELLNER Hast du denn gar keine Sehnsucht nach Arbeit?

PAUL Nicht die geringste.

WELLNER Das kann ich nicht begreifen.

PAUL Mein lieber Freund, lieg du nur einmal wochenlang da wie ich, schon bereit, mit allem abzuschließen, und wache dann auf wie ich – und sieh, ob du noch irgend was anderes empfinden kannst als die Seligkeit, wieder da zu sein, wieder dazuzugehören, zu allem, was atmet, was blüht, wieder von einem nächsten Tag reden zu dürfen wie die anderen Menschen. Ich will jetzt nur leben, gar nichts anderes, und spüren, daß ich lebe, das ist mir ganz genug.

WELLNER Auf die Dauer wird dir das wohl nicht genügen.

PAUL Warum nicht? Alles mit offenen Augen schaun, alles fühlen können wie ich und dürfen wie ich – ist das so wenig?

WELLNER Das wird nicht lange dauern. Heut über ein Jahr – was sag' ich – im Herbst schlägst du wieder irgendwo dein Atelier auf und fängst an zu malen.

PAUL Nein, mein Lieber, das nie wieder.

WELLNER Aber das wär' ja wirklich schade. Es ist doch eine Art von Beruf gewesen.

PAUL Was braucht man einen Beruf, wenn man ein Mensch ist! Keinen Strich mal' ich mehr. Dieses wunderbare Gefühl der Freiheit will ich mir erhalten.

WELLNER Als wenn du bisher so abhängig gewesen wärest!

PAUL Von den Leuten nicht. Und doch bin ich wie ein Schuldner auf der Welt umhergelaufen, so hat mich dieses ewige vergebliche Versuchen niedergedrückt. Nun ist es auch damit aus, und ich sag' dir, das ist gut!

PAUL, WELLNER, KARINSKI. *Karinski in der Uniform eines Kavallerie-Oberleutnants, aber ohne Säbel. Mittelgroß, schlank. Dunkler Teint. Schwarzes Haar und Schnurrbart. Lebhafte, dunkle Augen. Seine Art zu sprechen: scharf, befehlshaberisch, zuweilen provokant.*

KARINSKI *will anfangs vorübergehen, bemerkt Paul, salutiert, bleibt stehen* Ah, noch da?

PAUL *nickt stumm.*

KARINSKI Ich dachte, Sie wollten uns verlassen?

PAUL Bald. *Kurze Pause.*

WELLNER Der Herr Leutnant Vogel hat Sie gesucht, Herr Oberleutnant. Einer Ihrer Herren Kameraden soll angekommen sein.

KARINSKI Meiner –? Ach ja, sehr möglich. Guten Abend. *Salutiert. ab.*

WELLNER, PAUL. *Kurze Pause.*

PAUL *hat Karinski nachgesehen, von Wellner beobachtet* Ich kann nicht behaupten, daß mir der Mann sympathisch ist.

WELLNER Mir auch nicht. Er steckt übrigens in keiner guten Haut, nach allem, was man hört.

PAUL Wieso?

WELLNER Du weißt ja, ein Spieler und Schuldenmacher. Und jetzt hat er überdies in seiner Garnison eine unangenehme Affäre gehabt; hat einen Zivilisten im Kaffeehaus beinah zusammengehauen.

PAUL Poldi hat neulich davon gesprochen.

WELLNER Ich habe den Eindruck, daß er sich um jeden Preis betäuben will. Eines schönen Tages wird's sowieso aus sein. Das ist einer von denen.

PAUL So?

WELLNER Um sich zu betäuben, trinkt er, spielt er, läuft er allen Weibern nach.

PAUL Allen?

WELLNER Jawohl, allen.

PAUL *nicht schwer* Besonders aber ihr?

WELLNER *lachend* Es ist sehr gescheit, daß du wegfährst, Paul. In die hättest du dich am Ende wirklich verliebt! –

PAUL Das glaub' ich nicht. Ich habe eigentlich nur einen Wunsch in Hinsicht auf sie: Ich möchte sie in anderen Verhältnissen unter anderen Menschen wissen.

WELLNER Das hier ist ihr erster Engagement?

PAUL Natürlich.

WELLNER Und aus Begeisterung für die Kunst ist sie zum Theater gegangen?

PAUL Das hat gewiß mitgespielt. Die Hauptsache aber ist: sie muß Geld verdienen.

WELLNER Kann sie denn von ihrer Gage leben?

PAUL Kann ich mir nicht denken.

WELLNER Und – und wovon...

PAUL Jetzt sind noch ein paar Hundert Gulden da vom Vater her: die reichen freilich nicht mehr lang.

WELLNER Und dann?

PAUL Und dann – ja, was weiß ich? Sie hofft bis dahin an einem besseren Theater zu sein.

WELLNER Wo man von der Gage leben kann.

PAUL Ach Gott, hast du denn eine Ahnung von den Verhältnissen, in denen sie aufgewachsen ist? So eng, so gedrückt. Man kann geradezu sagen: arme Leute. Nur schaut die Armut in einer Familie, wo ein Geschöpf da ist voll Hoffnung und Jugend, nie gar so traurig aus. Aber ohne Hoffnung wär' es eigentlich das Elend.

WELLNER Eins ist zu bedenken. Es gibt auch Tugendspekulantinnen.

PAUL Natürlich: bei so einem Geschöpf muß es wieder Spekulation sein.

WELLNER Es ist dir doch bekannt, daß sie als deine Geliebte gilt?

PAUL *gleichgültig* So?

WELLNER Nicht für eine junge Dame, mit der du »Mitleid« hast.

PAUL *lächelnd* Das ist auch nicht zu verlangen.

WELLNER Immerhin eine sonderbare Art von Mitleid. Damit wirst du ihr nicht besonders nützen.

PAUL *leicht* Ja, was soll ich denn machen? Die Leute sollen sagen, was sie wollen. Es macht uns beiden Vergnügen, miteinander zu plaudern und spazierenzugehen. Folglich tun wir's! Und übrigens lang dauert's nicht mehr. Ich reise ja fort! –

WELLNER Glücklicherweise.

PAUL Was mich betrifft, kannst du ruhig sein. Ich weiß ganz genau, was ich tue.

WELLNER Was dir beliebt.

PAUL Was ich vor mir selbst verantworten kann. Vorläufig hab' ich keine Sehnsucht, mich an irgendwen zu binden. Sonst blieb' ich ja hier.

WELLNER Und wenn du entdecktest, daß dein »Mitleid« doch was anderes wäre?

PAUL Komm' ich zurück.

WELLNER Sie wird natürlich auf dich warten.

PAUL Wenn nicht – *Unterbricht sich. Anderer Ton* Aber ich muß sagen: Es wär' mir schrecklich, wenn dieses arme Ding so verkommen müßte wie hundert andere.

WELLNER Ach Gott, sie wollen eben verkommen.

Sie spazieren im Regen weiter.

PAUL Lieber Freund, verhungern will schließlich keine. Sag, dieser Karinski –

WELLNER Nun?

PAUL Ach nichts. Es ist...

WELLNER Also so schauen die Gefahren aus, die deine Heilige bedrohen?

PAUL Gefahren – dummes Wort! Es empört mich nur, daß es so ein Mensch eigentlich für selbstverständlich hält, daß überhaupt so einem Geschöpf gegenüber jeder Tropf –
Sie sind weitergegangen und in einer Allee verschwunden.

FINKE, PEPI FISCHER, *später* BALDUIN

Der Tag beginnt langsam zu sinken. Die Bewegung vor dem Theater ist lebhafter geworden. Es kommen Leute, die Billetts lösen, einige gehen gleich ins Theater.

Finke, Regisseur, und Pepi Fischer, die Soubrette, stehen bereits einige Minuten vor Schluß der vorigen Szene am Bühneneingang, kommen im Laufe des Gesprächs weiter nach vorn. Finke ist nahezu fünfzig Jahre; er hat in Ton und Benehmen etwas Resigniertes. Dunkler, etwas schäbiger Sakkoanzug; Hornzwicker; kleiner, gelber Strohhut mit schwarzem Rand.

PEPI *mit den Augen auf die eben vorübergehenden Wellner und Rönning weisend* Kennst die zwei?

FINKE Ja, vom Sehn.

PEPI Der größere, der mit dem grauen Anzug, das ist der Riedel ihrer.

FINKE So, hat sich die auch schon wen aufgegabelt?

PEPI Ah! Den hat sie sich schon aus Wien mitgebracht. Ist natürlich ein Millionär. Es gibt schon Frauenzimmer, die so ein Glück haben.

BALDUIN, *erster Liebhaber, erscheint. Er ist sehr jung, kaum zwanzig, mit der schäbigen Eleganz eines Provinz-Schauspielers gekleidet. Er hat lebhafte Bewegungen, wirft die Augen herum. Zu Kohn* Wie steht's, mein Geschätzter?

KOHN *Geste:* So, so.

BALDUIN Ist die Proszeniumsloge bereits genommen?

KOHN Schon in aller Früh' ist sie dagewesen, die schöne Amerikanerin mit der Mama.

BALDUIN Hast du's gestern gesehn, Finke? Nicht eine Sekunde hat sie das Opernglas vom Auge gegeben – solang ich auf der Bühne war.

FINKE *nickt gleichgültig.*

BALDUIN *zu Pepi, mit absichtlichem Feuer* Liebst du mich?

PEPI Geh, hör' schon auf, immer dieselben Spaß'.

BALDUIN Bin ich nicht ein schöner Mann? Warum solltest gerade du mich nicht lieben?

PEPI, FINKE, BALDUIN, KOHN; ENDERLE *kommt.*

ENDERLE, *Komiker; lang, mager, etwa 25 Jahre alt, grauer einfacher Anzug. Mißmutig, beinahe verdüstert* Guten Abend.

FINKE Servus!

KOHN Guten Abend, Herr Enderle.

ENDERLE Servus, Kohn. Na, wie steht's? Starker Vorverkauf?

KOHN So so; mit die hinteren Parkettreihen sieht's doch immer schief aus.

ENDERLE Von mir aus.

PEPI Was hast denn? Was bist denn wieder so grandig?

ENDERLE Du, Pepi.

PEPI Na?

ENDERLE *zu den anderen* Pardon – *Tritt mit Pepi etwas abseits.*

FINKE *zu Enderle* Schrei nur nicht wieder zu viel.

KOHN *halb für sich* Tut mir wirklich leid, der Enderle.

PEPI *da Enderle noch kein Wort herausbringen kann* Also, was willst denn?

ENDERLE *mit mühsam verhaltenem Zorn, spielt den Ruhigen* Ich will's dir ganz im Guten sagen, verstehst mich, ganz ruhig. Wir können ja auch wieder auseinandergehen.

PEPI *trotzig* Freilich.

ENDERLE Aber solange ich dir noch was zu schaffen hab' – *Er schreit.*

FINKE Pst!

ENDERLE *leiser* Solang... Also kurz und gut, wenn du heut wieder in die Log' hineinkokettieren anfängst mit den Offizieren – meiner Seel' – ich –

PEPI *frech* Na, was ist denn?

ENDERLE *laut* Hau' ich dich zusammen, Canaille.

PEPI Geh, es ist ja zu dumm. Wohin soll ich denn schauen, wenn ich Komödi spiel'? Ich weiß viel, wer im Theater sitzt. Natürlich, du mußt alleweil auf schlechte Gedanken kommen, weil du selber ein schlechter Mensch bist.

ENDERLE *will replizieren.*

PEPI Oder ist das vielleicht in deiner Rolle gestanden, daß du die Schütz in' Arm zwicken mußt?

ENDERLE Ich hab' die Schütz in' Arm – aber du bist ja –

PEPI Die Schütz hat mir's ja selber eingestanden. Und natürlich, in die Logen brauchst du nicht hineinzuschauen, wenn du Lust hast zu kokettieren. Oder glaubst, ich merk' nicht, was für Augen du auf die Riedel machst?

ENDERLE Jetzt fangst du gar mit dem armen Mädel auch an!

PEPI Hast g'hört, Finke? Ein armes Mädel ist die Riedel! Daß i nit lach'!

ENDERLE Leid tut sie mir.

PEPI Was tut dir denn leid? Daß sie ein' andern hat!

FINKE Kinder, streitet euch doch nicht immer.

BALDUIN Laß ihn gehn, er versteht dich ja nicht! Komm in meine Arme! Wer vermöchte dich zu lieben wie ich.

ENDERLE Du gehst mir grad noch ab, du –!

VORIGE. FRÄULEIN KÄTHCHEN SCHÜTZ *kommt. Hübsches Mädchen, mit etwas gesuchter Einfachheit gekleidet; sie spricht ein affektiertes Hochdeutsch, ist mit allen Leuten äußerst liebenswürdig, fast devot, hat eine Art, die Augen verschämt und dabei hingebend aufzuschlagen, wenn sie mit Herren spricht.*

FRÄULEIN SCHÜTZ Guten Abend.

BALDUIN Der Himmel grüße dich, Schützenmädchen. Liebst du mich noch so heiß wie ehedem?

KOHN Guten Abend, Fräulein Schütz.

FRÄULEIN SCHÜTZ *geht zu Kohn hin, sehr freundlich* Guten Abend, lieber Herr Kohn, wie geht's Ihnen?

PEPI Na, mit den Schauspielern ist sie fertig, jetzt fangt s' mit dem Kassierer an. Dann kommen die Kulissenschieber dran.

ENDERLE Gib lieber auf dich selber Obacht.

PEPI Das hab' ich ja gewußt, daß du die auch in Schutz nehmen wirst.

FINKE, BALDUIN, ENDERLE, PEPI FISCHER, FRÄULEIN SCHÜTZ, KOHN; ANNA RIEDEL *kommt. Einfach, aber hübsch gekleidet, dunkelblau. Kleiner Strohhut, sogenanter Girardihut, mit weißem Schleier. Sie kommt ziemlich rasch, leicht gerötetes Antlitz; spricht rasch, hat etwas naiv Trotziges im Ton. Sie hat einen offenen Brief in der Hand.*

ANNA Guten Abend.

BALDUIN Grüß' dich der Himmel, Riedel, liebst du mich?

ENDERLE Servus, Riedel.

PEPI Was haben S' denn? Sie haben ja geweint?

ANNA *zu Finke* Denken Sie sich, Herr Regisseur, wie ist denn das nur möglich –

FINKE Na, was ist denn, Kleine?

ANNA *bestürzt* Der Direktor hat mir meine Kündigung geschickt.

FINKE *lachend* So –?

PEPI Deswegen sind S' noch lang nicht fort von uns.

ENDERLE Machen S' Ihnen nichts draus, Riedel, wird sich schon wieder auf gleich bringen lassen.

BALDUIN Das glaub' ich! Ha!

KOHN Also hat er sie Ihnen wirklich geschickt, die Kündigung.

PEPI *hat der Anna den Brief aus der Hand genommen* Die Brieferln kenn' ich!

ANNA Ja, aber ich versteh' das nicht, Herr Regisseur, wie komm' ich dazu? Die Kritik hat sich ja sehr günstig über mich ausgesprochen, Sie haben sich doch auch nicht über mich zu beklagen gehabt, Herr Regisseur, oder ja?

FINKE Gewiß nicht, mein Kind.

ANNA Und der Direktor, wie er neulich bei der Prob' war, ist sehr freundlich zu mir gewesen und hat mich sogar gelobt, und heut krieg' ich plötzlich meine Kündigung; ja, das ist doch eine Ungerechtigkeit!

ENDERLE *lacht auf* Oh, du!

FINKE *lächelnd* Na also, liebes Kind, regen Sie sich nicht auf, wird sich alles wieder richten lassen.

ANNA Ja, wie denn?

FINKE Reden S' nur mit dem Direktor.

ANNA Was soll ich ihm denn sagen? In dem Brief steht ja gar nichts, woran ich mich halten kann.

FINKE Ja, gegen den Brief ist gar nichts einzuwenden. Der Direktor ist ganz korrekt vorgegangen.

ANNA *auffahrend* Wie?

FINKE Ja, er hat kontraktlich das Recht, Ihnen innerhalb der ersten vier Wochen zu kündigen.

ANNA Aber ganz ohne Grund?

FINKE Na, beruhigen Sie sich, Riedel. Reden S' mit dem Direktor.

ENDERLE Ich weiß sogar genau, was er Ihnen sagen wird. Wenn S' für die halbe Gage bleiben wollen, so können S' bleiben.

ANNA Für die halbe Gage? Ja, wovon soll ich denn dann leben?

PEPI Gehn S', Riedel, machen S' uns doch kein' Pflanz vor.

ENDERE *grob* Du halt's –

FINKE Und wenn ich Ihnen einen Rat geben soll, liebes Kind, so bleiben Sie lieber, denn es ist sehr unangenehm für eine Anfängerin, mitten in der Saison ohne Engagement dazustehen. Es sieht nicht gut aus.

ENDERLE Und das weiß der Herr Direktor.

ANNA *ganz zornig* Aber das ist unerhört!

ENDERLE Na, unerhört ist das grad nicht, es ist bei uns noch einer jeden so gegangen.

FRÄULEIN SCHÜTZ Oh, bitte, Herr Enderle, mir ist es nicht so gegangen.

PEPI Na, mit dir, Schütz, ist der Direktor halt ganz besonders zufrieden.

BALDUIN *lacht* Ja, Schützenmädchen, mit dir ist er sehr zufrieden!

ANNA *steht sehr mißgestimmt da.*

KARINSKI *und* VOGEL *erscheinen in der Allee vorn und bewegen sich plaudernd bis zu den Schauspielern.*

VOGEL Aber ich hab' mich g'wiß nicht geirrt. Ich werd' doch den Rohnstedt kennen! Wie er vor zwei Jahren in Wien war, sind wir doch alle Tag' zusammen gewesen.

KARINSKI Mich wundert's nur, daß er jetzt Urlaub bekommen hat.

VOGEL *zum Theater hin* Schau, da stehn s' ja alle. Gehen wir auf einen Augenblick plauschen. Die Riedel ist auch dort.

KARINSKI Hergott, ist das Mädel sauber.

VOGEL Ich weiß eigentlich nicht, was du an ihr findest.

KARINSKI Das könnte einem die gute Laune wiedergeben.

VOGEL Aber sie will halt nicht, was?

KARINSKI Sie wird schon wollen.

VOGEL Jetzt ist ja noch immer der Rivale da.

KARINSKI Um so besser; kann man sie wenigstens einem wegnehmen.

ENDERLE *zu Pepi, während die Offiziere näher kommen* Na, Gott sei Dank, da sind sie ja.

PEPI Die kommen grad meinetwegen.

ENDERLE Wegen wem denn?

PEPI Geh, laß mich schon einmal aus. Wie ich schon aufs Militär flieg'! Die sind für mich überhaupt keine Männer. Die sind Holz für mich.

Vogel und Karinski sind zu der Gruppe getreten.

VOGEL Guten Abend, meine schönen Damen! *Winkt den Herren mit der Hand einen herablassenden Gruß zu. Finke u. Enderle danken sehr kurz.*

BALDUIN *wichtig* Guten Abend, Herr Leutnant.

VOGEL Servus, Liebhaber und Held! Was macht die Kunst und was macht die Liebe?

BALDUIN *lacht laut* Hoho!

VOGEL *zu Enderle* Servus, Komiker! Hab' mich gestern über Sie gekugelt.

ENDERLE *kurz* Danke; Enderle ist mein Name.

KARINSKI *mit prononciert höflicher Verbeugung vor Anna* Guten Abend, mein Fräulein.

ANNA *kühl* Guten Abend.

KARINSKI Nicht in gnädiger Laune heut, das Fräulein?

ANNA Es scheint.

KARINSKI Aber es wär' höchste Zeit, gnädig zu sein.

ANNA So.

KARINSKI Noch einige Tage, und mein Urlaub ist zu Ende. Denken Sie nur, dann muß ich wieder zurück in mein gottverlassenes Nest. Es wär' doch schön, wenn ich eine Erinnerung mitnehmen dürfte.

ANNA Die werden ja hier zu haben sein. *Wendet sich ab.*

KARINSKI *heftig* Bleiben Sie. Warum behandeln Sie mich in dieser Weise? Warum gerade mich? Ich glaub' Ihnen die Kälte nicht, nein. Sie können – sehr glücklich machen, wenn Sie wollen.

ANNA *ist zuerst abgestoßen, dann kühl und fest* Das glaub' ich selbst.

KARINSKI Warum nicht mich? Weil Sie mich nicht lieben? Ich brauch' ja Ihre Liebe gar nicht. Ich muß ja in ein paar Tagen fort, und wir werden uns nie wiedersehn.

ANNA Jetzt ist es aber genug.

KARINSKI Müssen zwei Menschen, wie Sie und ich, einander was vorlügen? Man freut sich, daß man einander gefunden: man ist so lustig als möglich – dann *Zynisch* adieu.

ANNA *will antworten, findet kein Wort.*

KARINSKI Sie fühlen, daß ich recht hab'. Warum wehren Sie sich? Sie können ja dann wieder zurück zu ihm, ich hab' gar nichts dagegen.

KARINSKI, VOGEL, BALDUIN, FINKE, ENDERLE, ANNA RIEDEL, PEPI FISCHER, FRÄULEIN SCHÜTZ, KOHN; DIREKTOR SCHNEIDER *kommt. Schneider ist groß und kräftig; schon ziemlich faltiges, aber feistes, glattrasiertes Gesicht; kleine, ziemlich tückische Augen. Im Sprechen mit seinen Untergebenen laut, befehlshaberisch; mit Leuten, von denen er abhängig ist, katzenfreundlich. Er trägt helle Hosen und schwarzen Salonrock, der aber abgetragen ist; einen neuen, steifen, grauen Hut mit schwarzem Band. Im ganzen Typus des Provinzmimen, der aber zu Geld gekommen ist. Manchmal wird er pathetisch und hat dann Gesten und Tonfall des alten Komödianten.*

DIREKTOR Abend, Kinder, Abend! *Der Gruß wird mit wenig Enthusiasmus erwidert* Oh, Herr Oberleutnant – Herr Leutnant. *Nimmt den Hut ab und verbeugt sich tief* Die Herren schenken uns heut wohl wieder die Ehre.

VOGEL Natürlich, was soll man denn in dem Nest am Abend anfangen.

DIREKTOR Ich bemerke ja mit Stolz, daß die kaiserlich-königliche Armee meinem Kunstinstitut ein besonderes Interesse entgegenbringt.

VOGEL Ja, ja, Aber es ist eigentlich gut, daß ich Sie treff', Direktor, ich hab' schon lang mit Ihnen reden wollen. Sagen S' um Gottes willen, was haben S' denn vorgestern, oder wann's war, für ein komisches Stück 'geben, ohne Musik und ohne Chor und ohne Mädel und ohne was zum Lachen!

DIREKTOR Ja, Herr Leutnant – zuweilen – man muß allen Geschmacksrichtungen gerecht zu werden suchen – im Sommer –

VOGEL Das dürfen S' nimmer tun, da werden S' die Kundschaft verlieren, Direktor.

DIREKTOR *lacht verbindlich* Sehr gut.

VOGEL Ich mach' kein' Spaß, Direktor, schaun S', was ist denn mit der Puppenfee, die haben S' uns ja schon so lang versprochen.

DIREKTOR Wird schon daran gearbeitet, nicht wahr, Finke? *Finke nickt* Ah, die Herren können sich kaum vorstellen, mit was für Schwierigkeiten man zu kämpfen hat, bis man so ein Werk herausbringt.

VOGEL Wie sind denn die Rollen besetzt in der Puppenfee?

DIREKTOR Selbstverständlich mit unseren allerersten Kräften.

VOGEL Wer gibt denn 's Bebé? Das ist meine Lieblingsrolle.

FRÄULEIN SCHÜTZ *lieb* Papa – Mama –

VOGEL Papa, Mama, das ist herzig. Nicht wahr, das ist eigentlich eine Neuerung, daß in einem Ballett was gesprochen wird?

DIREKTOR Mir ist auch kein anderes Ballett bekannt, in dem –

KARINSKI *der fast ununterbrochen Anna angesehen hat.* Das Bebé wäre eigentlich eine Rolle für Fräulein Anna Riedel – die kindliche Unschuld –

ANNA *will auffahren.*

FINKE Das Bebé wird überall in der Provinz von der Naiven getanzt.

KARINSKI Und auch das Kostüm dürfte dem Fräulein zum Entzücken stehen – soweit wir Minderglücklichen das beurteilen können.

KOHN *mehr für sich* Das Bebé hat doch nix an wie ä Hemd.

DIREKTOR *streng* Ja, das Bebé werden wir dem Fräulein Riedel geben.

KARINSKI Auf Wiedersehn, Herr Direktor.

VOGEL Servus.

Beide salutieren.

DIREKTOR *zieht den Hut wieder sehr tief* Es war mir eine Ehre! –

Karinski und Vogel schlendern weiter.

DIE VORIGEN *ohne die beiden Offiziere.*

FRÄULEIN SCHÜTZ Es ist wirklich eine Freude, wie vertraulich die Herren Offiziere mit dem Herrn Direktor konversieren.

DIREKTOR Es liegt nur an uns, meine Lieben, auch von den höchsten und vornehmsten Kreisen durch intimen Verkehr ausgezeichnet zu werden. Das Mittel ist einfach; es heißt: selbst vornehm sein.

ENDERLE Ja, wenn's einer trifft!

DIREKTOR *schaut ihn streng an.*

FINKE *auf die Uhr schauend* Kinder, es ist die höchste Zeit. Habe die Ehre, Herr Direktor!

ENDERLE Na also, heißt's wieder schwitzen.

DIREKTOR *mit leichtem Hohn* Mein lieber Herr Enderle!

ENDERLE *mit gemacht devotem Ton* Herr Direktor!

DIREKTOR Auf diese Weise wird man kein Künstler!

ENDERLE *höhnisch* Ah!

DIREKTOR Etwas mehr Begeisterung, wenn ich bitten darf...

ENDERLE Etwas mehr Gage, wenn ich bitten darf! Guten Abend, Herr Direktor!

PEPI FISCHER *im Abgehen zu Enderle* So ärger' ihn doch nicht immer. Du wirst's beim Theater meiner Seel' nie zu was bringen!

KOHN *für sich* Gott – wie ich mich über den Enderle freu'!

BALDUIN Guten Abend, Herr Direktor. Schützenmädchen, geh du voran!

FRÄULEIN SCHÜTZ *zum Direktor, zärtlich* Guten Abend, Herr Direktor!

Enderle, Finke, Balduin, Pepi Fischer, Frl. Schütz ab.

DIREKTOR, ANNA RIEDEL

DIREKTOR *streng* Nun, Riedel, was ist's denn mit Ihnen?

ANNA Ich bin heut nicht beschäftigt.

DIREKTOR Immerhin. Ich dachte, daß Sie sich die Vorstellung wohl ansehen könnten. Ich liebe es, wenn meine Mitglieder großes Interesse an den Leistungen ihrer Kollegen nehmen. *Großartig* Sie könnten doch vielleicht noch manches lernen.

ANNA Möglich. Ich wollte den Herrn Direktor um ein paar Minuten Gehör bitten.

DIREKTOR Muß das hier sein? Ich liebe es nicht, auf offener Straße angefallen zu werden! *Mit lüsternen Augen, milder* Wollen Sie sich vielleicht mit mir auf mein Bureau begeben –

ANNA Das wird wohl nicht notwendig sein.

DIREKTOR *streng* Also, was gibt's denn schon wieder?

ANNA *mit mühsamer Ruhe* Herr Direktor haben mir heute – zu meinem größten Erstaunen – die Kündigung geschickt.

DIREKTOR *einfach* Richtig.

ANNA *etwas heftiger* Ja, ich bitte, Herr Direktor, warum?

DIREKTOR Sie fragen warum? Ja, mein Fräulein, ich kann Sie eben nicht brauchen.

ANNA Ja, aber ich hab' doch – ich weiß wirklich nicht, Herr Direktor – ich hab' doch meine Pflicht getan, so gut wie die anderen, ich hab' meine Rollen studiert, ich bin zu den Proben gekommen, ich hab' gefallen –

DIREKTOR Das müssen Sie wohl mir zu beurteilen überlassen, mein Fräulein.

ANNA Aber Sie selbst, Herr Direktor, haben mir ja erst vorgestern gesagt, daß Sie mit mir zufrieden sind.

DIREKTOR Mag sein. Wahrscheinlich wollte ich Sie aufmuntern.

ANNA Ja, also, wenn Sie mich vorgestern aufmuntern, warum kündigen Sie mir denn heute?

DIREKTOR Ganz einfach, mein Fräulein. Sie ziehen mir keine Leute ins Theater. *Klar* Sie sind unliebenswürdig, mein Fräulein: ich muß es schon sagen, daran liegt es! Ich habe ja eben wieder einmal Gelegenheit gehabt, Ihr Benehmen meinen verehrten Freunden gegenüber *Auf eine fragende Miene Annas* den Herren Offizieren gegenüber zu beobachten. Sie sind direkt unfreundlich, Sie zeigen dem Publikum geradezu, daß Sie es verachten. Mein Fräulein, dafür ist es für Sie noch etwas zu früh. Diesen Luxus können Sie sich bei einem Hoftheater erlauben, wir hier sind auf das Publikum angewiesen. Ich sorge für mein Personal, ich habe ein Recht zu verlangen, daß mein Personal auch für mich sorgt.

ANNA *erregt* Ich kann es nicht anders, als indem ich meine Pflicht tue.

DIREKTOR Das ist eben zu wenig. Bitte, schaun Sie sich doch Ihre Kolleginnen an. Jede hat ihren... Anhang. Wenn ich heute die Schütz oder die Bendner einfach hinausstelle – selbst in der kleinsten Rolle, ich kann darauf rechnen, daß zwei, drei Logen und ein Dutzend Parkettsitze genommen werden. Ihnen kann ich heute eine Rolle von zwölf Bogen geben, es geht keine Katz' Ihretwegen hinein.

ANNA Ja, da bedauere ich sehr, mit den Damen kann ich eben nicht konkurrieren.

DIREKTOR Das behaupte ich ja. Es fehlt Ihnen eben, mein Fräulein, mit einem Worte gesagt, der künstlerische Ernst.

ANNA Wenn der darin bestehen soll, daß man bis in die Nacht hinein mit Offizieren champagnisiert –

DIREKTOR Fräulein Riedel, kommen Sie mir nicht mit frechen – jawohl – frechen Antworten. Ich dulde es nicht, daß Sie sich Bemerkungen über die harmlosen Unterhaltungen Ihrer Kolleginnen gestatten. Es würde Ihnen wohl keine Perle aus der Krone fallen, wenn Sie sich etwas weniger exklusiv benähmen. Aber Ihnen fehlt eben der Esprit de corps, ich möchte sagen, die Achtung vor Ihrem eigenen Stand. Damit genug. Adieu, mein Fräulein. *Falscher Abgang. Er wendet sich wieder zu ihr* Im übrigen – ich will nicht auf meinem Schein bestehen – ich will es noch einmal mit Ihnen versuchen. Wollen Sie für die halbe Gage monatlich meinem Kunstinstitut weiter angehören, so wollen wir darüber reden.

ANNA *erregt* Herr Direktor!

DIREKTOR Keinen Dank vorläufig.

ANNA *lacht auf* Dank? *Sie entfernt sich von ihm, ohne zu grüßen.*

DIREKTOR *sieht ihr ruhig, fachmännisch nach; zu Kohn* Gewachsen ist sie nicht übel.

KOHN Unberufen! Aber, Herr Direktor, wenn ich schon fragen darf, wer soll die Naiven geben?

DIREKTOR Wer? Die Riedel. Aber um fünfundzwanzig Gulden.

KOHN *Bewegung des Bedauerns*

DIREKTOR Bin ich dazu da, meine Schauspielerinnen zu ernähren?

KOHN Mir scheint, Herr Direktor, die hat niemanden.

DIREKTOR Kohn, ich werde die Naiven von Ihnen spielen lassen. *Geht ab, ins Theater.*

PAUL, ANNA *begegnen einander.*

PAUL *heiter grüßend* Anna!

ANNA *flüchtig* Guten Abend.

PAUL Na, was haben Sie denn? Was ist denn geschehn?

ANNA Entlassen bin ich worden.

PAUL Was? Das ist doch nicht möglich.

ANNA Ich übertreibe auch. Ich bin nicht entlassen worden. Um 25 Gulden darf ich diesem Kunstinstitute weiter angehören!

PAUL Na, sehen Sie, ob Sie 25 Gulden oder 50 Gulden haben, das ist doch so gleichgültig.

ANNA Es ist nicht gerade das, obzwar auch der Unterschied nicht so gleichgültig ist, als es Ihnen scheint.

PAUL Wenn Sie nicht so unerhört kleinlich wären, so wäre diese Frage längst erledigt. Sie kennen mich doch jetzt lang genug, um zu wissen, daß mir jede Nebenabsicht fern liegt.

ANNA Bitte, davon hören Sie doch endlich auf.

PAUL *fast zornig* Herrgott! Ich möchte nur wissen, was Sie tun werden. Bevor ich wegfahre, möcht' ich darüber Klarheit haben.

ANNA Also ist es wahr – wann fahren Sie denn weg?

PAUL Sie wissen ja, bei mir ist das so – – morgen vielleicht.

ANNA Da müssen wir einander ja Adieu sagen – am End' für immer –

PAUL Weshalb denn?

ANNA Ja, wer weiß, wohin ich verschlagen werde. Jedenfalls verschwind' ich für Sie.

PAUL Schreiben Sie mir doch wenigstens, wenn ich Sie darum bitte.

ANNA Was hätte das für einen Sinn?

PAUL Na ja! *Pause* Ich möchte nur wissen, was Sie eigentlich vorhaben.

ANNA Ja, vorläufig fahr' ich zur Mama, und im Herbst wird sich schon was finden.

PAUL Und wenn nicht?

ANNA O, wer weiß. Ich kann mich ja ändern. Mit der Zeit, wenn ich erst länger unter der Sorte gelebt hab'.

PAUL Was das wieder heißen soll!

ANNA Ich werd' schon so werden, wie die anderen. Alle sind ja empört über mich, daß ich mich wehre. Vorläufig wehr' ich mich nämlich noch – weil ich wütend bin, wütend, sag' ich Ihnen.

PAUL Aber Sie mußten doch gefaßt sein –

ANNA O Gott – nicht aus Tugend, wahrhaftig – seien Sie ganz überzeugt. Aber ich vertrag' es nicht, daß die Leute so mit mir umgehn, wie sie's eben tun – einer wie der andere. Sie betrachten es geradezu wie eine Überhebung, daß ich keine Lust hab', mich zu verkaufen.

PAUL Aber Sie sind ja eine freie Person und können machen, was Sie wollen – es kann Sie doch niemand zwingen.

ANNA Zwingen –? Nein. Aber wenn man lang gehetzt wird, wird man schließlich müd'! Ach Gott, warum sag' ich Ihnen das alles. Ich störe ja Ihren Frieden damit. Adieu, lieber Freund!

PAUL Ich bitte Sie, Anna, bleiben Sie noch einen Moment, sprechen wir doch in Ruhe über die ganze Sache, über Ihre Zukunft – wir sehen uns ja vielleicht die nächste Zeit nicht.

ANNA Das ist ganz gescheit. Ich vertrage Sie eigentlich auch gar nicht. Alles, was Sie mir sagen, macht mich nur noch nervöser, als ich schon bin.

PAUL Das war wahrhaftig nicht meine Absicht.

ANNA Ich weiß, ich weiß, sei'n Sie mir nicht böse. Aber wissen Sie, Sie sind zu glücklich für mich, Sie kommen da so ... ach, ich bin schon jetzt im Grunde eine ganz böse Person. – Adieu.

PAUL Aber Anna, wollen wir nicht noch einmal ... wollen Sie morgen früh nicht mit mir spazierengehn? Da werden Sie weniger bös' sein und ich weniger glücklich, wenn's Ihnen Freude macht. So können wir doch nicht auf–auf–Gott weiß wie lange – voneinander Abschied nehmen.

ANNA Grad so. – Nur so. – Adieu. *Sie geht ab, rasch; verschwindet im Hintergrund. Paul bleibt eine Weile stehen, dann schüttelt er den Kopf, entfernt sich langsam in einer andern Richtung. Der Abend ist hereingebrochen. Um den Kiosk herum Leute. Aus dem Theater heraus erklingt Musik.*

Es sind etwa zehn Sekunden seit dem Abgehen Pauls vergangen, wie Karinski und Rohnstedt erscheinen.

KARINSKI; ROHNSTEDT *in der gleichen Uniform wie Karinski. Schöne, männliche Erscheinung. Kurzer, blonder Vollbart. Er ist ohne Säbel, hat den Mantel umgeworfen. Freundliche, zuweilen aber sehr energische Art zu reden.*

KARINSKI *sehr verstimmt* Hättest du mich wenigstens meinen Urlaub in Ruhe genießen lassen.

ROHNSTEDT Du bist von einem Leichtsinn, den ich einfach nicht begreife.

KARINSKI Das hätte ich alles in acht Tagen auch erfahren können.

ROHNSTEDT Ich sage dir ja: Die Leute wollen nicht mehr warten.

KARINSKI Sie werden warten.

ROHNSTEDT Also wenn du mich durchaus nicht verstehen willst: Es ist eine Anzeige ans Regimentskommando gekommen.

KARINSKI *fährt erst zusammen, dann faßt er sich* Das war vor einem Jahr genau dieselbe Geschichte. Hab' ich ihnen im vorigen Jahr nicht gezahlt? Sollen Geduld haben.

ROHNSTEDT So einfach ist die Sache nicht. Es ist diesmal auch noch diese andere Affäre; du hast etwas viel zusammenkommen lassen.

KARINSKI Na ja, das hab' ich mir ja gedacht, daß man das auch gegen mich ausnützen wird.

ROHNSTEDT Das war wohl zu denken.

KARINSKI Was hätt' ich denn tun sollen, wenn so ein Kerl im Restaurant mich anstoßt und es nicht einmal der Mühe wert hält, Pardon zu sagen.

ROHNSTEDT Das ist eine abgetane Sache. Du glaubst ja selbst heute nicht mehr, daß das bei dem harmlosen Mann böser Wille war.

KARINSKI Wie immer – es war meine Pflicht, so zu handeln.

ROHNSTEDT Darüber bin ich allerdings ganz anderer Ansicht.

KARINSKI Wieso, wenn ich bitten darf?

ROHNSTEDT So laß das doch endlich und sei froh, daß ich – in

Erinnerung an die vielen Jahre, die wir als Kameraden miteinander leben – wie ein Freund zu dir rede. Ich nehm' es mir sehr übel, daß ich's nicht öfter getan habe, vielleicht hätte ich dich doch... Nun aber geht's nicht weiter. Der Oberst ist aufs höchste aufgebracht, es ist meine Pflicht, dir das zu sagen.

KARINSKI *nach einer Pause* Kommst du vielleicht im Auftrag?

ROHNSTEDT Das gerade nicht.

KARINSKI Also, ich bitte, was soll ich eigentlich tun? Die siebentausend Gulden hab' ich nicht. Aber diese Juden wissen ja, daß ich für die paar Tausend Gulden gut bin – was machen sie die Anzeig'?

ROHNSTEDT Es scheint das Gerücht umzugehen, daß dein Onkel nicht mehr für dich zahlen will.

KARINSKI *will aufbrausen; faßt sich dann* Er wird diesmal noch zahlen.

ROHNSTEDT Und – wenn nicht?

KARINSKI Er wird, sag' ich.

ROHNSTEDT Und – das nächste Mal?

KARINSKI Es gibt kein nächstes Mal. Im übrigen weißt du selbst, daß mich das Unglück im Spiel verfolgt hat. Das muß sich endlich wenden.

ROHNSTEDT Du darfst keine Karte mehr anrühren. Du mußt dein Leben auf eine ganz andere Basis stellen, wenn du endlich aus den ewigen Ungelegenheiten herauskommen willst.

KARINSKI Da könnte ich mich ja gleich zum Onkel aufs Gut setzen und Kohl pflanzen.

ROHNSTEDT Das ist's auch, was ich dir raten möchte. *Pause*

KARINSKI *aufs höchste betroffen* Das ist's, was du...

ROHNSTEDT Ja.

KARINSKI Dein Ernst? Ich soll diesen Rock – ich habe wohl nicht recht verstanden?

ROHNSTEDT Du hast mich ganz gut verstanden. Die Sache liegt ganz einfach. Wenn man deine Passionen hat, kann man mit deinem Geld als Kavallerieoffizier nicht leben, das mußt du doch endlich einsehen.

KARINSKI Quittieren?

ROHNSTEDT Nun, du könntest es heute in allen Ehren.

KARINSKI Eher mir eine Kugel durch den Kopf, verstehst du mich?

ROHNSTEDT Nun, nun, nun...

KARINSKI Es ist mein letztes Wort in dieser Sache. *Pause; nähern sich dem Kiosk.*

ROHNSTEDT So sei doch... *Sie nehmen an einem Tische Platz.*

KARINSKI *zum Kellner* Glas Cognac!

Es ist ganz dunkel geworden; die Tische, welche um den Kiosk herumstehen, sind nur zum geringeren Teile besetzt. Damen sind sehr wenige anwesend, an den Tischen im Hintergrund nur in Begleitung. Der Kassier ist bereits vorher verschwunden.
Aus dem Theater kommen einige Leute heraus, ein paar stellen sich hin, plaudern miteinander, rauchen Zigaretten. Unter anderen erscheinen LEUTNANT VOGEL *und* POLDI GREHLINGER

VOGEL Rauchen wir eine Zigarette?

POLDI *nimmt sein Etui heraus, offeriert Vogel* Rauch' eine von mir, sind ägyptische.

VOGEL Dank' schön. Weißt, ich hab' so heut eigentlich grad genug vom Wurstl, setzen wir uns hinüber ins Kaffeehaus.

POLDI Aber ganz wie du willst.

Sie bummeln auf die andere Seite zum Kaffeehaus.

VOGEL Also da sitzt der Karinski mit dem Rohnstedt.

POLDI Pardon, den anderen Herrn Oberleutnant hab' ich nicht die Ehre zu kennen.

VOGEL Das macht gar nichts – ich werd' dich vorstellen.

Zum Tisch, an welchem Karinski und Rohnstedt sitzen.

VOGEL *salutierend* Herr Oberleutnant, Servus!

ROHNSTEDT *erkennt ihn nach einer kurzen Pause* Das ist ja der Vogel! Servus! Willst nicht bei uns Platz nehmen?

VOGEL Wenn's erlaubt ist; ich bin in Gesellschaft *Will vorstellen.*

POLDI *sich vorstellend* Poldi Grehlinger.

ROHNSTEDT *sehr freundlich* Rohnstedt. –

Vogel und Poldi setzen sich.

VOGEL Ich hab' dich gleich gesehen, wie du angekommen bist, mußt gerade von der Bahn gekommen sein – Koffer auf dem Wagen. – Bleibst lang bei uns?

ROHNSTEDT Nein – zwei, drei Tage vielleicht.

VOGEL Schad', daß du so ein' kurzen Urlaub hast – zwar mit meinem ist's auch bald Rest.

PICCOLO *zum Tisch* Herr Leutnant befehlen?

VOGEL Bringen Sie mir ein' Allasch. Sie, hörn S' – ich lass' das Fräulein Valerie schön grüßen, und sagen S', es ist für mich.

POLDI Mir bringen S' eine Chartreuse.

PICCOLO Bitte sehr, grün oder gelb?

POLDI Aber grün. Wann werden Sie sich denn das einmal merken? Ist doch nicht so schwer – ich trink' doch immer ein' grünen.

PICCOLO Jawohl, Herr von Grehlinger.

POLDI Na also. *Piccolo ab.*

VOGEL Aber die paar Tag', die wir zusammen da sind, werden wir fesch sein, so gut's in dem Nest geht.

KARINSKI Hast du für heut abend was verabredet?

VOGEL Freilich; nach der Komödi sind wir in der ›Krone‹ zusammen.

ROHNSTEDT Wer ist das: »Wir«?

VOGEL Also wir, das sind vor allem wir – und dann ein paar Mädel vom Theater.

ROHNSTEDT Ah!

VOGEL Sind ein paar saubere dabei. *Zu Rohnstedt* Wirst dich sehr gut amüsieren, lassen sich nicht lang bitten, ich mein' nämlich, was nachtmahlen anbelangt.

PICCOLO *bringt Getränke.*

VOGEL Ich lass' dem Fräulein Valerie 's Herz küssen. *Zu Rohnstedt* Sollst leben, Herr Oberleutnant.

ROHNSTEDT *trinkt gleichfalls* Servus!

KARINSKI *zum Piccolo* Bring mir noch ein' Cognac. *Zu Vogel* Wer kommt denn von den Damen?

VOGEL Also die immer kommen, natürlich.

KARINSKI Und die Riedel?

VOGEL Geh, laß mich mit der faden Person aus; das hab' ich auf'geben.

KARINSKI Ich will aber, daß die Riedel dabei ist. Gerade die!

VOGEL *zu Rohnstedt* Hast g'hört? So ist er! Er will! Aber sie will nicht.

KARINSKI Sie wird kommen.

ROHNSTEDT *lächelnd* Ah, das ist offenbar eine, die sich auflehnt.

KARINSKI *nimmt eine Karte aus seiner Brieftasche, setzt sich an den Nebentisch und schreibt ein paar Zeilen.*

VOGEL Was machst denn?

KARINSKI Wirst schon sehn. Sie, Kellner, bringen Sie mir ein Couvert.

KELLNER Bitte, gleich, Herr Oberleutnant.

KARINSKI *zu Vogel* Sie spielt heute nicht mit da drüben, was?

VOGEL Nein, also was schreibst eigentlich?

KARINSKI Eine Einladung.

VOGEL Er ladt sie ein! Gleich wird s' da sein.

KARINSKI Ich möcht' wahrhaftig wissen, warum grad die eine Ausnahme machen soll.

VOGEL Da hat er eigentlich recht. Muß doch eine Ordnung sein. Wenn jetzt die vom Theater auch schon anständig sein wollen, kennt man sich ja gar nimmer aus.

KELLNER *bringt Schreibzeug.*

KARINSKI Warum bringen Sie mir denn da gleich eine ganze Papierhandlung? *Nimmt ein Couvert und gibt seine Karte hinein* Tragen S' das Zeug weg. Was für Nummer wohnt sie denn nur –

VOGEL Stell dich doch nicht so. Du schickst ihr doch alle Tag' Blumen.

KARINSKI 12, – ja 12, Sie, Kellner, rufen S' mir den Piccolo!

KELLNER Bitte, gleich.

ROHNSTEDT Warum du dich grad auf die kaprizierst, wenn ihr eine so reiche Auswahl habt?

KARINSKI Ja, grad auf die eine. *Zu Rohnstedt, etwas leiser, leicht spöttisch* Und morgen fängt dann das neue Leben an.

PICCOLO *ist am Tisch erschienen* Herr Oberleutnant befehlen?

KARINSKI Hör zu, Kleiner; du gehst mit dem Brieferl da hinüber in die Parkstraße 12, verstehst? Fragst, ob das Fräulein Riedel zu Haus ist; wenn sie da ist, gibst den Brief ab und wartest auf Antwort, verstehst? – Und wenn sie nicht zu Haus ist, laßt den Brief dort und sagst, du kommst in einer Stunde wieder.

PICCOLO *lächelt und nimmt den Brief.*

VOGEL Wie er lacht, der Kleine.

KARINSKI Avanti, avanti!

PICCOLO *ab.*

VOGEL Was hast ihr denn eigentlich geschrieben?

KARINSKI Ich hab' sie sehr höflich zum Souper eingeladen, so höflich, wie wenn ich eine wirkliche Dame einladen würde.

VOGEL *scherzhaft drohend* Hast nicht geschrieben: Lieb's Schatzerl? *Zu den anderen* Bei ihm kann man ja nicht wissen!

RÖNNING *und* WELLNER *kommen von links, zwischen den Tischen, suchen einen Platz. Wie sie eben an Karinski und den übrigen vorbei wollen, ohne sie zu sehen:*

VOGEL Oh, Doktór!

WELLNER Guten Abend, meine Herren!

VOGEL Wohin denn? Auf Abenteuer?

WELLNER Nein, durchaus nicht. Oder ist es sehr abenteuerlich, hier einen Schnaps trinken zu wollen?

PAUL Hier ist ja ein Tisch. *Der Nebentisch ist frei.*

POLDI Grüß dich, Paul. *Wie Paul ihm die Hand reicht, kommt er ganz nahe zum Tisch, stellt sich dem Rohnstedt vor.*

PAUL Paul Rönning

ROHNSTEDT Oberleutnant Rohnstedt.

WELLNER *sich gleichfalls vorstellend* Doktor Wellner.

KARINSKI *salutiert.*

Wellner und Paul setzen sich an den Nebentisch.

WELLNER *zum anderen Tisch hinüber* Herr Oberleutnant sind erst hier angekommen.

ROHNSTEDT Jawohl, nachmittags. Ich finde es sehr hübsch hier.

WELLNER Wenn man nicht gerade hier sein muß, kann's einem ganz gut gefallen.

ROHNSTEDT Sie müssen hier sein?

WELLNER Ja freilich, ich bin hier Arzt.

VOGEL *zu Rohnstedt* Erinnerst dich noch, Herr Oberleutnant, wie wir's letzte Mal beisammen waren?

ROHNSTEDT Natürlich; vor drei Jahren in Wien, nach dem Preisspringen –

VOGEL Stimmt schon! Wo der Ferdl Auersperg den ersten Preis gekriegt hat mit sein' Braun'!

ROHNSTEDT Am Constantinhügel haben wir soupiert.

VOGEL Mit'm Weidenthaler, wenn'st dich erinnerst.

ROHNSTEDT Der ist ja gestorben.

VOGEL Natürlich – der arme Teufel! Also sag, wann kommst denn wieder nach Wien?

ROHNSTEDT Sehr bald!

VOGEL Ah, also hat's am End' seine Richtigkeit, daß du auf die Kriegsschul' kommst?

ROHNSTEDT Ja, im nächsten Herbst! Hat lang genug gebraucht.

VOGEL Aber das freut mich außerordentlich. Also, wenn ich dir irgendwie dienen kann, Geheimnisse von Wien einweihen –

ROHNSTEDT Ich kenne ja Wien sehr genau!

VOGEL Na, und du, Karinski, ist keine Möglichkeit, daß du zu uns kommst, mit wem tauschst?

KARINSKI Wer tauscht denn da? Ich komm' von da oben nicht weg.

VOGEL Gott, wer kann das wissen. Sind schon die merkwürdigsten Transferierungen vor'kommen.

PICCOLO *erscheint.*

KARINSKI Nun?

PICCOLO Das Fräulein sagt, es ist keine Antwort.

KARINSKI Was? War sie zu Haus?

PICCOLO Ja, das Fräulein war zu Haus, ich hab' ja mit ihr gesprochen.

KARINSKI Sie hat den Brief gelesen?

PICCOLO Ja, und hat gesagt, es ist keine Antwort.

VOGEL Schad', daß ich nicht g'wett hab'!

KARINSKI Kann ja noch nachgeholt werden. – Um 20 Flaschen Champagner?

VOGEL Aber, was willst denn! Hast ja schon verloren!

KARINSKI Das wird sich noch zeigen. Steht die Wette?

VOGEL Wenn du uns partout Champagner zahlen willst –

KARINSKI Abgemacht! *Salutiert* Auf Wiedersehen, meine Herren! *Ab.*

VOGEL *zu Rohnstedt* Hast schon je ein' so eigensinnigen Menschen g'sehn? Jetzt lauft er selber zur Riedel hin.

PAUL *der mit Wellner geplaudert und nur selten hinübergehört hat, wendet sich bei Nennung dieses Namens um* Zu wem?

VOGEL Zu... *Wird sich schließlich des Zusammenhanges bewußt.* Also, wenn der sich einmal was in den Kopf setzt... Jetzt bildet er sich zur Abwechslung ein, die Riedel muß heute abends dort sein, abends, wissen S', nach dem Theater, wo wir gewöhnlich alle...

WELLNER *hält Paul leicht am Arm.*

ROHNSTEDT *dem die Erregung Pauls auffällt* Ja, ich versteh' das nicht, wir hätten ihn nicht weggehen lassen sollen.

VOGEL Nicht weglassen!! Sei nicht bös', Herr Oberleutnant, da kenn' ich ihn besser wie du. Wenn er sich einmal was in' Kopf setzt!

WELLNER *zu Paul* Komm, gehn wir lieber.

PAUL Ah nein, ich möchte doch dabei sein, wenn der Herr zurückkommt.

WELLNER Das ist doch ganz gleichgültig. Daß sie die Einladung nicht annehmen wird, weißt du.

VOGEL *zu Rohnstedt* Ich sag' immer, er ist ja au fond ein guter Kerl, ein famoser Kamerad, es muß nur halt alles gehn, wie er will, sonst ist der Teufel los.

ROHNSTEDT Ja, immer geht das aber nicht.

VOGEL Natürlich. *Leise* Also, wenn wir schon davon reden, was ist denn eigentlich an der G'schicht' bei euch – nun, du weißt schon, er hat mir's selber erzählt – die G'schicht' wird doch niedergeschlagen, wie?

ROHNSTEDT Ich hoffe.

VOGEL Was ist schließlich dabei? Wird nur so eine Sauce drüber her gemacht, es ist ihm ja endlich und schließlich nichts g'schehn – also dem Zivilisten –

ROHNSTEDT Damit ist's ja nicht abgetan, lieber Vogel.

VOGEL Na, und der Karinski hat's g'wiß nicht bös' g'meint, wie er ihm einen hinaufg'haut hat, er wird halt ein Glaserl zuviel...

ROHNSTEDT Ach Gott, der Karinski ist einfach ein Mensch, der in andere Verhältnisse hineingehört.

VOGEL Wieso? Wie meinst' das? Na ja, reich sollt' er halt sein, daß er sich ordentlich rühren könnt'.

ROHNSTEDT Mit dem Rühren wär's nicht getan.

PAUL *will aufstehehn.*

WELLNER Was fällt dir denn ein? Er wird schon zurückkommen, sehr blamiert – dann können wir gehn.

ROHNSTEDT Nein, mit dem Rühren wär's nicht getan. Um sich haun müßt' er können. Was fängt so ein Mensch in ewiger Friedenszeit mit seinem Temperament an? Wo soll er hin damit? Es ist ja wahr, solch Leut' wie der Karinski sollen Soldaten sein, aber für solche Soldaten gehört der Krieg, sonst haben sie überhaupt keine Existenzberechtigung.

VOGEL *der andächtig zugehört hat* Glaubst?

ROHNSTEDT Gewiß! So einer lebt sich nicht anders aus. *Auf Paul weisend* Der Herr scheint da – – hat der nähere Beziehungen zu dieser Schauspielerin?

VOGEL Sehr nah werden s' wohl nicht sein, sonst hätt' er ja den Karinski gleich gestellt.

ROHNSTEDT Wir hätten ihn nicht gehn lassen sollen.

VOGEL Ah, da kommt der Karinski zurück.

WELLNER *zu Paul* Nimm dich in acht.

KARINSKI *ruhig* Guten Abend! Du hast gewonnen, Vogel!

VOGEL Na, schaust! Hab' dir's gesagt. Nur schad', daß da beim Theater keine andere ist, mit der ich dir Revanche geben kann.

ROHNSTEDT Siehst du, das hättest du dir ersparen können!

KARINSKI *leert sein Glas, betrachtet Paul* Herr Rönning belieben zu lächeln.

PAUL Ich tue das zuweilen, wenn ich mich amüsiere.

VOGEL Wir lachen ja alle – weil du eigensinnig bist.

KARINSKI Das bemerk' ich nicht. Nur Herr Rönning ist so besonders gut aufgelegt. Wenn ich mir nur die Frage erlauben würde, woher diese besonders gute Laune kommt –?

POLDI *merkt, daß was im Anzug ist, und wird sehr korrekt.*

VOGEL *will ablenken* Auf dein Wohl, Karinski.

ROHNSTEDT *leise, aber scharf* Hör jetzt auf, Karinski.

KARINSKI Es scheint, Herr Rönning, Sie wollen mir nicht die Ehre erweisen, den Grund Ihrer guten Laune aufzuklären.

VOGEL Was willst denn, wir sind alle gut aufgelegt.

KARINSKI Das mag ja sein. Aber, da ich eben Herrn Rönning frage –

PAUL Ich bedauere sehr, aber ich glaube, zu keiner Auskunft verpflichtet zu sein. *Will gehen.*

KARINSKI Vielleicht doch; nachdem Sie gerade in dem Augenblicke zu lächeln beliebt haben, als ich mich hier wieder niedersetzte. Oder ich irre mich?

PAUL Mag ja sein.

KARINSKI Ich nehme an, es belustigt Sie, daß ich meine Wette verloren habe?

ROHNSTEDT Der Herr Rönning interessiert sich für deine Wette wahrscheinlich sehr wenig.

KARINSKI *zu Paul* Ist es nicht so?

PAUL Bestehn Sie darauf, Herr Oberleutnant, diese Unterhaltung fortzusetzen?

KARINSKI Allerdings.

WELLNER Aber Herr Oberleutnant entschuldigen, ich glaube, uns interessiert das eigentlich recht wenig.

KARINSKI Vielleicht doch. Denken Sie, meine Herren, als ich bei Fräulein Riedel meine Einladung persönlich vorbringen wollte, war die Tür versperrt.

ROHNSTEDT Das können wir uns denken.

KARINSKI Ich hab' geklopft; man hat mir nicht geöffnet; ich hab' meinen Namen genannt; ich erhielt keine Antwort.

ROHNSTEDT Was erzählst du uns denn das alles?

KARINSKI Nun, Herrn Rönning erzähl' ich's, den es doch zu amüsieren scheint, denn er lächelt noch immer. – Die Tür war versperrt, ja –

WELLNER Aber das wissen wir bereits. Komm, Paul, ich denke –

KARINSKI *in deutlicher Besorgnis, Paul könnte ihm entgehen, rasch einfallend* Es gibt verschiedene Gründe, weshalb Damen ihre Türen versperren.

ROHNSTEDT *absichtlich lachend* Ja, wenn sie allein sein wollen, besonders.

KARINSKI Ja, oder auch, wenn sie zu zweien sind, das kommt gewiß auch vor, Herr Rönning, glauben Sie nicht?

PAUL Ja. Oder wenn sie sich vor Zudringlichkeiten zu schützen wünschen.

KARINSKI Wie beliebt?

PAUL Ich glaube, deutlich gewesen zu sein.

KARINSKI Beliebt es Ihnen, damit zu behaupten, daß es eine Zudringlichkeit ist, wenn der Oberleutnant Karinski irgendein Mensch vom Theater zum Souper einladen will?

PAUL *erhebt sich und schlägt Karinski ins Gesicht* Bube!

KARINSKI *greift nach seiner linken Seite, als wenn er den Säbel trüge – dann will er sich auf Paul stürzen, wird von Rohnstedt und Vogel zurückgehalten. Große Bewegung auch an den anderen Tischen.*

ROHNSTEDT Komm, komm!

KARINSKI Laßt mich, ich will ihn – ich will –

VOGEL Komm, jetzt kannst du nichts tun.

Wachsende Bewegung, die Leute an den Tischen ringsum haben sich erhoben.

WELLNER *zu Paul* Komm jetzt, hörst du, Paul! Gott, hättest du dich doch – Komm!

POLDI Hast nicht anders tun können. Er hat dich provoziert. Du hättest ihm schon früher –

Sie entfernen sich gegen die rechte Seite zu. Um Karinski herum stehen viele Leute. Rohnstedt und Vogel reden auf ihn ein. Entfernen sich.

PAUL *ist wieder ganz ruhig geworden* Gewiß hab' ich recht getan –

POLDI Ich brauch' dir nicht zu sagen, daß du auf mich rechnen kannst.

WELLNER Auf mich natürlich auch.

PAUL *sieht beide eine Weile an* Ach so. Ich danke euch sehr. Aber jetzt laßt mich allein. Auf Wiedersehen. *Er geht rasch.*

POLDI Paul!

WELLNER Laß ihn. Es ist vielleicht besser. Er wird jetzt ein wenig allein sein wollen.

POLDI Na ja, im ersten Moment regt einen so was schon auf.

WELLNER Die Sache ist verdammt ungemütlich, mein lieber Poldi!

POLDI Freilich, freilich.

WELLNER Es ist kaum denkbar, daß die Sache für Paul gut ausgeht.

POLDI *korrekt und gleichgültig* Freilich, aber da läßt sich nichts machen.

Vorhang

Zweiter Akt

Ebenerdiges Zimmer in der kleinen Landwohnung Pauls. Einfaches Möblement. Zwei Türen, rechts und links; zwei Fenster, die offen sind, gehen auf den Garten. Im Hintergrunde sieht man das Gartengitter mit der Tür. Es ist morgens, nach acht.

PAUL *ist allein, er lehnt halb sitzend auf der Brüstung des Fensters links, schaut in den Garten hinaus, raucht eine Zigarette. Gleich nachdem der Vorhang aufgeht, sieht man hinten* POLDI GREHLINGER *und* DOKTOR WELLNER *durch die Gartentür kommen. Paul winkt ihnen freundlich mit der Hand zu, entfernt sich vom Fenster, lächelt vor sich hin, geht durch die Tür links, kommt gleich mit den beiden herein. Man hört sie schon draußen die ersten Worte sprechen.*

WELLNER Na, grüß dich Gott, mein Alter.

POLDI Wo bist denn gestern noch hin? Wir haben dich überall gesucht; du warst nicht zu finden.

WELLNER Wir hätten gern gleich mit dir einiges besprochen – begreiflicherweise –

POLDI Na also, du bist ja ganz gut beisammen. Das freut mich.

WELLNER Wir haben übrigens nicht viel Zeit zu verlieren, denn die Zeugen von Karinski können jeden Augenblick da sein.

PAUL Sie sind schon dagewesen.

WELLNER *lebhaft* Ah! Nun, du hast doch –

POLDI Du hast dich doch unserer erinnert?

PAUL Kinder, es ist ja charmant, daß ihr mir in aller Früh einen Besuch macht, aber ich brauch' euch nicht.

POLDI Pardon, aber –

PAUL Ich denke nämlich nicht im Traum daran, mich zu schlagen.

WELLNER Was?

POLDI Wie?

PAUL *lachend* Ja.

WELLNER Das hast du den Herren gesagt?

POLDI Geh, Paul, die Geschicht' ist wirklich zu ernst zum Spaßmachen.

PAUL Aber ich spaße durchaus nicht. Es ist, wie ich euch sage. Rohnstedt und Vogel haben die Forderung überbracht, und ich habe abgelehnt.

WELLNER Ja, um Gottes willen, Paul, bist du denn bei Sinnen?

PAUL Vollkommen.

POLDI *findet keine Worte* Ja, ja. *Mechanisch* Das hab' i nit gern.

WELLNER Ja, Paul – *Sucht* Es kann doch um Gottes willen nicht dein Ernst sein.

POLDI Ich glaub' halt noch immer, du machst ein' Witz, obzwar – ich muß wiederholen – es ist nicht der richtige Moment.

PAUL *fast ärgerlich* Aber es ist mein heiliger Ernst. Die Sache ist doch so einfach als möglich. Er hat sich benommen wie ein Bube, und ich hab' ihn behandelt wie einen Buben. Damit ist die Sache für mich abgetan.

WELLNER Ja, entschuldige, das hast du den Herren gesagt?

PAUL Jawohl, das hab' ich.

WELLNER Und die haben das so hingenommen?

POLDI *fachmännisch* Pardon, die haben ja vorläufig nichts anderes tun können.

WELLNER Aber Paul, das ist ja nicht möglich! Das ist doch nichts, was man so ohne weiteres auf sich beruhen lassen kann. Wenn man einen Menschen beleidigt hat wie du den, so muß man denn doch dafür die Verantwortung übernehmen.

PAUL Das heißt die Verpflichtung, sich niederschießen zu lassen?

WELLNER Ah, man stirbt nicht gleich.

PAUL *sehr kräftig* Aber ich hab' auch nicht Lust, mir nur ein Haar krümmen zu lassen – versteht ihr mich.

WELLNER Man wird finden, daß du dein Leben sehr lieb hast!

PAUL Man wird sehr recht damit haben. Ich finde es so schön, so ... *Heiter* Jedenfalls viel zu schön, um es aus einem solchen Grunde zu riskieren.

POLDI Wir finden's auch schön. – Aber das würde uns nicht

abhalten, *Sich an Wellner wendend* was, Doktor – das würde uns nicht abhalten, es erforderlichenfalls in die Schanze zu schlagen.

PAUL Aber wofür? Darauf kommt es doch auch ein wenig an, denke ich!

WELLNER Ganz gut. Es gibt ja Leute, die sich hinter diesen Vorwand zurückziehen könnten! Aber es ist zu bedenken, daß du vorläufig noch nie Gelegenheit gehabt hast, deinen Mut auf irgendeine Weise zu betätigen.

POLDI Das ist sehr richtig. Du hast meines Wissens noch keinen Feldzug mitgemacht.

PAUL Gewiß: ich hab' noch nicht einmal ein Kind aus dem Wasser gerettet. Aber darin kann ich noch keinen genügenden Grund sehn, meinen Mut zu beweisen, indem ich mich vor die Pistole eines Buben stelle.

POLDI *sehr verzweifelt* Ja, ja – das hab' i nit gern.

WELLNER Bitte, mein lieber Paul, überlege gefälligst, daß du absolut keine Ausrede hast.

PAUL Hab' ich nach einer gesucht? Ich will nicht. Punktum.

WELLNER Pardon – ich meine das so: du bist durch nichts gebunden. Du hast keine Eltern mehr, du hast keine Geschwister, bist nicht verheiratet –

POLDI Ja. Du stehst sozusagen ganz allein in der Welt.

PAUL *mit Humor* Ich hab' ja meine Freunde.

POLDI Na, auf uns brauchst du gar keine Rücksicht zu nehmen. Du hast ganz freie Verfügung über dich.

PAUL Die wird mir ja soeben abgestritten.

WELLNER Du weißt ja, wie's gemeint ist: du hast keine Verpflichtung – gegen niemand – du kannst nicht sagen, daß du dich für irgend jemand erhalten mußt.

PAUL Für mich, mein Lieber, für mich! Nicht nur Verpflichtungen binden uns ans Leben, oh nein.

POLDI Was reden wir denn da so herum. Das ist ja geradezu komisch. Wir sind doch Männer, um Gottes willen. Es handelt sich doch darum, daß du einen Offizier beleidigt hast.

PAUL *lächelnd* Bitte sehr – gezüchtigt.

POLDI Ich bitte dich, laß mich jetzt aus mit deinen philosophischen Unterscheidungen. Die brauchen wir nicht; wir haben ja gottlob was viel Besseres, den Codex.

PAUL *fast belustigt* Was ist besser?

POLDI Na, den Duellcodex haben wir! Und nach dem hast du einen Gentleman beleidigt, durch Schlag beleidigt, also nach dritter Art, bitte! – ergo mußt du dich schlagen, wenn du ein Gentleman bist. So ist es einmal und du wirst daran nichts ändern. Hättest du dir's früher überlegt.

WELLNER Ja, Poldi hat ganz recht.

POLDI Wenn der Oberleutnant seinen Säbel bei sich gehabt hätte, hätte er dich sowieso auf dem Fleck zusammengehaut.

WELLNER Wir leben nun einmal innerhalb eines Kreises, in dem diese Anschauungen maßgebend sind, und es ist nicht möglich, sich darüber hinwegzusetzen. Du darfst es so wenig wie ein anderer.

PAUL Ich darf nicht?

POLDI Natürlich darfst du nicht. Ich versteh' überhaupt nicht, wie man so lange über einen so klaren Fall disputieren kann. Wir leben ja, wie der Doktor gesagt hat, in einem Kreis und so weiter, wir sind ja gottlob nicht Leute, die sich herumprügeln wie die Hausknecht'. Wir haben doch einen Codex, Gott sei Dank, da steht alles drin. Wenn wir schon davon reden wollen, du hast dich schon gestern inkorrekt benommen.

PAUL Ah!!

POLDI Gleich wie der Oberleutnant angefangen hat, dich anzugehen, *Erklärend zu Wellner* gleich wie er ihn gefragt hat, warum er lächelt und so weiter, *Wieder zu Paul gewendet* gleich da hättest du dich ihm zur Verfügung stellen sollen. Natürlich – ich bin ja vielleicht ein bissel übertrieben in diesen Sachen – aber ich bin einmal so. Wenn mir einer ein Wörterl sagt, das mir nicht paßt, mach' ich mein Buckerl und schick' ihm meine Zeugen.

WELLNER Geh, das gehört ja jetzt nicht her.

POLDI Pardon, ich muß ja mein' Standpunkt klarlegen.

WELLNER *abschließend* Das Wesentliche für dich, Paul, ist nur das eine: Wenn du tatsächlich darauf beharrst, die Genugtuung zu verweigern – *Hält inne, wie fragend.*

PAUL Ich beharre darauf.

WELLNER Nun, dann machst du dich absolut unmöglich.

POLDI Jawohl, das ist aber mild ausgedrückt.

PAUL »Unmöglich«??

WELLNER Rechtlos machst du dich selbst damit innerhalb des Kreises, in dem du bisher gelebt.

POLDI In der ganzen gebildeten Welt, kann man sagen.

WELLNER Jeder darf dich insultieren, ohne daß du überhaupt noch wagen darfst, ritterliche Genugtuung zu fordern.

POLDI Zu deutsch: du bist satisfaktionsunfähig.

PAUL Ihr redet so ins Blaue. Durch wen kann ich mich je insultiert fühlen? Ist denn meine Ehre in jedermanns Hand, dem es gerade Spaß macht, sie anzugreifen? Nicht auf das, was uns geschieht, auf das, was wir tun, kommt's doch an! Und wenn mich einer insultiert, kann er eben nur ein Narr oder ein Betrunkener sein, und das ist mir gleichgültig.

POLDI Oho, oho, es braucht einem, der kein Narr und nicht betrunken ist, nur beizufallen, sich deines Benehmens im vorliegenden Falle zu erinnern und auf Grund dessen zu behaupten, daß du – *Zögert.*

PAUL Nur heraus!

POLDI Oh, ich weiß, daß ich nichts zu befürchten habe.

WELLNER *unwillige Gebärde.*

PAUL *lachend* Ach so. *Mit steigender Heftigkeit* Nun, ich stelle es jedem anheim, für den ich durch meine Weigerung schlechter geworden bin, als ich war, auf den weiteren Verkehr mit mir zu verzichten. Und wenn du der erste bist – meine Tür ist offen – ich hindere dich nicht daran, dich sofort zu entfernen.

POLDI *will auffahren, dann gezwungen lächelnd* Ja, richtig. Unter den obwaltenden Umständen kann ich den Abbruch unserer bisherigen Beziehungen nur mit besonderer Freude begrüßen. *Zu Wellner* Grüß dich Gott! *Korrekte Verbeugung; geht ab.*

PAUL, WELLNER
Kurze Pause

PAUL Wenn du auch findest, daß man nicht mehr mit mir verkehren kann – *Geste, daß er ihn entläßt.*

WELLNER Ach, laß das doch. – Aber es werden's manche, *Sehr lebhaft* alle werden's so machen.

PAUL Nun, das soll mir die Laune nicht stören. Ohne die verschiedenen Poldis werde ich existieren können.

WELLNER Du stellst dir das leichter vor, als es ist. Du wirst es doch spüren.

PAUL Also – ehrlich gesprochen, du selbst wünschest eigentlich dieses Duell?

WELLNER Das ist doch – *Pause* Ich kann mir nicht helfen, ich hätt's lieber, wenn du losgingst.

PAUL Aber Mensch, jetzt sind wir unter uns. Bist du wahrhaftig der Ansicht, daß man jede Infamie entweder stillschweigend dulden oder mit seinem Leben dafür einstehen muß?

WELLNER Ja, wie soll denn sonst ein Mensch, wie zum Beispiel dieser Karinski, zu seiner Genugtuung kommen?

PAUL Er soll es eben nicht.

WELLNER *ärgerlich* Ach, ich bitt' dich! Wenn dir das Mädel gleichgültig wäre, hättest du dich nicht gerührt.

PAUL Das mag ja sein.

WELLNER Nun also. – Und wenn man wirklich über solche Auffassungen erhaben ist, wie sie jetzt einmal unter Ehrenmännern gebräuchlich sind, so läßt man einen Menschen, wie den Karinski, reden, was er will, und geht seiner Wege. Das hättest du von mir aus ruhig tun können. Aber im Augenblick, wo du dich selbst beleidigt fühlst und selbst zu hauen anfängst, – stellst du dich genau auf denselben Standpunkt wie der andere und darfst dich nicht hinter Prinzipien und angeblich allgemein menschliche Anschauungen zurückziehen.

PAUL *ruhig* Du irrst dich. Ich habe mich weder beleidigt gefühlt, noch habe ich mich auf irgendeinen Standpunkt gestellt. Ich bin einfach empört gewesen, und wie einer, der empört ist, hab' ich gehandelt.

WELLNER Nun – siehst du!

PAUL Gewiß! – Ich habe ja nie behauptet, daß ich ein Engel bin! Ich bin ein Mensch, und was ich getan habe, das ist menschlich, und jeder wird es begreifen. Was aber jetzt von mir gefordert wird, ist Unsinn. Er einen Schlag, den er verdient hat – und ich dafür vielleicht den Tod, den ich gewiß nicht verdient habe? Nein – das scheint mir durchaus nicht das richtige Verhältnis.

WELLNER Der Schlag aber bedeutet nicht den Schlag, sondern eine tödliche Beleidigung, wie du sehr wohl weißt.

PAUL Was mir in dem Duell geschähe, würde nichts bedeuten, sondern etwas sein... und das ist ein wesentlicher Unterschied.

WELLNER Du denkst an nichts als an die Gefahr, in der du schwebst. Wenn man nachträglich so vorsichtig ist, so hat man kein Recht, vorher so unüberlegt zu sein, besonders aus rein persönlichen Gründen. Warum sind wir anderen nicht empört gewesen.

PAUL Das ist euer Fehler, nicht der meine. Wenn ihr euch von eurem ehrlichen Gefühle leiten ließet, nicht von eurer Codexphilosophie, so hättet ihr alle gestern diesen Menschen von unserem Tische wegjagen müssen und ihn für ehrlos erklären – nicht mich, weil ich mich nicht mit ihm schlage. Das ist ja zu dumm.

WELLNER Es ist gar nicht dumm, es hat sogar einen tiefen Sinn. Wir sind Männer, mein Lieber; und darum müssen wir mit unserem Blute einstehen für das, was wir sagen und tun. Wohin käme es denn sonst? Wenn jeder sich so benähme wie du?

PAUL Tät' es doch jeder – so braucht' es bald niemand mehr zu tun! Aber die Komödie vom Mannesmut und von der Verachtung des Lebens muß weitergespielt werden.

WELLNER Komödie?... Der Mut!?...

PAUL Jawohl; eine ganz niederträchtige noch dazu. Wer setzt denn sein Leben gern aufs Spiel, solange er Grund hat, es zu lieben? Kein Mensch. Setzt man's aber aufs Spiel, ohne es zu lieben, wo steckt denn da der Mut?

WELLNER Lächerliche Sophisterei. Du wirst mit dieser armseligen Weisheit nicht das Heldentum aus der Welt schaffen – und uns werden immer nur die als Männer gelten, die fähig sind, das zu tun, was du so gering achtest: ihr Leben einsetzen.

PAUL O ja! Aber es fragt sich: wofür! – Für eine heilige Überzeugung, für eine große Idee – für alles, woran man nur selbst mit seinem Herzen oder mit seinem Verstande glaubt – begebe man sich in Gefahr und Tod; – ich werd' es verstehen und werd' es vielleicht manchesmal schön finden. Aber mich in dieses blödsinnige Duell hineinhetzen lassen – welchen Anlaß gäb' es dazu? Hab' ich eine schwere Schuld begangen, die nur so gesühnt werden kann? Muß es etwa entschieden werden, wer der Bessere von uns beiden ist, Herr Karinski oder ich – oder könnte es so entschieden werden, wenn es zweifelhaft wäre? Nütze ich irgendeinem guten Menschen, oder einem guten Werke, wenn ich mich schlage? Nein, nein und tausendmal nein! Nur um bei euch nicht als feig zu gelten, würde ich dieses Spiel um mein Dasein wagen – und ich sage dir, der Preis ist mir nicht hoch genug. Und wenn es auch Wahrheiten gibt, die den Einsatz eines Lebens wert sind... die Wahrheit, mein lieber Freund, die ich dem Oberleutnant Karinski ins Gesicht geschlagen habe, soll etwas billiger gewesen sein.

WELLNER, PAUL; ANNA *rasch herein*

WELLNER *für sich* Das hätt' ich mir denken können!

PAUL Anna!

ANNA Gott sei Dank, daß Sie da sind!

PAUL Sie sind ja ganz außer Atem, Fräulein! – Bitte, setzen Sie sich doch.

ANNA Mit den Förmlichkeiten verschonen Sie mich jetzt lieber. Sagen Sie mir, ob es wahr ist, daß Sie sich mit diesem Oberleutnant Karinski schlagen wollen.

PAUL Was fällt Ihnen ein?

ANNA Man hat mir ja erzählt, was zwischen Ihnen vorgefallen

ist. Und kein Mensch im Theater hat mir geglaubt, daß ich noch nichts davon weiß. – Also sprechen Sie doch – *Plötzlich mit Hoffnung* Es ist am Ende schon vorbei –?

WELLNER Das dürfte man Ihnen ja sagen, Fräulein.

PAUL Es wird überhaupt nicht stattfinden – glauben Sie mir doch.

ANNA Denn vorher darf man nichts davon sagen... natürlich. – Man ist verpflichtet, mir die Wahrheit zu verschweigen. Das gehört so mit dazu. Aber ich sage Ihnen, daß ich auf all den Unsinn nichts halte, verstehen Sie mich. Und da es sich um mich handelt in der ganzen Sache, ist es mein gutes Recht, mich darum zu kümmern, und ich – verlassen Sie sich darauf – ich werde es nicht dulden, daß Sie um meinetwillen – o Gott! - für mich *Allmählich in stärkerer Erregung* Sie für mich mit diesem Menschen – es ist zum Tollwerden.

WELLNER Sie haben allen Grund, vernünftig zu bleiben, mein Fräulein.

ANNA *sieht Wellner an* Es darf auch nicht geschehn. Ich werde vor Ihrem Hause Wache halten.

PAUL *lächelnd* Aber diese strengen Maßregeln sind durchaus nicht notwendig. Ich schlage mich nicht.

ANNA *mit einer plötzlichen Idee* So haben Sie hier nichts mehr zu tun?

PAUL Nein.

ANNA Wenn das wahr ist, so begleiten Sie mich nach Wien.

PAUL Sie bleiben also nicht hier?

ANNA Antworten Sie mir, ja?

PAUL Gewiß fahre ich mit Ihnen – sehr gern.

ANNA In einer Stunde?

PAUL Wann Sie wollen.

WELLNER Ich werde dich jetzt verlassen, Paul; und da wir uns wahrscheinlich lange nicht sehen werden –

PAUL *betreten* Warum lange?

WELLNER Es ist wohl anzunehmen – es ist zum mindesten möglich. – Also leb wohl, und glückliche Reise. *Er reicht ihm nicht ohne Bewegung die Hand.*

ANNA Einen Augenblick, Herr Doktor. *Betretene Pause* Ich weiß, warum Sie in dieser Weise gehen.

WELLNER O, bitte –

ANNA Ich liebe Ihren Freund nicht und habe auch nicht die Absicht, es ihn glauben zu machen. Aber auch wenn man einen Menschen nicht liebt, kann der Gedanke peinlich sein, daß man der unschuldige Anlaß zu seinem Unglück sein könnte. Sie begreifen das vielleicht.

WELLNER Gewiß.

ANNA Und so tut man eben, was am nächsten liegt, nicht wahr, was man für gut hält, nicht wahr?

PAUL Wem fällt es ein, daran zu zweifeln.

WELLNER Ich habe mir gewiß nicht gestattet –

ANNA Sie gestatten sich zu denken, daß ich zum mindesten die Gelegenheit gut benütze.

PAUL Anna –

ANNA Ich weiß, daß es so ist.

WELLNER Man trägt ja keine Verantwortung für Gelegenheiten, die sich bieten.

PAUL Wellner! –

WELLNER Ich bitte sehr um Entschuldigung – nicht ich habe das Gespräch dahin geführt. Adieu. *Ab.*

PAUL, ANNA

PAUL Warum haben Sie das gesagt, Anna? Mußten Sie sich gegen irgendeinen Vorwurf verteidigen?

ANNA Ich hab' nichts anders können. Sehn Sie denn nicht, daß ich mit meiner Kraft zu Ende bin? Ich kann mir nichts mehr gefallen lassen – alles in mir zittert ja. Jetzt komme ich da herauf zu Ihnen, halb tot vor Angst – das werden Sie mir wohl glauben –, und da steht nun Ihr Freund daneben und denkt sich: Ah, die spielt nicht übel Komödie! –

PAUL Ist Ihnen denn nicht gleichgültig, was die Leute denken?

ANNA Ihnen, ja Ihnen braucht nichts an den Leuten zu liegen, das weiß ich schon. Aber ich, ich brauch' sie, ich muß unter ihnen sein – und mich quälen alle. Ich halt's nicht aus.

PAUL Mich quälen sie auch. Wären Sie nur dabeigewesen, was ich jetzt alles hab' hören müssen.

ANNA Warum?

PAUL Nun, weil ich mich nicht schlage. Seien Sie überzeugt, das war mit ein Grund, daß mein alter Freund so von mir fortgegangen ist. Kein Ehrenmann wird mit mir verkehren, weil ich mich mit einem Lumpen nicht schlage. Aber Sie sehen, man muß sich nicht fügen, man muß nur über sie lachen können.

ANNA Ich – und Sie – das ist doch was ganz anderes. Sie sind ein Mann und außerdem auf niemand angewiesen. Sie können sich leicht über alles hinwegsetzen, Sie können leicht lachen.

PAUL Sagen Sie ein Wort, und Sie sind alle Sorgen los.

ANNA Wieder das – und immer wieder das?!

PAUL Und warum nicht? Weil es Leute gibt, die sagen könnten – *Unterbricht sich* – aber Sie wissen doch, daß es nicht wahr wäre. – Was wollen Sie denn eigentlich tun?

ANNA Sie haben es ja gehört.

PAUL Nach Hause fahren?

ANNA Ja. Mit Ihnen.

PAUL Gut. Und was dann?

ANNA Dann bin ich eben bei meiner Mutter, übern Sommer.

PAUL Schön. Und dann –?

ANNA Ja – dann... geh' ich natürlich wieder in irgendein Engagement.

PAUL Und die Geschichte fängt wieder von vorne an.

ANNA Ja.

PAUL Und Sie werden es wieder nicht ertragen.

ANNA Ich werd' es müssen. –

PAUL Nur werden Sie eines Tages zu Ihrem Erstaunen bemerken, daß Sie die Geliebte irgendeines Komödianten oder Leutnants geworden sind.

ANNA *zuckt zusammen.*

PAUL Das ist es ja, was Sie mir selbst immer sagen.

ANNA Wie das aus Ihrem Munde geklungen hat! – Nein! Ah – nein! – Es muß nicht dahin kommen, es ist nicht wahr. Ich hab' nur hier, an dieser elenden Schmiere, vergessen, daß ich doch im Grunde meine Kunst habe. Erinnern Sie sich nur, was Sie mir selbst früher für eine Zukunft prophezeit haben!

PAUL *sieht vor sich hin.*

ANNA Erinnern Sie sich denn nicht? Wie Sie oft am Abend bei uns waren und ich Ihnen meine Rollen vorgespielt habe...

PAUL Oft! – Ich war höchstens fünfmal in Ihrem Haus.

ANNA Es war nur – Ja, Sie haben recht. Nun – und glauben Sie jetzt nicht mehr, daß was aus mir werden kann?

PAUL Sagen Sie mir lieber: Sehnen Sie sich noch so sehr danach, wie damals, als ich Sie Ihre Rollen überhörte?

ANNA *lächelnd* Ich hab' es mir einfacher vorgestellt. Aber es wird schon werden. Sie sollen sehn. Ich werde ja so fleißig sein, jetzt, wenn ich nach Wien komme.

PAUL Soll ich wieder kommen, die Rollen überhören?

ANNA Ach Gott, wär' das schön!

PAUL Das kann ich ja tun! – Und im Herbst fliegen Sie mir wieder davon.

ANNA Sie können ja mit.

PAUL Als Ihr Sekretär, wie? Eine schöne Stellung. Da möcht' ich Ihnen doch lieber einen anderen Vorschlag machen.

ANNA –?

PAUL Wie wir auch beisammen bleiben können, ohne daß ich mich in einer so abhängigen Stellung befände. Allerdings – die große Karriere wäre damit abgeschnitten –

ANNA Nun?

PAUL Aber Sie werden nicht erschrecken?

ANNA Nein.

PAUL *ihre beiden Hände nehmend* Anna, werden Sie meine Frau.

ANNA *erschrocken* Aber – ich liebe Sie ja nicht – ich liebe Sie ja nicht.

PAUL Und haben auch nicht die Absicht, es mich glauben zu machen, ich weiß. Versuchen Sie doch einmal, einen Augenblick nicht an die anderen Leute zu denken, ja? Daß ich zufällig kein armer Teufel bin, ist fatal – aber setzen Sie sich darüber hinweg. Ich ertrag' es nicht – ein für allemal, Sie weiter in diesen Verhältnissen zu sehen. Ich leide darunter, ich möchte manchmal weinen vor Zorn, daß Sie die Launen und die Niedrigkeiten aller dieser Menschen zu dulden haben. Sie taugen nun einmal nicht dazu, ich sag' ja nicht, daß Sie besser sind als die anderen, wenn Sie das nicht hören wollen. Aber Sie brauchen eine andere Art von Existenz – das fühlen Sie selbst, und ich kann sie Ihnen bieten, Anna –

ANNA Sie sind so gut.

PAUL Ich sage Ihnen ja nicht mehr. Ich sag' Ihnen nicht, daß ich Sie anbete, obwohl ich es vielleicht längst tue. Aber was sollen uns denn immer die dummen Worte. Auf die kommt es doch gar nicht an. Wir sind einander notwendig geworden, wie es scheint, wir zittern eines für das andere, warum sollen wir wieder voneinandergehen?

ANNA Ich kann Ihnen nicht gleich antworten – es muß ja auch nicht auf der Stelle sein. Ich nehme an, Sie haben mir noch nichts gesagt – so ist es am besten! – Sie haben mir noch nichts gesagt –

PAUL Ah, darauf geh' ich nicht ein. Ich bin ja so froh, daß ich mich durch die Versicherung Ihrer Gleichgültigkeit nicht habe einschüchtern lassen. Fangen Sie nicht an zu merken, daß Sie durchaus nicht gleichgültig sind?

ANNA Ich weiß nicht. Ich bin – ich bin wie erstarrt. *Sie hält die Hände vor die Augen.*

PAUL Das dauert nicht lang. *Nimmt ihre Hände leise fort* Sie sind bei mir. Das fassen Sie doch? Und wir reisen heute zusammen von hier weg. Und von diesem Augenblick an bleiben wir zusammen, das ganze Leben. Ahnen Sie, was das bedeutet? Wir zwei – Sie und ich! Ah, wir werden die glücklichsten Menschen sein, die es gibt! – Wenn wir zwei es nicht sein sollten! Bedenken Sie nur: nichts auf der Welt bindet uns, wir können machen, was wir wollen! *Währenddem sieht man die Gartentür öffnen, Wellner und Rohnstedt hereintreten, langsam dem Hause sich nähern.* Wir werden ihnen weit davonfahren, allen diesen Narren und Tröpfen, die uns die Existenz verleiden wollen. Ah, was wird das für eine Wonne sein! Und die ganze

Welt werd' ich dir zeigen, das viele Schöne, das es überall gibt und von dem du gar nichts weißt! Wo bist du denn schon gewesen, was hast du schon gesehn? Nichts, nicht wahr, gar nichts. Mein armes, liebes Kind.

ANNA *in Tränen* Paul, Paul!

PAUL Mein geliebtes Kind! *Wie er ihr beinahe zu Füßen sinkt, klopft es – er erhebt sich rasch; ruft:* Herein!

Wellner tritt ein.

PAUL, ANNA, WELLNER

WELLNER Du mußt entschuldigen, daß ich nochmals komme. Aber ich bin nicht allein. Oberleutnant Rohnstedt ist bei mir.

PAUL *höchst erstaunt* Wie ist das möglich?

ANNA Wer?

WELLNER Es ist so. Ich wundere mich nicht weniger als du.

PAUL Ja, ich weiß wahrhaftig nicht. – Soll ich ihn überhaupt –

WELLNER Es liegt gewiß kein Grund vor, ihn nicht zu empfangen.

ANNA Er kommt von – ihm –?

PAUL Sie können trotzdem ganz ruhig sein.

ANNA Ja, was haben Sie denn jetzt noch mit ihm zu schaffen.

WELLNER *etwas irritiert* Es geht doch nicht an, ihn antichambrieren zu lassen.

PAUL Gleich. – *Zu Anna.* Aber Anna, glauben Sie, daß ich jetzt – wo ich – *In plötzlicher Zärtlichkeit* jetzt, wo ich dich habe ... Sei ganz ruhig. Aber empfangen muß ich ihn.

ANNA Sie haben jetzt auch nicht mehr das Recht, über sich so frei zu verfügen.

PAUL Ich weiß. Gehn Sie gleich hier durch den Garten. In einer Stunde bin ich bei Ihnen, und wir fahren zusammen fort. *Da sie zögert* Ich versprech's dir.

ANNA *ihm in die Augen schauend* Auf Wiedersehn! *Ab links.*

WELLNER *der schon ungeduldig wird* Ich führe ihn gleich herein. *Ab rechts; kommt sofort mit Rohnstedt wieder.*

PAUL, WELLNER, ROHNSTEDT

WELLNER *verbeugt sich und will sich entfernen.*

PAUL Ich habe nichts mit dem Herrn Oberleutnant zu besprechen, was vor dir ein Geheimnis bleiben müßte.

ROHNSTEDT Ich bitte sehr.

PAUL *stumme Bewegung, lädt Rohnstedt ein, Platz zu nehmen.*

ROHNSTEDT Es mag Sie befremden, mich noch einmal hier zu sehen – *Zögert.*

PAUL *stumm beistimmend.*

ROHNSTEDT Aber es steht so Wichtiges auf dem Spiel, daß ich von Formalitäten absehen darf, die doch nichts nützen können. Haben Sie also die Güte, anzunehmen, daß ich nicht in einer offiziellen Mission vor Ihnen stehe, was ich ja gewiß nicht mehr dürfte.

PAUL Es handelt sich also nicht mehr um die Angelegenheit, welche heute morgen zwischen uns besprochen wurde?

ROHNSTEDT Gewiß handelt es sich um dieselbe; ich finde es aber notwendig – wie soll ich sagen –, mich auf einen anderen Standpunkt zu stellen; nicht auf den, zu welchem ich als Offizier verpflichtet bin... wäre. *Wärmer* Lassen Sie uns einfach als Menschen miteinander reden.

PAUL Ich glaube das immer zu tun.

ROHNSTEDT Nicht jeder darf es immer. Auch diesmal dürfte ich es nicht. *Ernst* Aber ich will keine Schuld auf mich laden, die mir schwerer erschiene, als den Comment zu verletzen; die, einen Kameraden rettungslos zugrunde gehen zu lassen.

PAUL *schweigt und hört mit verbindlichem Ausdruck weiter zu.*

ROHNSTEDT *mit einem plötzlichen Entschluß* Nun, ich begreife, daß Sie keine Lust haben, sich in eine Gefahr zu begeben, um so mehr, als Sie im Recht gehandelt zu haben glauben.

PAUL Gehandelt haben; *Sehr freundlich* nachdem wir ja als Menschen miteinander reden.

ROHNSTEDT Gut. Ich selbst finde, daß Karinski zu weit gegangen ist – und ich halte es nicht für unmöglich, daß er das so gut weiß wie wir alle. Aber das hilft uns jetzt nicht mehr. Er m u ß sich schlagen.

PAUL *mit leichter Ungeduld* Pardon, aber ich dachte, das sei bereits erledigt.

ROHNSTEDT Ich bitte Sie, mich weiter anzuhören. Wenn Sie darauf bestehen, sich nicht mit ihm zu schlagen, ist er ruiniert. *Auf einen gleichgültig fragenden Blick Pauls* Er muß quittieren.

PAUL Sie entschuldigen, wenn mich das nicht genügend erschüttert.

ROHNSTEDT Schimpflich quittieren, das heißt für ihn: das Ende. Ich weiß es, wenn er auf diese Weise seinen Abschied nehmen muß, kann er nicht weiterleben.

PAUL *schweigt.*

ROHNSTEDT Sie machen mir meine Aufgabe nicht leicht, Herr Rönning. Er ist nun einmal mein Kamerad. Man spürt zuweilen, daß es doch etwas bedeutet, mit einem Menschen von frühester Jugend an zusammen gewesen zu sein, wenn auch... Ich kann nicht ruhig zuschaun und keinen Finger rühren, wenn solche Möglichkeiten drohen; ich kann es einfach nicht. Und darum komme ich noch einmal zu Ihnen. Es bleibt mir ja nichts anderes übrig.

PAUL *entschieden* Herr Oberleutnant, mein Erstaunen ist grenzenlos. Glauben Sie denn im Ernst, daß diese Gründe für mich maßgebend sein können? Glauben Sie, ich bin gelaunt, für die fixe Idee des Herrn Oberleutnants Karinski, ohne Charge sein Leben nicht weiter führen zu können, das meine aufs Spiel setzen?

ROHNSTEDT Karinski braucht Ihr Leben nicht.

PAUL *auffahrend* Will er es mir etwa schenken –? Wahrhaftig; das ist köstlich. Und weil ich keine Lust habe, wie Sie zu begreifen so freundlich waren, mich von Ihrem Herrn Kameraden in üblicher Weise vor Zeugen und Ärzten totschießen zu lassen, glauben Sie, daß ich mich zu einer lächerlichen Komödie hergeben werde?

ROHNSTEDT Ich sehe keinen anderen Ausweg – weder für Sie noch für ihn. Was liegt Ihnen daran, da Sie doch alle diese Formen zu verachten scheinen, mit ihnen zu spielen. Was kein anderer meiner Kameraden täte, tue ich: ich komme Sie darum bitten. Ahnen Sie, was das für mich bedeutet?

PAUL Ich versteh' es vollkommen, und ich sage nein. Ich erkenne ihm weder das Recht zu, mich zu töten, noch mich zu begnadigen! –

ROHNSTEDT *aufstehend* Sie aber töten ihn! Glauben Sie, ob Sie dazu das Recht haben?

PAUL Wer darf das sagen? Mir ist einer über den Weg gelaufen, den ich gezüchtigt habe, wie er es verdient hat. Das war alles, was ich mit ihm zu schaffen hatte. Wer darf es wagen, mir die Verantwortung für das aufzubürden, was noch kommen kann?

WELLNER Du hast sie.

ROHNSTEDT Man zeigt Ihnen den Weg, auf dem dieser Mensch zu retten wäre, so retten Sie ihn.

WELLNER *leise* Und dich!

PAUL *zusammenzuckend, mit großer Heftigkeit sich auflehnend* Nun aber ist's genug. Was ist mir denn dieser Mensch, den ich um jeden Preis retten soll? Ist es nicht eine ungeheure Vermessenheit von ihm, sich noch weiter auf meinen Weg zu stellen. Ich kann ihm so wenig seine Ehre geben, als ich sie ihm nehmen konnte. Nicht dadurch, daß er den Schlag bekommen, dadurch, daß er ihn verdient hat, hat er sie verloren. Gerade dieser Mensch, der soviel auf das hält, was Sie Ehre nennen, hat die Ehre eines anderen Wesens leichtfertig besudelt.

ROHNSTEDT Wir wissen, daß das sein Unrecht war; aber lassen Sie es ihn doch nicht so entsetzlich büßen.

PAUL Nicht ich spreche ihm das Recht ab, weiter zu leben; ein Wahn spricht ihm das ab, mit dem ich und alle menschliche Vernuft nichts zu tun haben.

ROHNSTEDT Für Sie ist es ein Wahn, andere sind in diesem »Wahne« aufgewachsen. Was Ihnen Wahn ist, ist für andere das Element, in dem sie leben. Sie können nicht sagen, daß Ihnen das unbekannt ist. Sie haben gewußt, wem Sie gegenüberstehen. Bedenken Sie, was Sie tun, bedenken Sie, was Sie verweigern.

PAUL Es ist bedacht. (Ich habe keine Lust, in diesem Gewirr von Lügen mitzutaumeln.) Ich sage nein, zum letztenmal nein.

ROHNSTEDT Weiter in Sie zu dringen, ist mir natürlich nicht möglich. Trotzdem muß ich sagen, ich beklage das sehr, in unser aller Interesse – mehr kann ich – auch als Mensch – nicht sagen.

Verbeugt sich und geht ab.

PAUL, WELLNER

Große Pause.

WELLNER Und nun – hole deine Braut ab und reise ab.

PAUL *nicht sehr bestimmt* So war es meine Absicht.

WELLNER Aber rasch, wenn du einen letzten Rat von mir annimmst.

PAUL Das wird wohl mir überlassen sein.

WELLNER Nicht so ganz.

PAUL Was soll das bedeuten?

WELLNER Das fragst du noch? Hast du Rohnstedt nicht verstanden? Und auch, wenn er nichts gesagt hätte. Aber seine letzten Worte waren eine Warnung – eine Drohung.

PAUL Ich weiß.

WELLNER *erregt* Nun also. Hast du auch nur eine Sekunde glauben können, daß Karinski das so hinnehmen wird?

PAUL Für ihn ist in dieser Sache nichts mehr zu gewinnen.

WELLNER Nichts mehr zu verlieren, das bedenke. Rohnstedt hat das rechte Wort gesagt. Der Mann ist ruiniert. Er riskiert nichts mehr, was immer er unternimmt. Er ist zu allem fähig. Nachdem du ihm – wir nennen's nun einmal so – die ritterliche Genugtuung verweigert hast – wird er –

PAUL Was wird er?

WELLNER Ich rate dir wegzufahren, so eilig als möglich, und nicht mehr zurückzukommen.

PAUL Du bist wohl nicht bei Sinnen?

WELLNER Es war ja deine Absicht, was hält dich noch zurück? Hier ist ein Mensch, den du vernichtet hast.

PAUL Den ich vernichtet habe?

WELLNER Hast du's etwa nicht getan? Ihm bedeutet seine Existenz so viel als dir die deine. Nur fürchte ich, er wird seine Sache mit mehr Logik führen als du.

PAUL Glaubst du?

WELLNER Geh, Paul, ich bitte dich. Sei nicht trotzig, sei nicht eigensinnig. Wenn man einmal begonnen hat wie du, sich so hinwegsetzt über das, was nun einmal hergebracht ist, so muß man auch die Konsequenzen seiner Anschauungen ziehen.

PAUL Das will ich eben.

WELLNER Dann gibt es aber nur das eine: weg von da!

PAUL Da gibt es nur das eine: bleiben. Und das werde ich tun.

WELLNER *will etwas erwidern, nimmt ärgerlich seinen Hut und geht.*

Vorhang

Dekoration des ersten Aktes. Schwüler Sommertag, um die Mittagsstunde. Die Sonne liegt über dem Parke. Er ist ziemlich leer; vereinzelte Spaziergänger in den Alleen, zeitunglesende Herren auf Bänken usw. Vor dem Bühneneingang mäßige Bewegung; Theaterleute gehen aus und ein

PEPI FISCHER und LEUTNANT VOGEL *begegnen einander.*

PEPI Grüß dich Gott, Rudi!

VOGEL Servus! *Er will weitergehen.*

PEPI Was ist denn, was ist denn? Geht man so an der Pepi vorüber?

VOGEL Geh, Mäderl, ich bin heut so schlecht aufgelegt – hab' so viel Sorgen –

PEPI Ich weiß schon... wegen –

VOGEL Nichts weißt.

PEPI Drum habt's ihr uns ja alle aufsitzen lassen gestern nach dem Theater.

VOGEL Geh, laß mir ein' Frieden und geh zu dein' Wurstl. *Bemerkt Enderle, der eben gekommen ist und sich auf die kleine Bank neben dem Bühneneingang gesetzt hat. Er sieht das Paar mit einem finsteren, aber ruhigen Blick an* Meiner Seel', da sitzt er schon auf dem Bankel. Ich dank' recht schön, mein liebes Kind. Mit eifersüchtigen Zivilisten will ich nichts zu tun haben. Guten Morgen. *Geht langsam nach hinten, verschwindet aber nicht von der Bühne.*

ENDERLE *ruhig auf der Bank.*

PEPI *scheinbar harmlos zu ihm hin.*

PEPI Servus!

ENDERLE *schaut sie nicht an und antwortet auf ihren Gruß nicht.*

PEPI Na, was ist dir denn wieder nicht recht? Na? Nicht einmal guten Morgen sagt er einem. *Als besinne sie sich* Aha! Ich weiß schon – weil mich der Leutnant ang'redt hat! Da bin ich wieder dran schuld! *Da Enderle nicht antwortet, sehr erregt* Du hast doch g'sehen, daß er auf mich zugekommen ist? Was soll ich denn tun, wenn mir einer nachläuft.

ENDERLE *lacht kurz, steht auf und entfernt sich langsam.*

PEPI *einen Schritt ihm nach, dann verzieht sie gleichgültig den Mund* Weit laufst du mir nicht davon! *Durch den Bühneneingang ab.*

VOGEL *ist am Ende der Allee eben mit Rohnstedt zusammengetroffen. Sie kommen im Gespräch nach vorn.*

VOGEL Servus, Herr Oberleutnant. Also nichts Neues?

ROHNSTEDT *Geste:* Was soll's jetzt Neues geben!

VOGEL Kommst von ihm?

ROHNSTEDT Ja.

VOGEL Was macht er denn?

ROHNSTEDT Nichts. Sitzt auf dem Diwan. Scheint ganz ruhig.

VOGEL Fatale G'schicht', fatale G'schicht'. Man sollt's nicht glauben, was auf der Welt für Sachen vorkommen können. Also was wird denn g'schehn?

ROHNSTEDT Wer kann das wissen?

VOGEL Na, ich hab' gemeint, weil ihr ja *Leicht pikiert* allein miteinander zu sprechen gehabt habt.

ROHNSTEDT Das darfst du nicht übel nehmen

VOGEL *gleich durch den liebenswürdigen Ton Rohnstedts gewonnen* Aber Herr Oberleutnant – ihr zwei seid ja alte Kameraden. Und schließlich, meine Mission war ja leider Gottes beendet – das heißt... *Als käme er plötzlich auf etwas sehr Wichtiges* wir haben noch die traurige Pflicht, das Protokoll miteinander aufzusetzen. Willst so gut sein –

ROHNSTEDT Das kommt wohl in zweiter Linie.

VOGEL Pardon, wenn ich da etwas widersprechen muß, aber – es ist unsere Pflicht und ...

ROHNSTEDT *begütigend* Gewiß.

VOGEL Und wir zwei, also wir haben uns doch in keinerlei Weise Vorwürfe zu machen, wir haben alles getan, was wir – nicht wahr?

ROHNSTEDT Du kannst ganz beruhigt sein – uns trifft kein Vorwurf.

VOGEL Natürlich. Fatale G'schicht'. Schad' um ihn, schad' um ihn. Er hat ja seine Fehler g'habt – also bitt' dich, wer hat nicht seine Fehler; aber es ist schad' um ihn, ein guter Kerl ist er ja doch gewesen –

ROHNSTEDT Na, du sprichst ja rein, als ob schon – so brauchen wir noch nicht zu reden, Vogel.

VOGEL Ja, ja, freilich, so brauchen wir noch nicht zu reden – aber es ist eine fatale G'schicht'. – *Erstaunt* Da kommt er.

ROHNSTEDT *sich lebhaft umwendend* Wahrhaftig!

ROHNSTEDT, VOGEL; KARINSKI *in voller Uniform, mit Säbel, kommt scheinbar ruhig, tritt zu ihnen*

KARINSKI Grüß euch Gott! *Leicht lächelnd* Im Zimmer hab' ich's doch nicht ausgehalten... schwül, Vogel!

VOGEL *befangen* Ja, ja.

KARINSKI Also, mein lieber Vogel, wie wär's, wenn wir voneinander Abschied nähmen. – Ohne Rührung –

VOGEL Aber was red'st denn – Abschied – bitt' dich –

KARINSKI Na, es könnte dir doch in deiner Karriere schaden, wenn du mit mir noch fernerhin... ganz abgesehen von anderen Gründen, die unserem Verkehr ein Ende setzen dürften... Ah! *Atmet tief auf.*

ROHNSTEDT Sprich nicht so – kindische Dinge.

KARINSKI *schaut ihn lachend an.*

VOGEL Ja, das find' ich auch. Was red'st denn? Überhaupt ist das alles... also ich möchte mich ausdrücken – es ist noch in der Schwebe. Jetzt werden wir's Protokoll aufsetzen, der Oberleutnant Rohnstedt und ich – also und das übrige wird sich finden. Da kann man noch gar nichts sagen.

KARINSKI Ja, ja, das Protokoll.

VOGEL Freilich, schließlich... gegenüber dem Ehrenrat ist es das einzige, was wir in der Hand haben.

ROHNSTEDT *das Wort aufgreifend* Hör, Karinski, das warte doch noch ab.

VOGEL Na ja, was –

KARINSKI *plötzlich in sehr ernstem Ton* Ich habe keine Zeit zu warten. Ich danke euch für alles, was ihr bisher für mich getan – und was ihr noch zu tun für nötig haltet, steht bei euch. Ich muß nun meine Sache selbst zu Ende führen.

ROHNSTEDT Karinski!

VOGEL Was willst denn noch machen, Karinski? Schau', es ist ja alles ganz umsonst. Den sauberen Herrn kriegst du nicht heraus. Der wird sich beizeiten salvieren. *Blickt, Zustimmung suchend, zuweilen auf Rohnstedt* Wie ich den saubern Herrn taxier', ist er mit dem ersten Zug abgereist.

KARINSKI Ich werde ihn finden.

VOGEL Ja, was willst denn machen?

KARINSKI Wer weiß? Vielleicht brauch' ich euch doch noch. Wer weiß?

VOGEL *Geste des Zweifels.*

KARINSKI *sehr stark* Einen Versuch ist's wohl noch wert. Das seht ihr doch ein.

ROHNSTEDT Er wird nicht gelingen.

KARINSKI Dann ist alles andere um so einfacher. Und jetzt adieu. So laßt mich doch. Was hilft's euch denn? Wenn ihr nur ein bißchen Freundschaft für mich habt, laßt mich allein. Ich ertrag' es nicht, bewacht zu werden.

ROHNSTEDT Du mußt noch zwei Minuten für mich übrig haben – für mich – du mußt.

KARINSKI Was willst du?

VOGEL Ich sag' dir: Auf Wiedersehn, Karinski, nicht adieu... Servus! *Geht ab.*

KARINSKI, ROHNSTEDT

KARINSKI Was willst du?

ROHNSTEDT Es ist Zeit, zur Besinnung zu kommen.

KARINSKI Glaubst du, daß ich es nicht bin?

ROHNSTEDT Was immer du unternehmen willst, du kannst nichts mehr ändern. Es gibt nur eines, was du zu tun hast.

KARINSKI Ich weiß.

ROHNSTEDT Dich drein ergeben.

KARINSKI *sieht ihn einen Augenblick starr an, lacht dann auf.*

ROHNSTEDT Alles andere ist Wahnsinn.

KARINSKI Meinst du, daß du mit einem Knaben sprichst?

ROHNSTEDT Ich hoffe, nein. Hör mich an, Karinski. Was in dir vorgeht, kann ich begreifen. Dir ist, als wär' dir ein Unglück widerfahren, das nicht wieder gut zu machen ist.

KARINSKI Es soll wieder gut gemacht werden, soweit es in meiner Macht steht.

ROHNSTEDT Und ich sage dir: es ist kein Unglück, an dem Menschen zugrunde gehen zu müssen.

KARINSKI Rohnstedt –

ROHNSTEDT Hier ist es eins... Geh unter andere Menschen, werde selber ein anderer – und es ist eine Nichtigkeit gewesen.

KARINSKI Es ist nicht gut, daß du mich auch daran erinnerst.

ROHNSTEDT An den Gedanken mußt du dich ja doch gewöhnen. Und ich kann nicht finden, daß er gar so furchtbar ist. Damit, daß du aufhörst, diesen Rock zu tragen, Karinski, damit ist noch nichts verloren.

KARINSKI Alles, Rohnstedt, für mich alles. Du weißt es so gut wie ich. Wohin soll ich denn dann? Wohin gehör' ich? Als was soll ich weiterleben, nachdem ich der Oberleutnant Karinski gewesen bin?

ROHNSTEDT Nun, was ist denn der Oberleutnant Karinski so Großes gewesen, daß er nichts anderes mehr werden kann?

KARINSKI Du – du sprichst so zu mir – du?

ROHNSTEDT Schon das erscheint dir als eine Verletzung deiner Würde – so ohne Einsicht bist du, wie du's eben immer warst. Solang ich dich kenne, hast du dich als einer gefühlt, dem mehr erlaubt ist als den anderen. Warum? Ich habe diesen Stolz nie begriffen.

KARINSKI Was willst du mir damit in diesem Augenblick?

ROHNSTEDT Ich will dir damit sagen, daß du kein Recht hast, an einem anderen zu strafen, was ja doch im letzten Grunde deine Schuld ist.

KARINSKI *höchstes Erstaunen* Ja, ist es möglich, daß du so zu mir sprichst? Willst du nicht verstehen, was mir geschehen ist? Und wenn ich tausendmal unrecht gehabt habe, jetzt ist es ausgelöscht. Jetzt bin ich ein Mensch, den ein anderer tödlich beschimpft hat – und noch leben wir beide. Ah, ich bin froh, daß er auf deinen Vorschlag nicht eingegangen ist – im Moment, wo er mir gegenübergestanden wäre, hätte ich alles vergessen. Laß mich gehn, Rohnstedt.

ROHNSTEDT Ich weiß, was du vorhast, Karinski, ich könnte dich zwingen, davon abzustehen.

KARINSKI Was willst du tun? Kannst du mich ein Leben lang bewachen? Was heute nicht geschehen kann, geschähe morgen oder in einem Monat oder in einem Jahr – aber es wird geschehen, so wahr ich – – heute noch Offizier bin.

ROHNSTEDT Wärst du ein ganzer Mensch, Karinski, so würdest du jetzt nicht rasen und eine neue ungeheure Schuld auf dich laden wollen. Du würdest den Weg sehen, der dich aus dieser Verwirrung hinausführt, hinaus in die Welt, wo es noch Licht und Leben gibt, glaub' mir, selbst wenn man aus unserem Kreise davon muß; wo du vergessen darfst und vergessen wirst, was dir hier widerfahren ist. Karinski, unser Kreis ist so eng – und die Welt ist groß!

KARINSKI Nicht für mich. Meine Welt ist da, bei euch, unter meinesgleichen, unter denen, die mich bis jetzt als ihresgleichen gelten lassen. Wenn's damit aus ist, ist alles für mich aus, alles. Und es muß aus sein. Ich weiß es, ja, das weiß ich. Aber ich will mich nicht so von euch davonschleichen, so davonschleichen – während er – – – – Und wenn du mir hundert Wege zeigst, die mich da hinausführen – vorläufig hab' ich hier noch was zu tun, und das soll besorgt werden. – Leb wohl.

ROHNSTEDT Bleib, Karinski.

KARINSKI *sehr kräftig* Laß mich! *Geht*

ROHNSTEDT *bleibt ein paar Augenblicke stehen, dann entfernt er sich in derselben Richtung wie Karinski.*

Vor dem Bühneneingang erscheint BALDUIN, *vor sich hinträllernd, Rosen in der Hand. Ihm entgegen* FRÄULEIN SCHÜTZ.

BALDUIN Guten Morgen, Schützenmädchen.

FRÄULEIN SCHÜTZ Guten Morgen. Oh die schönen Blumen.

BALDUIN Nicht wahr?

FRÄULEIN SCHÜTZ Wer hat dir denn die in aller Früh zum Präsent gemacht?

BALDUIN *trällert* Tralalala...

PEPI *kommt von der Bühne* Guten Morgen!

BALDUIN Pepi!

PEPI Ja, ja, ich liebe dich, und du bist ein schöner Mann. Geh, schenk mir die Rosen. *Greift danach.*

BALDUIN *bringt sie in Sicherheit.*

FINKE *kommt* Servus! *Zu Balduin und Pepi* So rauft's euch doch nicht.

FRÄULEIN SCHÜTZ Guten Tag, Herr Regisseur. Was sagen Sie, Herr Regisseur, zu der schrecklichen Geschichte?

FINKE Was denn?

FRÄULEIN SCHÜTZ Na, mit der Riedel.

PEPI Ja, da hat die Peperl wieder einmal recht gehabt!

ENDERLE *kommt und grüßt leicht, setzt sich bald wieder auf die Bank.*

FINKE Was ist denn da eigentlich vorgefallen?

BALDUIN Das weißt du nicht, Finke? Netter Regisseur! Tralalala.

FINKE Es soll gestern einen Skandal im Park gegeben haben zwischen ein paar Offizieren – ja – war das wirklich wegen der Riedel?

FRÄULEIN SCHÜTZ Freilich, Herr Regisseur. Der Oberleutnant Karinski und der reiche Verehrer von der Riedel –

BALDUIN Duell! Tod und Leben

FINKE Also ist's richtig?

BALDUIN *macht mit der rechten Hand Bewegungen, wie wenn er eine Pistole hielte und anlegen möchte.*

PEPI Geh, hörst nit auf?

BALDUIN *pathetisch* Tot. – Armer Freund.

FINKE Wißt ihr was Genaueres? Was ist denn eigentlich geschehn?

PEPI Was geschehn ist? Nichts Besonderes. Erwischen hat sie sich halt lassen.

FINKE Wer hat sie erwischt?

PEPI Na, der Bräutigam – wer denn? Sie hat halt 'glaubt, er ist im Theater; er hat aber was g'spannt, kommt zu ihr, klopft an – ist zug'riegelt. – Wißt's, was er 'tan hat? Die Tür hat er ein'brochen.

FRÄULEIN SCHÜTZ So eine Kraft!

PEPI Gott, wenn ein Mann eifersüchtig ist! Na, und wen find't er bei ihr im zärtlichsten Tête-à-tête?

BALDUIN Den Sohn des Mars! –

FINKE Den Karinski?

PEPI Na, ihr wißt's ja eh – was laßt's ihr mich denn erzählen!

FINKE *kopfschüttelnd* Ah!

PEPI Was sagen S' denn – »Ah«! – Mich hat's nicht gewundert. Weil ich vom ersten Moment an gewußt hab', wie viel's bei der geschlagen hat. Aber das ist ja die alte G'schicht'. Wenn eine ein bisserl fesch ist beim Theater, gleich heißt's von jedem, mit dem sie einmal ein Wörterl red't, sie hat mit ihm ein Verhältnis, da kann s' die anständigste Person von der Welt sein; aber so einer, die sich auf die feine Dame hinausspielt, der sitzen s' immer wieder auf. Geht's, hört's mir auf.

FINKE *sieht auf die Uhr* Halb elf ist's gleich. Gehn wir's an.

BALDUIN Allons enfants de la patrie. *Er und die zwei Mädchen ab.*

ENDERLE, FINKE

FINKE *bemerkt, daß Enderle noch immer, vor sich hinstarrend, auf der Bank sitzt, klopft ihm auf die Schulter* Na, Enderle, was ist denn?

ENDERLE Lassen S' mich nur da sitzen, Finke, ich wart' auf den Direktor.

FINKE Ja, was wollen S' denn vom Direktor?

ENDERLE Meine Entlassung.

FINKE Was fällt Ihnen denn ein? *Versteht anfangs nicht; begreift plötzlich* Ah so! Na, sein S' g'scheit, Enderle. Nehmen S' doch die Sache nicht so schwer...

ENDERLE Haben leicht reden, Finke. Es sitzt halt zu tief. Ich weiß ja selber, daß es ein Unsinn ist. Drum will ich ja fort. Wenn ich hier bleib', g'schieht ja doch noch ein Malheur. Entweder bring' ich sie um –

FINKE Na, na –

ENDERLE *bitter lachend* Oder ich heirat' sie.

FINKE Also was wollen S' denn machen, Enderle?

ENDERLE Fort, fort! Die ganze Komödispielerei aufgeben meinetwegen. Ich halt's überhaupt nimmer aus in dem »Kunstinstitut« – wie der Direktor immer sagt – ja Schnecken, das ist ein ganz anderes Institut –

FINKE Gehn S', Enderle, sein S' gescheit. Wer wird sich denn so viel draus machen, wenn ihn ein Mädel zum Narren hält!

ENDERLE *tief erschrocken, faßt ihn beim Arm* Glauben Sie wirklich, daß mich die Pepi zum Narren halt!?

FINKE *nach einer kleinen Pause, schaut ihn befremdet, mitleidig an* Na, Sie bilden sich's ja wenigstens ein.

ENDERLE, FINKE, DIREKTOR SCHNEIDER

ENDERLE
FINKE } Guten Morgen, Herr Direktor.

DIREKTOR Gut, daß ich Sie treffe, Finke. – Die Rolle in dem neuen Stück, die wir der Bendner gegeben haben, lassen Sie von ihr abholen und schicken sie sofort der Riedel.

FINKE Ja, Herr Direktor haben ja die Riedel entlassen.

DIREKTOR Lächerlich. Ich denke nicht dran. Nach dem, was sich ereignet hat! Mein lieber Finke, wir haben eine Zugkraft gewonnen. Eine Naive, für die sich das Publikum duelliert – das ist für ein Sommertheater alles, was man sich wünschen kann. Wir bieten den Leuten etwas, wie? – A propos – was ich Ihnen noch sagen wollte, Finke. Was war denn das gestern abend im Finale vom letzten Akt für eine Schlamperei?

FINKE Ich bitte, da müssen sich Herr Direktor an den Kapellmeister wenden.

DIREKTOR Wieso?

FINKE Ja, die Schwankung im Chor –

DIREKTOR Wer spricht von der Schwankung im Chor. So was bemerkt kein Mensch – im Sommer. Ich sprech' von dem Arrangement. Es war keine Frische, keine Lebhaftigkeit im Ensemble. Ich hab' übrigens eine Idee – wir werden die Herren aus dem Chor einfach hinausschmeißen. Die Kerle sehen alle so hungrig aus und verstimmen das Publikum.

FINKE Na, man kann's ja versuchen, Herr Direktor!

DIREKTOR Ich plane diese Reform ganz ernstlich. In der Operette brauchen wir absolut keinen Herrn; die Ritter, die Verschworenen, die Gondoliers können alle von Damen gegeben werden.

FINKE Ja, für den Besuch, für die Stimmung im Publikum –

DIREKTOR Bitte, mein lieber Finke, ich bin noch nicht zu Ende. Damen – gut. Aber die Damen dürfen nicht dastehen wie die Klötze – Bewegung, lieber Finke, Bewegung in den Massen, das ist das Geheimnis. Und nicht die schönsten Beine im Hintergrund verkümmern lassen – notieren Sie sich die schönsten Beine, wenn Sie sich sie nicht auswendig merken können; – und dann Leben, Lustigkeit, Wechselbeziehungen hergestellt zwischen Bühne und Publikum, das ist's, mein lieber Finke! – Was wünschen Sie eigentlich, Enderle? Ich hab' jetzt keine Zeit.

ENDERLE Einen Augenblick werde ich den Herrn Direktor doch bitten müssen.

DIREKTOR Nun, was gibt's?

ENDERLE Ich bitte um meine Entlassung.

DIREKTOR Was, Sie sind wohl verrückt!

ENDERLE Ich kann nicht länger an Ihrem Theater bleiben.

DIREKTOR Ja, Sie sind wohl nicht bei Sinnen? Was ist Ihnen denn nicht recht?

ENDERLE Es sind... Ich kann eben nicht. – Es sind persönliche Verhältnisse. Ich kann an Ihrem Theater nicht länger spielen.

DIREKTOR Sie, lieber Enderle, wenn Ihre Geliebte mit wem andern anbandelt, das geht mich gar nichts an – aber schon gar nichts.

ENDERLE *tief erschrocken* Herr Direktor, Sie meinen im Ernst –

DIREKTOR Wenn ich aus solchen Gründen mitten in der Saison Personalveränderungen vornehmen müßte, wohin käme ich da? – Und weil wir schon davon reden... ich seh' es überhaupt nicht gern, wenn zwischen den einzelnen Mitgliedern meines Theaters derartige ernstere Beziehungen angeknüpft werden. Gelegentlich – das ist Ihre Sache. Sonst könnte ich mir gleich Ehepaare engagieren, die man sowieso immer billiger bekommt. Aber ich wünsche, daß das Publikum stets das Gefühl behält – wie soll ich sagen –, daß meine einzelnen Mitglieder frei sind. Denken Sie an die Sache, lieber Enderle, und lassen Sie Ihre persönliche Empfindlichkeit aus dem Spiel.

FINKE Kommen S', Enderle, der Herr Direktor hat ganz recht – kommen S' auf die Prob'!

DIREKTOR Guten Tag, meine Herren. *Er wendet sich von ihnen ab. Finke und Enderle ab durch den Bühneneingang.*

SCHNEIDER; ANNA RIEDEL *kommt eilig.*

DIREKTOR *vertritt ihr den Weg* Fräulein Riedel! *Zieht den Hut vor ihr.*

ANNA *kühl* Pardon, *Will weitergehen* ich muß mir nur aus meiner Garderobe einige Kleinigkeiten holen.

DIREKTOR Lassen Sie nur alles wieder da, liebe Riedel, ich habe nicht die Absicht, unsere Beziehungen zu lösen.

ANNA *nach einem kurzen Blick* Sie sind bereits gelöst, soviel ich weiß.

DIREKTOR Nein, mein Fräulein. Sie bleiben die unsere, und zwar im weiteren Bezuge Ihrer vollen Gage! –

ANNA *lacht* Adieu!

DIREKTOR Aber so machen Sie doch keine Dummheiten. Ist Ihnen Ihre Gage zu klein? Nun, ich bin bereit, sie auf achtzig –

auf neunzig – – auf hundert Gulden zu erhöhen, obzwar ich ja sehr gut weiß, daß diese kleinen Beträge bei Ihnen keine Rolle spielen.

ANNA Sie sind ... *Verächtlich* Ah! *Will gehen.*

DIREKTOR Aber Fräulein, Sie werden doch im Ernst – jetzt, wo Sie im Vordergrunde des Interesses stehen. – Eine solche Konstellation muß man doch ausnützen.

ANNA Möchten Sie mich nicht endlich da vorbeilassen.

DIREKTOR Was Sie für Augen machen können. Oh, Fräulein Riedel, erinnern Sie sich noch des ersten Abends, als Sie in mein Bureau kamen?

ANNA *sehr heftig* Gewiß! – Und Sie auch, hoff' ich.

DIREKTOR O, daß Sie Temperament haben, mein Fräulein, hab' ich stets geahnt. Ich wünschte nur eine andere Verwendung mir gegenüber.

ANNA Ja, sagen Sie, was wollen Sie denn eigentlich noch von mir?

DIREKTOR *plötzlich* Was mir eben einfällt. Wie das schon manchmal so ist, alles vereinigt sich zu Ihren Gunsten *Einen Zettel aus seiner Brieftasche nehmend* Schon gestern hat mir der Herr Bezirkshauptmann Graf Albrechtsberg mitgeteilt, daß er eine Soiree für die Damen des Theaters zu geben gedenkt. Er hat mir eine Liste der Damen überreicht, welche er einzuladen wünscht. Darunter figuriert auch Ihr Name, zweimal unterstrichen. Sie sind die einzige, die zweimal unterstrichen ist.

ANNA Was geht mich Ihr Bezirkshauptmann an? Lassen Sie mich endlich in Frieden. *Sie gewahrt Paul, der eben von der andern Seite sehr langsam kommt* Ah! – *Sie eilt ihm entgegen.*

DIREKTOR Fräulein Riedel – *Sieht ihr nach* Und gerade mich nicht? *Ab ins Theater.*

PAUL, ANNA

PAUL Ich komme eben von dir. Ich dachte dich schon bereit zu finden.

ANNA Es ist alles in Ordnung. Wir können gleich weg.

PAUL Ja, willst du denn alle deine Sachen hierlassen? Kommst du noch einmal zurück?

ANNA Das besorgen schon die Leute, bei denen ich gewohnt habe. Wir wollen nur vor allem fort, nicht wahr? Mir brennt ja der Boden hier unter den Füßen. Komm, komm!

PAUL Ja. *Sie gehen langsam*

ANNA Warum zögerst du denn? *Plötzlich* Was ist denn? Was hat dieser Mann von dir wollen?

PAUL Nichts, nichts.

ANNA Das ist doch nicht möglich – du bist so verändert, ja, was ist denn geschehn? Was hat man von dir wollen?

PAUL Es hat sich nichts geändert, aber... ich reise nicht mit dir ab... heute nicht – ich kann heute nicht.

ANNA *verzweifelt* So haben sie dich doch dazu gebracht!

PAUL Nein.

ANNA Warum sagst du nein? Was hält dich hier zurück, wenn nicht das?

PAUL Ich bitte dich, sei ruhig. Du irrst dich. Ich schwöre dir, daß du dich irrst. Aber ich kann nicht weg. In ein paar Tagen, vielleicht noch heute, fahre ich dir nach. Aber jetzt muß ich bleiben. –

ANNA Ich versteh' es nicht, nein, ich kann es nicht verstehen. Erinnerst du dich nicht mehr, was vor zwei Stunden war? O, ich will dich an nichts anderes erinnern, als daß du mir versprochen hast, mich nach Wien zu begleiten, ich hab' ja nichts anderes von dir verlangt – aber – darauf besteh' ich, daß du jetzt mit mir kommst.

PAUL Ich komme dir ja nach, und alles soll so werden, wie wir es besprochen haben, aber –

ANNA Aber... aber...

PAUL Man hat es gewagt, mir zu drohen, Anna! – Siehst du ein, daß ich bleiben muß?

ANNA Nein, ich seh' es nicht ein. Die Leute sind Narren und Schurken... Was gehn sie dich denn an. Laß sie drohen, laß sie dich verachten – ist denn das nicht gleichgültig? Um Himmels willen, komm, Paul, wer weiß, was dieser Mensch noch vorhat. Schau, es war schon alles so schön für uns. Und jetzt soll auf einmal alles vorbei sein? Wenn du jetzt bleibst, statt mit mir zu gehen, so haben sie ja recht behalten.

PAUL Wenn ich jetzt gehe, haben sie recht behalten, denn sie hätten mich davongejagt.

PAUL, ANNA, WELLNER *sehr rasch.*

WELLNER Gott sei Dank, daß ich dich hier treffe! Du darfst jetzt nicht zum Bahnhof.

PAUL Ich darf nicht?

WELLNER Er ist dort, er scheint zu vermuten, daß du – kurz und gut – er wartet dort – und ich habe dich gesucht, um dich zu warnen.

PAUL Ich danke dir sehr. Kommen Sie, Anna, ich begleite Sie hin.

ANNA Paul!

WELLNER *weich* Tu, was ich dir rate, Paul. Geh nicht hin. Es gibt andere Wege, um von hier fort zu kommen.

PAUL Ich suche keinen.

WELLNER Helfen Sie mir, Fräulein. Er soll einem Rasenden doch nicht geradezu in die Arme laufen.

PAUL *mit der Hand nach der Rocktasche* Es wird vielleicht noch Mittel geben, sich zu schützen.

WELLNER *sehr erregt* Hör mich ruhig an – Fräulein, ich bitte Sie – ich will euch sagen, was ich für das Beste halte, es müßte freilich schnell geschehn ... nehmt euch einen Wagen, der euch bis an die nächste Station fährt.

PAUL Ja, verstehst du noch immer nicht, daß ich keine Lust habe, als Flüchtling behandelt zu werden?

WELLNER Was helfen uns denn die Worte. Hier ist eine Tatsache. Er verfolgt dich, und du willst leben.

PAUL Dann ist's wohl gleichgültig, ob ich ihm hier begegne oder erst in Wien.

ANNA O Gott, wenn wir nur erst fort sind –

WELLNER Aber das hätte ja keinen Sinn, wenn du schon fortfährst, dich gerade dorthin zu wenden, wo er dich vor allem suchen wird.

ANNA Wir müssen ja auch nicht hin. Paul, Paul!

PAUL *steht regungslos.*

ANNA Du hast ja selbst gesagt, Paul, daß wir reisen werden. Paul, warum antwortest du nicht? Bedeute ich denn mit einem Male gar nichts mehr für dich? Ich flehe dich an ... Um Himmels willen, um Himmels willen, Paul, wo ist das alles hin, was du mir gesagt –

PAUL Es ist alles wahr geblieben, Anna. –

ANNA Wenn unser Glück wahr bleiben soll, Paul – so müssen wir ja fort. *Auf Wellner deutend* Du hörst ihn doch – du weißt es ja selbst ...

WELLNER Jede Minute, die ihr verliert, bedeutet Gefahr.

ANNA So laß uns doch fort und kümmere dich nicht um die anderen. *In Verzweiflung* O Gott, was soll ich denn machen? An alles andere denkst du, nur nicht an mich – plötzlich sind sie dir alle wichtig geworden, die du verachtet hast, und ich rede in die Luft. Paul, komm, wir brauchen sie ja nicht, du hast ja mich, du brauchst niemand als mich. Das alles hier, der ganze Unsinn und Lärm, wo ist das alles, wenn wir erst zusammen fort sind. Sagen Sie, Doktor – wohin sollen wir? Geben Sie uns einen Rat!

WELLNER Ach Gott, wohin immer; – irgendwohin, wo er dich nicht finden kann.

PAUL *immer ruhig* Vielleicht übers Meer? Ja? Und womöglich unter falschem Namen? Und dann suchen wir irgendeinen versteckten Winkel, wo ich mein Haupt in Ruhe hinlegen kann?

WELLNER Du glaubst zu höhnen, aber du sprichst im Ernst, Paul. Wenn du sicher sein willst, mußt du vor ihm fliehen.

PAUL Vor ihm allein? Ich glaube, vor vielen anderen.

WELLNER Wir andern können nichts tun. Wir haben keine Macht über ihn. Es kann nichts gegen ihn unternommen werden, bevor er was getan. Willst du's abwarten, bis etwas geschieht? War dir nicht eine bessere Gelegenheit geboten, deinen Mut zu beweisen?

PAUL *stark* Ich will nichts beweisen – auf meinem Recht besteh' ich. Und mein Recht ist, zu gehen und zu bleiben, wo es mir beliebt.

ANNA O Gott. – *Sie sieht nach links, zuckt zusammen.*

WELLNER Was ist? *Er sieht in dieselbe Richtung, zeigt gleichfalls eine heftige Bewegung.*

PAUL *in dieselbe Richtung schauend* Ah – schneller, als ich gedacht! *Er geht rasch vorwärts, so daß er Karinski eben begegnet, wie er aus der Allee auf die Szene tritt.*

WELLNER *folgt ihm.*

PAUL, WELLNER, ANNA, KARINSKI, *später* ROHNSTEDT

KARINSKI *stellt sich quer über den Weg. Einen Moment stehen sich die beiden Aug' in Aug' gegenüber.*

PAUL *will einen Schritt weiter gehen.*

KARINSKI Ich frage Sie ein letztes Mal – werden Sie sich mit mir schlagen?

PAUL *will weitergehen*

KARINSKI Ich frage Sie ein letztes Mal, wollen Sie sich mit mir schlagen?

PAUL Geben Sie den Weg frei.

KARINSKI Ich frage –

PAUL Geben Sie mir den Weg frei.

KARINSKI *auf ihn zu.*

PAUL *stößt ihn beiseite und greift in die Brusttasche.*

KARINSKI *zieht in diesem Augenblick den Revolver und drückt los.*

PAUL *greift nach seinem Herzen. Im Niedersinken* Lump!

ANNA Um Gottes willen –

WELLNER Paul! Paul! *Er fängt ihn auf, wie er niederstürzt.*

Leute sammeln sich auf den Schuß hin; auch aus dem Theater kommen Leute.

KARINSKI *steht regungslos.*

ANNA *und* WELLNER *um den sterbenden Paul beschäftigt.*

ROHNSTEDT *rasch herzu* Karinski!

Hinter den Kulissen hört man Stimmen: Erschossen . . . einer ist erschossen worden.

ROHNSTEDT *tief bewegt* Karinski!

KARINSKI *starr vor sich hinschauend.*

ROHNSTEDT Jetzt hast du deine Ehre wieder!

ANNA *sich von der Seite Pauls erhebend, plötzlich auf Karinski los.*

ROHNSTEDT *sie zurückhaltend* Lassen Sie ihn! – Der Herr Oberleutnant Karinski wird wissen, was er zu tun hat.

KARINSKI *versteht* Er hat es immer gewußt.

ROHNSTEDT Gehen wir. *Sie gehen ab.*

Die Menge macht Platz, es wird still.

ANNA Paul, Paul!

WELLNER Er hört Sie nicht mehr.

ANNA *sinkt in stummer Verzweiflung auf die Kniee.*

WELLNER Gehn Sie, Sie können hier nichts mehr tun. *Stärker* Gehn Sie.

ANNA *den Blick von Paul erhebend, ins Leere schauend* Wohin? –

Der Vorhang fällt

Bibliographischer Nachweis

Familie. Schauspiel in drei Akten. (1892/93). Erstmals in A. Schnitzler, ›Entworfenes und Verworfenes‹. Aus dem Nachlaß, herausgegeben von Reinhard Urbach, S. Fischer Verlag, Frankfurt am Main 1977 (= Textvorlage).

Die überspannte Person. [Ein Akt]. (1984). Erstmals in ›Simplicissimus‹, München 1. Jg., H. 3, 18. April 1896. Aufgenommen in ›Kaffeehaus. Literarische Spezialitäten und amouröse Gusto-Stückeln aus Wien‹, herausgegeben von Ludwig Plakolb, München, Piper & Co. Verlag 1959 (= Textvorlage).

Halbzwei. Ein Akt. (1894). Erstmals in ›Die Gesellschaft‹, Leipzig, 3. Jg., 2. Bd., H. 4, April 1897. Aufgenommen in A. Schnitzler, ›Die Dramatischen Werke, Erster Band‹, Frankfurt am Main, S. Fischer Verlag 1962 (= Textvorlage).

Liebelei. Schauspiel in drei Akten. (1893/1895). Erste Buchausgabe: Berlin, S. Fischer Verlag 1896 (= Textvorlage).

Freiwild. Schauspiel in drei Akten. (1894/1896). Erste Buchausgabe: Berlin, S. Fischer Verlag 1898 (= Textvorlage).

Arthur Schnitzler

Reigen

Zehn Dialoge

Liebelei

Schauspiel in drei Akten

Mit einem Vorwort von Günther Rühle
und einem Nachwort von Richard Alewyn
Band 7009

Sechzig Jahre lang war Arthur Schnitzlers *Reigen* nicht auf der Bühne zu sehen. Nach zwei skandalbegleiteten Aufführungen in Berlin (1920) und Wien (1921) hatte Schnitzler jede weitere Aufführung des *Reigen* verboten. Nachdem mit dem 31.12.1981 – 50 Jahre nach dem Tod des Autors – die Urheberschutzfrist in den an das deutschsprachige Gebiet angrenzenden Ländern ablief, entschloß sich Heinrich Schnitzler, Sohn und Nachlaßverwalter Arthur Schnitzlers, die Aufführungssperre für Länder mit längerer Urheberschutzfrist, wie Deutschland und Österreich, aufzuheben. Seit dem 1.1.1982 gibt es nun wieder so etwas wie eine fortgesetzte Aufführungsgeschichte des *Reigen*. Das Stück, zeigt sich, hat auch nach sechzig Jahren nichts von seiner Aktualität eingebüßt. »Die beiden kleinen Stücke, die hier miteinander gesellt sind, sein [Schnitzlers] berühmtestes und sein berüchtigstes, scheinen sich schlecht miteinander zu vertragen: die gemütvolle *Liebelei* und der ungemütliche *Reigen*, die rührende Tragödie und das *zynische* Satyrspiel, das eine ein Volksstück, gesättigt mit Lokalkolorit – es gibt keine Dichtung, in der mehr Wiener Luft wehte – mit allen öffentlichen Ehren im Burgtheater aufgeführt, das andere als Konterbande lange im Schreibtisch des Dichters versteckt und von Ärgernissen und Skandalen umwittert.

Fischer Taschenbuch Verlag

fi 1120 / 2